# 中國語言文字研究輯刊

五 編

許錟輝 主編

第 17 冊

東周貨幣文字構形研究

陳 立 著

花木蘭文化出版社

國家圖書館出版品預行編目資料

東周貨幣文字構形研究／陳立 著 ─ 初版 ─ 新北市：花木蘭
文化出版社，2013〔民 102〕
目 2+264 面；21×29.7 公分
（中國語言文字研究輯刊　五編；第 17 冊）
ISBN：978-986-322-520-1（精裝）
1. 中國文字　2. 文字形態學
802.08　　　　　　　　　　　　　　　　　102017820

中國語言文字研究輯刊
五　編　　第十七冊　　　　ISBN：978-986-322-520-1

# 東周貨幣文字構形研究

作　　者　陳　立
主　　編　許錟輝
總 編 輯　杜潔祥
出　　版　花木蘭文化出版社
發 行 所　花木蘭文化出版社
發 行 人　高小娟
聯絡地址　235 新北市中和區中安街七二號十三樓
　　　　　電話：02-2923-1455／傳眞：02-2923-1452
網　　址　http://www.huamulan.tw 信箱 sut81518@gmil.com
印　　刷　普羅文化出版廣告事業
初　　版　2013 年 9 月
定　　價　五編 25 冊（精裝）新台幣 58,000 元

# 東周貨幣文字構形研究

陳　立　著

作者簡介

作者／陳立

學歷／國立臺灣大學文學博士

現職／國立高雄師範大學國文系副教授

著作名稱／東周貨幣文字構形研究

提　　要

　　本書旨在討論春秋戰國時期鑄寫於貨幣上的文字構形，利用已知的文字與之分析、比對，找出它的構形特色。

　　全書分爲六章，首章介紹前賢在東周貨幣的研究情形，並透過相關的資料，將部分尚未隸定的文字或是未知鑄行國別的貨幣加以考證；第二至第五章依序討論貨幣文字在增繁、省減、異化與合文的現象，找出其構形的特色；末章依據第二至五章的討論，將觀察、分析後所得的結果加以說明；文末附上現今所見的東周貨幣資料，參考學者們的研究，加以區別鑄行的國別。

# 目

# 次

# 凡　例

一、本文所謂的「春秋時期」，係依據《春秋》所載，由魯隱公元年至魯哀公十
　　四年（西元前 722 年至西元前 481 年），「戰國時期」從魯哀公十五年至秦
　　王政統一天下（西元前 480 年至西元前 221 年）。

二、文中引用的甲骨文資料，據著錄圖書的編號次序；引用殷商、西周、春秋、
　　戰國時期的銅器文字資料，據時代先後排列。

三、部分討論的字例，礙於現今所見材料之限制，僅能列出一例說明。

四、若某字具有多種形體結構演變現象，分別於相關的現象中討論。

五、引用的文句，若有不識之字，或是缺一字者，以「□」代替；若所缺之字
　　數不明，以「☑」代替。

六、引用的金文資料，出自《殷周金文集成釋文》，爲避免篇幅過大，正文中一
　　律僅列出該器名稱，未加上書名與編號。

七、本文引用的字形，多據著錄專書摹寫或縮寫，或直接採用相關的字書，再
　　以電腦掃瞄放入文中。文中引用的金文字形，部分出自黃沛榮編製之《電
　　腦古文字形──金文編》，器名則據《殷周金文集成釋文》之定名；引用的
　　楚簡帛文字，多據滕壬生《楚系簡帛文字編（增訂本）》所縮寫者爲準。

八、本文的注解，採取當頁作注的方式，凡是同一章裡首次出現的專著、學位
　　論文等，悉於引用時註明出版的機關與日期，期刊論文則註明出版口期與

期數；其次，部分當頁的注解，因電腦自行排序之故，會將注文移至下一頁。

九、正文中表格的編序，以章爲單位，如（表 2-1）即爲第二章「表一」。

十、上古音的資料，原則上根據郭錫良《漢字古音手冊》所列。

十一、引用之甲骨文著錄專書名稱，除「本文引用著錄甲骨專書簡稱對照表」所列外，悉書以全名。

十二、「本文引用著錄甲骨專書簡稱對照表」：

中國社會科學院歷史研究所：《甲骨文合集》　　《合》

中國社會科學院考古研究所：《小屯南地甲骨》　　《屯》

李學勤、齊文心、艾蘭：《英國所藏甲骨集》　　《英》

許進雄：《懷特氏等收藏甲骨文集》　　　　　　《懷》

十三、文中引用他人研究成果時，仿梁啓超《清代學術概論》體例，對於前輩師友一律只書其名而不加「先生」或「師」字，以便行文。

十四、附錄之〈東周貨幣材料表〉，關於鑄行國別的分類，原則上根據《中國錢幣大辭典‧先秦編》與《中國歷代貨幣大系‧先秦貨幣》等書所列，並參考相關學者的意見，對於部分無法確知爲某國所鑄行的材料，則依前賢之言，分列於幾個不同的國家。

# 第一章　緒　論

## 第一節　研究動機與目的

　　現今所見東周時期的文物，除了銅器之外，亦出土不少的簡牘、帛書、陶器、璽印、貨幣、玉石等，其間的文字，由於材料的不同，或鑄或刻，或墨書，表現出不同的風格。有的自成特色，有的彼此影響，形成獨特的形體。

　　貨幣文字的研究，因「有同字異形，繁簡不同者；有同形異體，邊旁部位游移不定者；有同體異勢，筆意曲直、長短、圓折、俯仰參差者；有同勢異神，鐵線、柔條、蒼勁、飄逸各具風韻者。更有不少出于鑄范匠人之手，字形訛變，析疑較難。」〔註1〕歷代研究的學者，無論在分期分域的探討，或是內容的討論上，往往因為字形奇異，誤將貨幣視為軒轅時期之物，或因某些地望名稱，亦見於史書中，將之視為戰國時期秦國之物，不僅忽視了貨幣文字所呈現的形構特色，也無睹於戰國時期各系文字的形構特點。

　　作者曾於《戰國文字構形研究》〔註2〕中討論文字的形體結構及其演變規律，其中亦列舉部分貨幣文字說明形構的表現，當時處理的材料以銅器、簡牘、帛書、璽印、陶器、玉石、貨幣等為主，貨幣數量雖為數不少，但是為避免篇

〔註1〕　張頷：《古幣文編·序言》，頁6～7，北京，中華書局，1986年。
〔註2〕　陳立：《戰國文字構形研究》，臺北，國立臺灣大學中國文學系博士論文，2004年。

幅龐大，遂將多數的貨幣材料予以省裁。有鑑於貨幣文字的形構奇異，難以辨識，希望在《戰國文字構形研究》的基礎上，將春秋、戰國時期的貨幣材料加以分析與整理，找出其構形的特色，並透過已知的文字解釋未知，從已發表的文字裡，整理出演變的規律與現象，有助於瞭解過往之文字的變化，以及演變的途徑與現象，作爲解釋未知之字的依據。

## 第二節　研究材料與方法

### 一、研究材料

　　現今出土東周時期的貨幣甚多，除了墓葬外，窖藏發掘的數量也不少。此外，從傳世文獻觀察，宋代以來的貨幣著錄雖多，但是其中眞僞並存，再加上部分摹寫的字形或有失眞現象，因此在研究的材料上，以近代出土實物的拓本爲主，並輔以舊有的譜錄，其中以《先秦貨幣文編》〔註3〕、《古幣文編》、《中國歷代貨幣大系・先秦貨幣》〔註4〕、《中國錢幣大辭典・先秦編》〔註5〕、《先秦貨幣文字編》〔註6〕等作爲研究的基本材料。尚未正式發表者，從歷來學者所發表的相關單篇論著尋找，以補其不足。

　　地下遺物常因墓葬的發掘而出土，近年來墓葬與窖藏的發掘時有所聞，貨幣的出土也日漸增加。在資料的收集與整理上，很難完全掌握所有的資料。往往只能透過相關的發掘報告所附的圖片，或是學者的研究報告，從中尋找文字資料。所以，書寫上須大批的引用相關的發掘報告，透過其中的資訊，得知相關的資料，滿足研究的需要。

### 二、研究方法

　　貨幣文字的形體，多表現出該國的文字形構特色，不同時期的文字，亦見些微的差異。本文在撰寫時，爲配合研究之需，於「東周時期」中，再區分爲

---

〔註3〕　商承祚、王貴忱、譚隸華編：《先秦貨幣文編》，北京，書目文獻出版社，1983年。

〔註4〕　汪慶正編：《中國歷代貨幣大系・先秦貨幣》，上海，上海人民出版社，1988年。

〔註5〕　《中國錢幣大辭典》編纂委員會編：《中國錢幣大辭典・先秦編》，北京，中華書局，1995年。

〔註6〕　吳良寶：《先秦貨幣文字編》，福州，福建人民出版社，2006年。

「春秋」與「戰國」二期,並透過文字形體的特色、形制的差異等,將之分別歸屬於某國。即透過分期分域的分式,將相關的殷商、西周、春秋、戰國等時期的文字材料,與之比對分析,藉以知曉貨幣文字的變異與承襲。此外,透過歷來學者的研究,從貨幣形制的發展,以及貨幣上所載的地望,找出其先後的關係而加以斷代與分域。

對於文字的研究,首重形體的比較與分析。在研究的方法上,主要採取比較法與偏旁分析法,將兩周以來的文字形體一一的比對觀察,並且透過文字間偏旁與部件的比較分析〔註7〕,瞭解同一文字其偏旁、部件不同者為何,其間的差異有何意義,進而歸納出貨幣文字演化的大方向。此外,古文字的研究與分析,往往需以上古音為輔,本文在上古音的使用,原則上根據郭錫良的上古音系統,據其在聲紐與韻部的分類歸屬,找出具有表音作用的偏旁在增減或替換時的原因,以及通假的因由。再者,由相近的辭例或地望名稱,找出同一文字在形體上的差異,進一步的辨析其增繁、省減、異化、合文的現象,找出文字的變易原因。

利用二重證據法,對於一些難識的文字、二字或二字以上採取合文構成的詞彙,透過考古的發現,與地下出土的文物相互印證;或是參考《左傳》、《竹書紀年》、《史記》、《漢書》、《後漢書》等文獻資料的記載,相互的對照觀察、證驗,找出相同或相關之處,進而求得較為正確而且可靠的解答。此外,透過與其他學科的證驗,如音韻學等,相互的參照、比對,找出最適宜的答案,解決部分尚有疑義的文字,使討論的結果更為明確。

## 第三節 前人研究概況

在以物易物的時代,人們只要將自己生產的物品,與他人交換,即可獲得

---

〔註7〕 漢字除了獨體的象形、指事外,另一部分係由兩個或兩個以上的獨體所構成的合體字,一般而言,在合體字的組合中,其組成分子無論置於該字的上下左右側,皆可稱之為「偏旁」,凡是藉以表示字義者,稱為「義旁」,亦可稱為「義符」;其次,相對於「聲旁」而言,「義旁」或「義符」,又可稱為「形旁」或是「形符」;凡是作為表示聲音功能者,稱為「聲旁」,亦可稱為「聲符」。比「偏旁」更小的組成分子為「部件」,它與單一的筆畫不相同,或為單一筆畫,或為二個、二個以上的筆畫所組成,凡是屬於不成文者,皆可稱為「部件」。

生活所需。隨著時代的進步，分工愈為細密，物品大量的生產，為了得到更多的利益，傳統以物易物的方式，不再能滿足人們獲利的心理，一種為人們所能接受的對價物遂應時而生，作為買賣之用的貨幣因而出現。從出土的材料觀察，早期的貨幣或見以貝為幣，或以玉為幣，或據日常生活物品之形製造，逐漸演變出貝幣、布幣、刀幣、圜幣等；其間的文字，或為無字者，或為干支，在諸侯勢力漸增的東周時期，於面文上鑄地望名稱者，大量的出現在當時的貨幣上。由於貨幣可供鑄寫的面積有限，其間的文字往往出現省減的現象，形體省減過甚者，又產生訛變的情形，因而使得貨幣文字的識讀愈加困難。為了明瞭其間的文字為何，歷來的學者投入諸多的心力，或觀察文字的形體，或從分域的角度、歷史的因素等，對貨幣的歸屬與文字識讀提出寶貴的意見。

　　貨幣的研究歷史，由來已久，歷代不乏專書著錄，或論述其鑄行的國別，或言及鑄造的時代，或釋讀文字，或討論地望，或僅為圖錄、拓片的收集，因相關著作甚眾，無法一一枚舉，以下僅列出數部圖書或單篇文章簡要說明。

## 一、貨幣圖錄

　　貨幣的相關圖錄甚多，自宋代以來，不可勝數。單純的圖錄之書，多僅繪錄貨幣的形貌，或收錄其拓片，時而將該貨幣的文字識讀附於其旁，如：《鐵雲藏貨》〔註8〕、《歷代古錢圖說》〔註9〕、《子槎七十泉拓留存》〔註10〕、《中國歷代貨幣大系・先秦貨幣》、《中國歷代貨幣》〔註11〕、《遼東泉拓集》〔註12〕、《1992中國古錢目錄》〔註13〕、《齊幣圖釋・圖錄》〔註14〕、《燕下都東周貨幣聚珍》〔註15〕、《中國古錢大集》〔註16〕；又或見清人著錄，今人作注者，如：

〔註8〕 劉鶚：《鐵雲藏貨》，北京，中華書局，1986年。

〔註9〕 丁福保：《歷代古錢圖說》，濟南，齊魯書社，2006年。

〔註10〕 沈子槎：《子槎七十泉拓留存》（收錄於《說錢》），上海，上海科技教育出版社，1993年。

〔註11〕 天津市歷史博物館：《中國歷代貨幣》，天津，天津楊柳青畫社，1990年。

〔註12〕 吳振強、楊金伏、王守方、王貴箴：《遼東泉拓集》，瀋陽，遼瀋書社，1992年。

〔註13〕 華光普：《1992中國古錢目錄》，成都，四川大學出版社，1992年。

〔註14〕 山東省錢幣學會：《齊幣圖釋》，濟南，齊魯書社，1996年。

〔註15〕 石永士、石磊：《燕下都東周貨幣聚珍》，北京，文物出版社，1996年。

〔註16〕 華光普：《中國古錢大集》，長沙，湖南人民出版社，2006年。

《古泉藪》與《飛青閣錢譜》。〔註17〕

　　此外，除了單純的圖錄外，往往於旁加上作者的考證，如：《古金錄》〔註18〕，全書分為四卷，收錄先秦至漢代的貨幣，並對其間的文字加以考證，因對文字的識讀有誤，往往將其年代歸之於太昊、葛天、神農、黃帝等時期；《紅藕花軒泉品》〔註19〕，全書分為九卷，收錄先秦至明代的貨幣，於圖旁加注該貨幣的形制大小，並徵引文獻資料詳考博證；《錢志新編》〔註20〕，全書分為二十卷，收錄先秦至明代的貨幣，以及安南、高麗、日本、高昌等資料，其問題與《古金錄》相同，皆因對文字的認識有限，使得年代的歸屬產生訛誤。除了上列的圖書外，宋代以來的圖錄，習見因誤識文字，或未能辨識，進而將春秋戰國時期的貨幣年代提早至神農、黃帝等時期，甚而將甲國鑄行的貨幣改為乙國，如：《錢錄》〔註21〕、《古金待問錄》〔註22〕、《吉金所見錄》〔註23〕、《泉幣圖說》〔註24〕、《古泉叢話》〔註25〕、《泉史》〔註26〕、《金石索》〔註27〕、《泉貨匯考》〔註28〕、《古泉匯》〔註29〕、《古今錢略》〔註30〕、《拾古齋泉帖》〔註31〕、《古泉拓存》〔註32〕等。

---

〔註17〕〔清〕楊守敬著、〔民國〕謝承仁主編：《楊守敬集・古泉藪・飛青閣錢譜》第十二冊，武漢，湖北人民版社、湖北教育出版社，1997年。

〔註18〕〔清〕萬光煒：《續修四庫全書・古金錄》，上海，上海古籍出版社，1995年。

〔註19〕〔清〕馬國翰：《紅藕花軒泉品》，上海，上海古籍出版社，1992年。

〔註20〕〔清〕張崇懿：《續修四庫全書・錢志新編》，上海，上海古籍出版社，1995年。

〔註21〕〔清〕梁詩正、于敏中：《錢錄》，天津，天津市古籍書店，1989年。

〔註22〕〔清〕梁楓：《古金待問錄》，合肥，安徽教育出版社，2002年。

〔註23〕〔清〕初尚齡：《吉金所見錄》（收錄於《說錢》），上海，上海科技教育出版社，1993年。

〔註24〕〔清〕吳文炳等：《泉幣圖說》（收錄於《說錢》），上海，上海科技教育出版社，1993年。

〔註25〕〔清〕戴熙：《古泉叢話》，臺北，廣文書局，1980年。

〔註26〕〔清〕盛大士：《泉史》（收錄於《說錢》），上海，上海科技教育出版社，1993年。

〔註27〕〔清〕馮雲鵬、馮雲鵷：《金石索》，北京，書目文獻出版社，1996年。

〔註28〕〔清〕王錫榮：《泉貨匯考》，北京，中國書店，1988年。

〔註29〕〔清〕李佐賢：《古泉匯》，臺北，儒林圖書有限公司，1978年。

〔註30〕〔清〕倪模：《古金錢略》，上海，上海古籍出版社，1992年。

〔註31〕〔清〕拾古齋主人：《拾古齋泉帖》（收錄於《說錢》），上海，上海科技教育出版

再者，亦見博收先秦至清末的貨幣圖錄，如：《古錢大辭典》〔註33〕，書中除收錄先秦至清代晚期的貨幣圖錄外，更集錄前人對該種貨幣的考釋；《古錢學綱要》〔註34〕，除收錄先秦至清代的貨幣圖錄外，又收錄朝鮮、琉球、日本、安南等地的材料，其性質與《古錢大辭典》相似，惟該書的圖錄與說明較爲簡要。

## 二、貨幣的分期分域研究

東周時期的貨幣，可分作貝幣、布幣、刀幣、圜幣等四大類，貝幣一般通行於楚國，於中山國境內的遺址亦見其出土；布幣於戰國時期主要流通於三晉系國家、楚國、燕國；刀幣流通於齊國、燕國、趙國、中山國、山戎；圜幣一般見於秦國、齊國、西周、東周、趙國、魏國、燕國。由於同一類形的貨幣通行於不同的國家，辨識其國別或鑄行的時間，遂成爲十分重要的工作。綜合性研究的著作，如：《中國東周時期金屬貨幣研究》〔註35〕，以現今所見貨幣資料，與前賢的研究成果，從古文字、考古、歷史、地理等方面，對東周時期的貨幣，進行相關文字的考證、鑄行國別的辨識等。

金版、貝幣的分期分域研究，如：〈淺談「郢爰」出現的時代〉〔註36〕，從河南省息縣臨河鄉霸王台的春秋戰國遺址所獲的出土材料，以及史書所載，指出「郢爰」爲楚國最早有地望名稱的黃金貨幣，其鑄行時期應在春秋晚期，不會超過楚莊王時期；《楚國的貨幣》〔註37〕，書中討論楚國貨幣的起源與演變，分別論述金幣、銀幣、銅幣、銅貝與布幣等的形狀、鑄行年代及鑄造地。

刀幣的分期分域研究，如：《中國刀幣匯考》〔註38〕，該書將刀幣細分爲尖首刀、易刀、齊大型刀、圓首刀、小尖刀、小直刀等六類，各類又據形

社，1993 年。

〔註32〕〔清〕江標：《古泉拓存》（收錄於《說錢》），上海，上海科技教育出版社，1993年。

〔註33〕丁福保：《古錢大辭典》，北京，中華書局，1995 年。

〔註34〕丁福保：《古錢學綱要》，天津，天津古籍出版社，1989 年。

〔註35〕吳良寶：《中國東周時期金屬貨幣研究》，北京，社會科學文獻出版社，2005 年。

〔註36〕張澤松：〈淺談「郢爰」出現的時代〉，《中國錢幣》1989 年第 2 期，頁 71～73。

〔註37〕趙德馨：《楚國的貨幣》，武漢，湖北教育出版社，1995 年。

〔註38〕張馳：《中國刀幣匯考》，石家莊，河北人民出版社，1997 年。

制的差異，再分作二至五種不同的類形，並找出各類刀幣形制、銘文、鑄造演變的規律及特徵，據此推測各刀幣的鑄行年代與流通的區域；〈尖首刀若干問題初探〉〔註39〕，從尖首刀的類型、鑄造年代等，作一系列的探討，指出尖首刀是先秦刀幣中最早出現的貨幣形態，它是直接脫胎於北方遊牧民族日常使用的凹刃削刀，此種刀幣的發源地應在燕地與其鄰近的戎、狄等民族的居住地，一般可分為原始尖首刀、燕尖首刀、狄尖首刀、戎尖首刀、齊尖首刀等五種，原始尖首刀出現的年代最早，約為春秋中期，切頭尖首刀出現的年代應最晚，約在戰國中期；〈四種小直刀及其鑄地〉〔註40〕，透過文字的構形與貨幣形制，將「晉化」、「晉半」、「晉陽化」、「晉陽新化」四種刀幣歸屬於趙國；〈斷頭刀〉〔註41〕，據史事與出土資料所示，指出該貨幣應屬戰國時期莒邑所鑄；〈齊明刀考古發現與研究〉〔註42〕，據歷年出土的材料，分為二期四型，其中的一期三型定為樂毅伐齊以前所鑄，二期一型五式定為燕國佔領齊地時所鑄造；〈重論博山刀〉〔註43〕，指出標有「莒冶某」的刀幣係鑄於莒城以內，博山刀為「明」字方折明刀的類型之一，為齊人受到燕國貨幣影響所鑄，其時代與樂毅伐齊相當；〈談談「成白」刀〉〔註44〕，認為「成白」刀應為中山國仿照趙國直刀所鑄，並將距離該國較近的趙邑「城」、「柏人」用作面文；《齊國貨幣研究》〔註45〕，文中收錄諸多文章，討論齊刀幣的淵源、齊燕莒的明刀關係等。

布幣的分期分域研究，如：《三晉貨幣——山西省出土刀布圓錢叢考》

〔註39〕張馳：〈尖首刀若干問題初探〉，《中國錢幣論文集》第三輯，頁70～82，北京，中國金融出版社，1998年。

〔註40〕蘇暉、劉玉榮：〈四種小直刀及其鑄地〉《古幣尋珍》，頁21～24，北京，文物出版社，1998年。

〔註41〕蘇暉、劉玉榮：〈斷頭刀〉《古幣尋珍》，頁25～27，北京，文物出版社，1998年。

〔註42〕張光明、賀傳芬：〈齊明刀考古發現與研究〉，《中國錢幣論文集》第三輯，頁47～69，北京，中國金融出版社，1998年。

〔註43〕李學勤：〈重論博山刀〉，《中國錢幣論文集》第三輯，頁83～86，北京，中國金融出版社，1998年。

〔註44〕裘錫圭：〈談談「成白」刀〉，《中國錢幣論文集》第三輯，頁87～93，北京，中國金融出版社，1998年。

〔註45〕山東省淄博市錢幣學會：《齊國貨幣研究》，濟南，齊魯書社，2003年。

〔註46〕，討論三晉地域的貨幣形制、鑄行的國別與時代，文中據文字的形構特色、地望、史事等，找出鑄造的國別；〈山西稷山縣出土空首布〉〔註47〕，據稷山出土之貨幣上的文字，以及文獻的相關記載，指出這批材料的年代應在春秋晚期；〈三晉兩周小方足布的國別及有關問題初探〉〔註48〕，對於已見的材料，從地望的記載，考證其所屬的國別；〈內蒙古涼城「安陽」、「邠」布同範鐵範及相關問題探論〉〔註49〕，透過與包頭石範「安陽」的比較，指出鐵範「安陽」應爲趙國東安陽，並認爲重的、大的小方足安陽布全爲趙國所鑄造，出於東、西安陽，輕的、小的小方足安陽布可能「三晉」皆鑄造過，其中又以趙、魏二國所鑄爲多；《先秦布幣研究》〔註50〕，主要討論布幣的演變歷程與鑄行的年代和地域，在文字構形的討論上，十分簡要。

　　圓幣的分期分域研究，如：〈秦漢半兩錢繫年舉例〉〔註51〕，透過墓葬的出土、鑄幣遺址與文獻的記載，將半兩錢的鑄行分爲戰國、秦初、秦代晚期、秦代「莢錢」、漢初榆莢錢、漢初復形八銖錢、文帝四銖半兩錢、武帝鑄行三銖錢等八個時期；《秦漢錢幣研究》〔註52〕，文中收錄諸多文章，討論半兩錢在不同時代的差異、斷代的研究等；《半兩考》〔註53〕，書中分爲戰國時期的半兩、秦半兩、兩漢半兩三部分，討論其形制與分期，並介紹相關墓葬與窖藏中所見的材料。

## 三、文字的考釋與地望的考證

　　貨幣上的文字，除了數字外，習見將地望名稱鑄於其間，因此文字的考釋

---

〔註46〕 朱華：《三晉貨幣——山西省出土刀布圓錢叢考》，太原，山西人民出版社，1994年。

〔註47〕 朱華：〈山西稷山縣出土空首布〉，《中國錢幣論文集》第三輯，頁38～46，北京，中國金融出版社，1998年。

〔註48〕 黃錫全：〈三晉兩周小方足布的國別及有關問題初探〉，《中國錢幣論文集》第三輯，頁99～132，北京，中國金融出版社，1998年。

〔註49〕 張文芳、田光：〈內蒙古涼城「安陽」、「邠」布同範鐵範及相關問題探論〉，《中國錢幣論文集》第三輯，頁133～142，北京，中國金融出版社，1998年。

〔註50〕 高婉瑜：《先秦布幣研究》，嘉義，國立中正大學中國文學系碩士論文，2002年。

〔註51〕 蔣若是：〈秦漢半兩錢繫年舉例〉，《中國錢幣》1989年第1期，頁18～30。

〔註52〕 蔣若是：《秦漢錢幣研究》，北京，中華書局，1997年。

〔註53〕 杜維善：《半兩考》，上海，上海書畫出版社，2000年。

往往伴隨著地望的考證。貨幣上的文字最難以辨認，至今仍有不少未識之字，相對的也無法知曉其上所載為地望，或是其他與幣值相關的訊息。以博碩士論文為例，如：《先秦泉幣文字辨疑》〔註54〕，該書出版的時代早，討論的資料相對亦少，然論及的問題與今日所見的文章一致，除了文字的辨識外，也涉及地望與鑄造國別的討論。此外，《東亞錢志》〔註55〕，收錄諸多貨幣材料，其中尤以中國的資料最為豐富，不僅對其文字詳加說明，並大量引用傳世文獻考證其地望，指出各貨幣的鑄行國；《古錢研究隨手雜錄》〔註56〕，除了貨幣的相關資料外，還包括度量衡的考證，文中無論是貨幣的起源、文字的考證，皆引用文獻論證；《先秦貨幣文構形無理性趨向研究》〔註57〕，針對現今所見先秦貨幣文字的形體，指出其在形構上具有直線化、輪廓化、借用的特質，列舉不少字例，卻缺乏詳細的論證，基本上文中所言，仍是陳述戰國文字的特色。

　　戰國時期的貨幣文字，多分為楚、晉、齊、燕、秦等五系討論。楚系貨幣文字的考釋為數不少，如：〈楚錢三考〉〔註58〕、〈燕尾布「十（从斤）」字考〉〔註59〕等。此外，楚幣中「郢爯」之名，學者多將之釋為「郢爰」〔註60〕，據安志敏的研究，林巳奈夫於1968年發表的〈戰國時代の重量單位〉即改釋為「爯」字，從字體與金版的形制觀察，若釋為「爯」可能與金版的形制及其含義有關。〔註61〕從文字的形體言，該字應為「爯」而非「爰」，可知林巳奈夫、安志敏之言實為卓見。

　　蟻鼻錢中有一字作「▩」，李家浩將之釋為「五朱」，指出該字上半部的形體應是「五」字的異體，係將第二橫畫與上面兩斜畫分開寫，並於第二橫畫上

〔註54〕張光裕：《先秦泉幣文字辨疑》，臺北，國立臺灣大學中國文學系碩士論文，1970年。

〔註55〕奧平昌洪：《東亞錢志》，東京都，岩波，1938年。

〔註56〕瀨尾弘、瀨尾功編集：《古錢研究隨手雜錄》，東京都，千倉書房，1962年。

〔註57〕陶霞波：《先秦貨幣文構形無理性趨向研究》，上海，復旦大學出版社，2006年。

〔註58〕羅運環：〈楚錢三考〉，《江漢考古》1995年第3期，頁64～74，轉頁58。

〔註59〕單育臣：〈燕尾布「十（从斤）」字考〉，武漢大學簡帛研究網站，2007年6月13日。

〔註60〕白冠西：〈郢爰考釋〉，《考古通訊》1957年第1期，頁112～115。

〔註61〕安志敏：〈金版與金餅——楚漢金幣及其有關問題〉，《考古學報》1973年第2期，頁61～90。

添加一點，又進一步地舉證，指出該幣正好約爲五銖之重〔註 62〕；黃錫全以爲該字或可釋爲「圣朱」，而讀爲「輕朱」，是一種比「朱」要輕的名稱。〔註 63〕其說法皆有其論證的理由，雖然尚無明確的答案，卻爲後學提供良好的思考途徑。

晉系貨幣文字的考釋，多伴隨地望的考辨，如：〈祁縣下王莊出土的戰國布幣〉〔註 64〕，文中考釋「梁」、「齊貝」等六種布幣上的文字；〈戰國弋阝布考〉〔註 65〕，透過古文字字形的比對，將從戈從邑之字改釋爲從弋從邑，並指出該字應讀爲「代」；〈魏幣陝布考釋〉〔註 66〕，將「陝」字釋讀，並且指出其屬魏幣；〈戰國於疋布考〉〔註 67〕，將「於疋（或邘）」讀爲「烏蘇」，指出應屬韓幣；〈戰國時代魏繁陽的鑄幣〉〔註 68〕，將「𩆜」釋爲「繁」字，「繁一釿」屬應魏國幣；〈魏國方足布四考〉〔註 69〕，考釋下陽、瑕、耿、向等方足布，並且考定其屬於魏幣；〈新見三孔布簡釋〉〔註 70〕，介紹四枚新見的三孔布，並考釋其間的文字，依序釋爲「陽鄲」、「陽湔」、「邯」、「邘與」；〈釋三孔布「陽鄲」〉〔註 71〕，據黃錫全文章中所見的圖片，將原釋爲「陽鄲」者改爲「陽鄲」；〈三孔布「上專」地名考〉〔註 72〕，透過史料的考證，認爲「上專」應在泰山博縣。

再者，亦見學者將其歷年來的研究成果集結成書者，如：黃錫全《先秦貨幣研究》與《先秦貨幣通論》〔註 73〕、何琳儀《古幣叢考》等。〔註 74〕至若純

---

〔註 62〕李家浩：〈試論戰國時期楚國的貨幣〉，《考古》1973 年第 3 期，頁 192～196。

〔註 63〕黃錫全：〈楚幣新探〉，《中國錢幣》1994 年第 2 期，頁 12～13。

〔註 64〕傅淑敏：〈祁縣下王莊出土的戰國布幣〉，《文物》1972 年第 4 期，頁 57～61。

〔註 65〕李家浩：〈戰國弋阝布考〉，《古文字研究》第三輯，頁 106～165，北京，中華書局，1980 年。

〔註 66〕張頷：〈魏幣陝布考釋〉，《中國錢幣》1985 年第 4 期，頁 32～35，轉頁 46。

〔註 67〕李家浩：〈戰國於疋布考〉，《中國錢幣》1986 年第 4 期，頁 55～57。

〔註 68〕湯餘惠：〈戰國時代魏繁陽的鑄幣〉，《史學集刊》1986 年第 4 期，頁 69～70。

〔註 69〕何琳儀：〈魏國方足布四考〉，《文物季刊》1992 年第 4 期，頁 62～66。

〔註 70〕黃錫全：〈新見三孔布簡釋〉，《中國錢幣》2005 年第 2 期，頁 3～7。

〔註 71〕程燕：〈釋三孔布「陽鄲」地名考〉，《中國錢幣》2006 年第 2 期，頁 7～8。

〔註 72〕徐俊杰：〈三孔布「上專」地名考〉，《中國錢幣》2006 年第 2 期，頁 11。

〔註 73〕黃錫全：《先秦貨幣研究》，北京，中華書局，2001 年；黃錫全：《先秦貨幣通論》，

粹文字考釋的篇章，如：〈先秦貨幣雜考〉〔註75〕、〈說梁重鈝布〉等。〔註76〕以晉系的「百」字為例，晉系文字中「百」、「金」的形體相近同，過去在貨幣文字的考釋上，多將「百」字釋為「金」，後因中山國銅器出土，才解決此一問題。此字的考釋，或從語言現象入手，如：〈釋戰國貨幣中的「全」〉，劉宗漢以為「全」即「金」，金、百二字分屬見、幫二紐，以及侵、耕二部，在大梁與中山國的方言區裡，金字或有二讀，故造成「全」字既作「金」又作「百」。〔註77〕或從文字形構入手，如：〈釋百〉，于省吾認為於銅器、璽印、貨幣上的「百」字，皆為倒寫所致。〔註78〕

　　齊系貨幣文字的考釋，如：〈談山東濟南出土的一批古代貨幣──兼論春秋戰國時期有關齊國鑄幣的幾個問題〉〔註79〕，文中除考證文字外，並指出齊國鑄幣可能始於桓公；〈返邦刀幣考〉〔註80〕，從文字的形體角度立論，確定第一個字為「返」，並進一步指出「返邦刀」與「即墨刀」皆為齊襄王時期所鑄造；〈釋䀈〉〔註81〕，考訂齊刀所見的「䀈」字，並指出該字的本義應包含「記人」與「記物」的內涵；〈戰國䣄刀新考〉〔註82〕，認為「簟邦刀」或「莒邦刀」的第一個字，應為「䣄」字，可能為地望「柜邑」，位於今山東膠南縣北。

　　燕國貨幣文字的考釋，如：〈說「陽安」布〉〔註83〕，透過「安」字的形體，將之與趙幣「安陽」區分；〈燕國布幣考〉〔註84〕，考釋安陽、襄平、平陰、廣

北京，紫禁城出版社，2001年。

〔註74〕何琳儀：《古幣叢考》，臺北，文史哲出版社，1996年。

〔註75〕孫華：〈先秦貨幣雜考〉，《考古與文物》1990年第2期，頁50～55，轉頁111。

〔註76〕吳振武：〈說梁重鈝布〉，《中國錢幣》1991年第2期，頁21～26。

〔註77〕劉宗漢：〈釋戰國貨幣中的「全」〉，《中國錢幣》1985年第2期，頁24～25。

〔註78〕于省吾：〈釋百〉，《江漢考古》1983年第4期，頁35～38。

〔註79〕朱活：〈談山東濟南出土的一批古代貨幣──兼論春秋戰國時期有關齊國鑄幣的幾個問題〉，《文物》1965年第1期，頁37～45。

〔註80〕何琳儀：〈返邦刀幣考〉，《中國錢幣》1986年第3期，頁6～9。

〔註81〕何琳儀：〈釋䀈〉，《古幣叢考》，頁17～23，臺北，文史哲出版社，1996年。

〔註82〕李家浩：〈戰國䣄刀新考〉，《中國錢幣論文集》第三輯，頁94～98，北京，中國金融出版社，1998年。

〔註83〕徐秉琨：〈說「陽安」布〉，《中國錢幣》1985年第2期，頁6～10。

〔註84〕何琳儀：〈燕國布幣考〉，《古幣叢考》，頁33～52，臺北，文史哲出版社，1996

昌、韓刀、右明司強、宜平等方足布，並且考定其屬於燕幣。此外，一系列討論燕刀「明」字的著作，如：〈燕刀面文「明」字問題〉〔註85〕，將刀幣上從日從月的字形，釋爲「易」字，並指出「易」爲燕國原始的稱號；〈一種常見的古代貨幣——明刀〉〔註86〕，反對將從日從月之字釋爲「易」，主張仍應釋爲「明」；〈燕國明刀面文釋「明」之新證〉〔註87〕，從新見的材料入手，主張應釋爲「明」字。

### 四、文字編或字表的編製

字表的編製，主要有《先秦貨幣文編》、《古幣文編》、《先秦貨幣文字編》。《先秦貨幣文編》多僅列出隸定之字與字例，未將識讀列出；《古幣文編》體例上雖與前者相同，於字例下列出文字的考釋，正可彌補前者的缺漏；《先秦貨幣文字編》成書時代最晚，將歷來學者的考釋成果收錄其中，無論文字的隸定或是收錄的資料也較前二者詳確與豐富。

此外，《三晉貨幣——山西省出土刀布圓錢叢考》，文末附有字形表，字表中的文字來源，爲三晉地區的貨幣文字，在分域研究上有莫大幫助。

## 第四節　未定國別貨幣考證

貨幣上的文字，常因省減筆畫之故，使得文字不易辨識，或見地望名稱，卻苦於無法在史書上找到相對應的地望，讓後人在辨認其鑄行國別上，產生莫大的困難。歷來的學者，對於各貨幣之所屬國別，莫不投入心力，期望在傳世文獻或相關的出土文獻中找到對應的關係，重新建構東周時期各國的經濟制度。以下就東周貨幣資料，對於部分未定國別材料，加以論述。

---

年。

〔註85〕鄭家相：〈燕刀面文「明」字問題〉，《燕文化研究論文集》，頁 301～302，北京，中國社會科學出版社，1995 年。

〔註86〕陳鐵卿：〈一種常見的古代貨幣——明刀〉，《燕文化研究論文集》，頁 303～305，北京，中國社會科學出版社，1995 年。

〔註87〕唐石父、高桂雲：〈燕國明刀面文釋「明」之新證〉，《燕文化研究論文集》，頁 345～349，北京，中國社會科學出版社，1995 年。

## 一、武

「￪」字平肩空首布，於《中國錢幣大辭典・先秦編》中並未釋出，據形摹寫作「￪」，蔡運章言「或釋爲戈，或釋爲三十合文，或釋爲武字省筆」。〔註88〕貨幣文字的書寫，或因一個筆畫、部分筆畫，與其書寫於該器物上的邊、線相近同，遂以器物的邊、線作爲文字構形的筆畫。今觀察〈武・平肩空首布〉作「」、「」、「」，〈武安・斜肩空首布〉作「」，或以貨幣的豎線爲筆畫，使得「戈」、「止」的形體比例相差甚大；此外，〈武・平肩空首布〉第三例字作「￪」，形體正與書中之〈￪・平肩空首布〉的字形相同，除了借用貨幣的豎線爲筆畫外，更省減「止」的形體。

再者，〈武・平肩空首布〉的形制有大、中、小三種，小型者一般通長 6.9 至 7.5 公分，身長 4.2 至 4.8 公分，肩寬 3.8 至 4 公分，足寬 4 至 4.2 公分，重 16.5 公克，曾於 1974 年在河南省洛陽出土；〈￪・平肩空首布〉一般通長 6.9 至 7.3 公分，身長 4.1 至 4.5 公分，肩寬 3.5 至 3.7 公分，足寬 3.9 至 4.2 公分，重 19.5 至 23.9 公克，曾於 1971 年在河南省洛陽、新安等地出土。〔註89〕二者形制與形體相近，應可將「￪」釋爲「武」字，其鑄行國應爲周。

## 二、馬　雍

「馬雍」二字平襠方足平首布，黃錫全雖言屬韓國貨幣〔註90〕，卻未詳細論述，其鑄行國並無明確的定論；「馬雍」一辭又見於兵器之〈王三年馬雍令戈〉，本收於《陶齋吉金錄》〔註91〕，未著錄出土地，其銘文爲：「王三年，馬雍令史吳、武庫工帀爽匋、冶祥造」〔註92〕，歷來的研究，都未能明確將之歸屬於某國。

---

〔註88〕《中國錢幣大辭典・先秦編》，頁 161。

〔註89〕《中國錢幣大辭典・先秦編》，頁 124，頁 161。

〔註90〕黃錫全：〈三晉兩周小方足布的國別及有關問題初探〉，《先秦貨幣研究》，頁 119，北京，中華書局，2001 年。

〔註91〕〔清〕端方：《金文文獻集成・陶齋吉金錄》第八冊，頁 363，香港，香港明石文化國際出版有限公司，2004 年。

〔註92〕文章所引兵器資料，悉出自《殷周金文集成釋文》。中國社會科學院考古研究所編：《殷周金文集成釋文》第六卷，香港，香港中文大學出版社，2001 年。

據黃盛璋的研究，三晉系各國的兵器銘文格式互異，自有其特色，韓國兵器的銘刻格式有下列四種，如：

一、鄭武（左、右、坓）庫，僅記地名與庫名，未見物勒工名。

二、鄭╳庫冶╳。

三、╳年鄭令╳、武（左、右、坓）庫工師╳、冶（冶尹）╳，「尹」字於韓國兵器裡，多作從尹從肉之形。

四、╳年鄭令╳、司寇╳、武（左、右、坓）庫工師╳、冶（冶尹）╳，加上司寇爲監造者，其年代的上限不得早於韓桓惠王六年。〔註93〕

趙國兵器的銘刻格式有下列八種，如：

一、╳（上、左、右、武）庫，僅記地名與庫名。

二、╳年相邦建信君、邦（左、右）庫工師╳、冶尹╳執劑，「尹」字於趙國兵器裡，多作從尹從肉之形。

三、╳年相邦╳、邦（左、右）庫工師╳、冶╳執劑。

四、╳年相邦春平侯、邦（左、右）庫工師╳、冶╳執劑。

五、╳年守相╳、邦（左、右）庫工師╳、冶╳執劑。

六、╳年趙令邯鄲╳、（左、右）庫工師╳、冶╳。

七、王立事╳令╳、邦（左、右）庫工師╳、冶╳執劑。

八、╳年╳令╳、（左、右、下）庫工師╳、冶╳執劑。〔註94〕

魏國兵器的銘刻格式有下列六種，如：

一、╳（左、右）庫工師╳，僅記地名、庫名與工師名。

二、╳（左、右）庫冶╳，僅記地名、庫名與冶師名。

三、╳年╳（左、右）庫，僅記年份與庫名。

四、╳年邦司寇╳、（左、右、上）庫工師╳、冶╳，或加上「執劑」一辭。

五、╳年╳令╳、（左、右）庫工師╳、冶╳。

六、╳年╳令╳、（左、右）工師╳、冶╳。〔註95〕

〔註93〕黃盛璋：〈試論三晉兵器的國別和年代及其相關問題〉，《考古學報》1974年第1期，頁13～18。

〔註94〕〈試論三晉兵器的國別和年代及其相關問題〉，《考古學報》1974年第1期，頁18～28。

〔註95〕〈試論三晉兵器的國別和年代及其相關問題〉，《考古學報》1974年第1期，頁28

　　將〈王三年馬雍令戈〉「王三年，馬雍令史吳、武庫工帀愛匋、冶祥造」的銘文與三晉系的材料相較，韓國兵器中，時見「王×年」者，如：「王二年，鄭令韓口、右庫工帀齡鷹」〈王二年鄭令戈〉、「王三年，鄭令韓熙、右庫工帀史裘、冶口」〈王三年鄭令戈〉、「王三年，陽人令卒止、左庫工帀口」〈王三年陽人令卒止戈〉；又文中或出現「鄭令××」者，而紀年上僅作「×年」，如：「六年，鄭令發豐、司寇向口、左庫工帀全慶、冶尹口造」〈六年鄭令戈〉、「七年，鄭令發豐、司寇史郅、左庫工帀倉慶、冶尹弜造」〈七年鄭令矛〉、「八年，鄭令發豐、司寇史阹、右庫工帀皀高、冶尹口造」〈八年鄭令戈〉、「十七年，鄭令豐口恆、司寇彭璋、武庫工帀車昪、冶狃」〈十七年鄭令戈〉，其銘文格式與〈王三年馬雍令戈〉最爲接近。

　　此外，秦系兵器的銘刻或見「王×年」者，如：「王五年，上郡疾造高奴工甕」〈王五年上郡疾戈〉、「王六年，上郡守疾之造工師積」〈王六年上郡守疾戈〉，其銘文格式與之相較，差異甚大，明顯與〈王三年馬雍令戈〉迥異。

　　透過銘文格式的比較，可知〈王三年馬雍令戈〉應可歸屬於韓國的兵器；又從銘文觀察，韓國銘刻格式尙可補列「王×年鄭令×、武（左、右、坐）庫工師×、冶（冶尹）×」、「王×年×令×、武（左、右、坐）庫工師×、冶（冶尹）×」二項。

　　〈王三年馬雍令戈〉既歸屬於韓國，則〈馬雍・平襠方足平首布〉亦可歸屬於韓國的貨幣，惟字形仍須辨證。〈馬雍・平襠方足平首布〉的「馬雍」二字，學者或釋之爲「馬服邑」[註96]，或釋爲「馬陵」，或釋爲「馬邑」，或釋爲「馬首」。[註97]

　　「馬雍」的「馬」字於兩周金文作「𢒉」〈毛公鼎〉、「𢒉」〈兮甲盤〉、「𦥑」〈匽侯載器〉，於〈馬雍・平襠方足平首布〉作「𢒉」、「𦥑」、「𦥑」；「雍」

---

〔註96〕　〔清〕蔡雲：《說錢》（收錄於《說錢》），頁 282，上海，上海科技教育出版社，1993年；〔清〕馬昂：《貨布文字考》（收錄於《說錢》），頁 939，上海，上海科技教育出版社，1993 年。

〔註97〕　趙北嵐釋爲「馬陵」，劉青園釋爲「馬邑」，初尚齡釋爲「馬首」。〔清〕初尚齡：《吉金所見錄》（收錄於《說錢》），頁 689～690，上海，上海科技教育出版社，1993年。

字於兩周金文作「▨」〈秦公鎛〉，於〈馬雍・平襠方足平首布〉作「▨」、「▨」。又前賢所釋的「服」字作「▨」〈井侯簋〉；「陵」字作「▨」〈散氏盤〉；「邑」字作「▨」〈師酉簋〉、「▨」〈散氏盤〉；「首」字作「▨」〈沈子它簋蓋〉、「▨」〈頌鼎〉，皆與「雍」字形體不符，釋爲「服」、「陵」、「邑」、「首」者皆非。

「馬雍」地望未見於傳世文獻，學者或以爲該地望即史書所載的「馬陵」。如：「二十六年，敗韓馬陵」、「二十七年，十二月，齊田盼敗梁馬陵」〔註98〕，又從現今所見之戰國時期的貨幣材料觀察，貨幣上尙未見鑄有「馬陵」地望者。從字音言，「雍」字反切爲「於容切」，又「於用切」，上古音屬「影」紐「東」部；「陵」字反切爲「力膺切」，上古音屬「來」紐「蒸」部，二者無聲韻上的關係，故「馬雍」二字不當以通假之法稱爲「馬陵」。再者，爲求研究上的精確，實不容將「馬雍」與「馬陵」混同，故於此仍據貨幣上的字形，將之釋爲「馬雍」，又據〈王三年馬雍令戈〉的銘文所示，將〈馬雍・平襠方足平首布〉歸屬於韓國所鑄之貨幣。

## 三、郃

「▨」字平襠方足平首布，於《中國錢幣大辭典・先秦編》中並未釋出，據形摹寫作「▨」。〔註99〕「郃」字從邑合聲，「邑」字於兩周金文作「▨」〈五年召伯虎簋〉，「合」字作「▨」〈五年召伯虎簋〉，今觀察〈郃・平襠方足平首布〉的「郃」字寫作「▨」、「▨」，第二例字將「合」寫作「▨」，上半部的形體以收縮筆畫的方式作「△」，下半部從「口」之形作「▽」，又以收縮筆畫的方式將「邑」寫成兩個重疊的「▽」。此種以收縮筆畫的書寫方式，習見於貨幣文字，如：「邑」字寫作「▨」〈安邑二釿・弧襠方足平首布〉、「安」字寫作「▨」〈武安・斜肩空首布〉、「屯」字寫作「▨」〈屯留・平襠方足平首布〉等。將「▨」與「▨」相較，前者左側從邑，右側從合，後者左側從合，右側從邑，二者的差異，係前者將「邑」寫作「▨」，增添一道短橫畫「-」於上半部的形體，由「▽」變爲「▨」，「合」寫作「▨」，增添一道短橫畫「-」於

---

〔註98〕王國維：《古本竹書紀年輯校・今本竹書紀年疏證》，頁 31，臺北，藝文印書館，1974 年。

〔註99〕《中國錢幣大辭典・先秦編》，頁 309。

上半部的形體，由「△」變爲「△」〔註100〕，下半部仍保持「口（囗）」的形體。

又〈郘・平襠方足平首布〉的形制，一般通長 4 至 4.5 公分，身長 2.8 至 3.1 公分，肩寬 2.4 至 2.5 公分，足寬 2.6 至 2.7 公分，重 6 至 6.2 公克，曾於 1963 年在山西省陽高出土；〈▽△・平襠方足平首布〉一般通長 4.4 公分，身長 3.1 公分，肩寬 2.5 公分，足寬 2.7 公分。二者形制與形體相近，皆爲戰國晚期的青銅鑄幣，流通於三晉與兩周等地。〔註101〕「▽△」應爲「郘」字的異體。「郘」字據何琳儀考證，應讀爲「鄆」，地望在今河南省新鄭西北，爲韓國貨幣。〔註102〕

## 四、虘陽

「畫陽」二字平襠方足平首布的首字，於《中國錢幣大辭典・先秦編》中僅據形摹寫作「畫」。〔註103〕其形體與〈虘陽・平襠方足平首布〉的「虘」字十分近同，「虘」字於兩周金文作「🐟」〈兮甲盤〉，於〈虘陽・平襠方足平首布〉作「🐟」、「🐟」、「🐟」、「🐟」、「🐟」、「🐟」，所從之「虍」作「屮」、「🝁」、「🝁」等，「魚」作「🐟」、「🐟」等，皆以剪裁省減的方式書寫。將「畫」與〈虘陽・平襠方足平首布〉的「虘」字相較，前者上半部作「屮」，與「🝁」相近，皆爲「虍」剪裁省減後的形體，此種現象習見於從「虍」之字，如：「虍」字作「屮」〈鬳虍・平襠方足平首布〉、「鬳」字作「鬳」〈鬳虍・平襠方足平首布〉、「膚」字作「🐟」〈膚虒・尖足平首布〉、「虎」字作「🐟」〈膚虒・尖足平首布〉等；下半部形體作「屮」，亦爲「魚（🐟）」字的省寫。此種以剪裁省減或收縮筆畫的書寫方式，習見於貨幣文字，如：「南」字寫作「🝁」〈少曲市南・平肩空首布〉、「安」字寫作「🝁」〈安臧・平肩空首布〉、「高」字寫作「🝁」〈高都・平襠方足平首布〉、「土」字寫作「丄」〈土勻・平襠方足平首布〉、「右」字寫作「🝁」〈安陽・平襠方足平首布〉、「棗」字寫作「🝁」〈酸棗・

---

〔註100〕戰國文字習見增添短橫畫「一」飾筆於偏旁、部件、筆畫上，詳見《戰國文字構形研究》，頁 109～147。

〔註101〕《中國錢幣大辭典・先秦編》，頁 232，頁 309。

〔註102〕何琳儀：〈三晉方足布彙釋〉，《古幣叢考》，頁 224，臺北，文史哲出版社，1996年。

〔註103〕《中國錢幣大辭典・先秦編》，頁 309。

平襠方足平首布〉、「處」字寫作「徐」〈親處・三孔平首布〉、「千」字寫作「夕」〈明・弧背齊刀〉等。以「衆」的「衆」爲例，若省減「宀」則形成「火」的形體，將「火」下半部的「∧」拉直寫作「一」，並將中間的豎畫貫穿上半部的「一」，則與「出」形體無別。〔註104〕

再者，〈盧陽・平襠方足平首布〉的形制，一般通長4.4至4.5公分，身長3至3.2公分，肩寬2.5至2.6公分，足寬2.6至2.8公分，重4.5至6.5公克，自1956年來陸續在山西省芮城、祁縣、浮山、襄汾、洪桐、陽高等地，與河北省易縣、靈壽等地，以及河南省新鄭、鄭州等地出土；〈盡陽・平襠方足平首布〉通長4.6公分，身長3.1公分，肩寬2.6公分，足寬2.9公分，重4.9公克，曾於1984年在河南省鄭州出土。二者形制與形體相近，皆爲戰國晚期的青銅鑄幣，流通於三晉與兩周等地。〔註105〕「盧陽」地望，何琳儀認爲應讀作「魯陽」，在今日河南省魯山，爲魏國所鑄〔註106〕；黃錫全指出應讀爲「虞陽」，即「虞山之陽」，在今日山西省平陸縣北，爲魏國的貨幣。〔註107〕「魯」字於戰國時期或寫作從辵旅聲之字，尚未見作「盧」者，故暫從黃錫全之言。「盡」應爲「盧」字的異體。其鑄行國應爲魏國。

## 五、長子

「木夕」二字平襠方足平首布，於《中國錢幣大辭典・先秦編》中並未釋出，據形摹寫作「木夕」〔註108〕，吳良寶將之釋爲「長子」〔註109〕，觀察二字的形體，其言可從。〈木夕・平襠方足平首布〉幣文作「木」，左側字形爲「夕」，右側字形爲「米」。「長」字於兩周金文作「长」〈史牆盤〉、「长」〈寡長方鼎〉，於〈長子・平襠方足平首布〉中又見作「毁」、「長」，從邑長聲，若將「長」的形體書寫作「米」，更將之插置在「ㄕ」的中間則寫作「長」；

---

〔註104〕戰國文字習見以貫穿筆畫或化曲筆爲直筆的方式書寫，詳見《戰國文字構形研究》，頁345～346，頁352～363。

〔註105〕《中國錢幣大辭典・先秦編》，頁236，頁308～309。

〔註106〕〈三晉方足布彙釋〉，《古幣叢考》，頁232。

〔註107〕〈三晉兩周小方足布的國別及有關問題初探〉，《先秦貨幣研究》，頁126。

〔註108〕《中國錢幣大辭典・先秦編》，頁297。

〔註109〕《先秦貨幣文字編》，頁154，頁231。

若省略邑旁，再將下半部形體的筆畫相連，形成「木」的形體，進一步將之翻轉則寫作「米」。「子」字於兩周金文作「𗧊」〈虢季子白盤〉，於〈長子・平襠方足平首布〉作「𗧊」，將二者相較，「𗧊」省略「▽」上半部的橫畫，又細審貨幣上的文字，「𗧊」上半部的橫畫係以借用邊線的方式表現，遂寫作「𗧊」。

再者，〈長子・平襠方足平首布〉的形制，一般通長 4.4 至 4.5 公分，身長 3 至 3.2 公分，肩寬 2.5 公分，足寬 2.7 至 2.9 公分，重 5 至 6.6 公克，自 1956 年來陸續在山西省芮城、祁縣、陽高、朔縣、襄汾、屯留、浮山、交城、洪桐等地，與河北省易縣燕下都遺址、靈壽等地，以及河南省鄭州等地出土；〈木𗧊・平襠方足平首布〉通長 4.7 公分，寬 2.5 公分，重 5.5 公克，曾於 1963 年在山西省陽高出土。二者形制與形體相近，皆爲戰國晚期的青銅鑄幣，流通於三晉等地。〔註 110〕「木𗧊」二字應爲「長子」的異體。「長子」一詞又見於傳世文獻，如：《漢書・地理志》云：「長子」，王先謙〈補注〉云：「春秋晉地，……戰國屬趙，襄子出亡欲入焉。……一作尙子，入魏，惠成王時韓取之，……趙成侯時，韓以與趙。」〔註 111〕其鑄行國應爲趙國。地望應如何琳儀所言，在今日山西省長子。〔註 112〕

## 六、襄 城

「襄城」二字尖足平首布的首字，於《中國錢幣大辭典・先秦編》中並未釋出，據形摹寫作「襄」，石永士言「或釋爲襄城、商城」〔註 113〕，北文將幣文釋爲「襄城」〔註 114〕，何琳儀釋爲「成襄」〔註 115〕，觀察「襄」字的形體，其言可從。「襄」字於兩周金文作「襄」〈散氏盤〉、「襄」〈穌甫人盤〉、「襄」〈鄂君啓舟節〉，貨幣作「襄」、「襄」，其形體係沿襲「襄」而加以省

---

〔註 110〕《中國錢幣大辭典・先秦編》，頁 258，頁 297。

〔註 111〕〔漢〕班固撰、〔唐〕顏師古注、〔清〕王先謙補注：《漢書補注》，頁 688，臺北，藝文印書館，1996 年。

〔註 112〕〈三晉方足布彙釋〉，《古幣叢考》，頁 226。

〔註 113〕《中國錢幣大辭典・先秦編》，頁 363。

〔註 114〕北文：〈秦始皇「書同文字」的歷史作用〉，《文物》1973 年第 11 期，頁 3。

〔註 115〕何琳儀：〈尖足布幣考〉，《古幣叢考》，頁 119～120，臺北，文史哲出版社，1996 年。

改。「◠」爲「衣」，上半部的「▽」本爲「○」，中間的「↑」爲「↑」的省改，又從「衣」之形，下半部的形體本作「∪」，寫作「◻」係誤將「∪」視爲「口」。此外，「襄平」尖足平首布的「襄」字作「會」、「會」，亦與之相同，惟「會」進一步在「◻」的形體上，再增添一道短橫畫「-」寫作「⊟」。

　　又觀察《中國錢幣大辭典‧先秦編》收錄的尖足平首布，面文的讀法，大多由右至左，可知何琳儀將之讀爲「成襄」，即隸屬於廣平國的「城鄉」，實有可議。〔註116〕趙國鑄行「尖足平首布」，「襄城」應爲趙邑。「襄城」一詞又見於傳世文獻，如：《史記‧史記正義論例‧列國分野》云：「韓分晉得南陽郡及潁川之父城、定陵、襄城、潁陽、潁陰、長社、陽翟、郟。」《史記‧魏世家》云：「昭王元年，秦拔我襄城。」〈考證〉云：「襄城，今河南許州襄城縣。」〔註117〕《漢書‧地理志》云：「襄城」，王先謙〈補注〉云：「春秋鄭地，後屬楚，戰國懷王時秦取之。」〔註118〕從史書得知「襄城」或屬韓，或屬魏，或屬楚，後又爲秦國所有，非在趙境。趙國〈襄城‧尖足平首布〉的地望位於何處，仍待日後相關材料補證。

## 七、襄　平

　　「會示」二字尖足平首布，於《中國錢幣大辭典‧先秦編》中並未釋出，據形摹寫作「會示」〔註119〕，何琳儀將之釋爲「襄平」〔註120〕，其言可從。貨幣「襄」字作「會」、「會」，據上列〈襄城‧尖足平首布〉之「襄」字考證，應可釋爲「襄」。「平」字於兩周金文作「乎」〈郘公平侯鼎〉，貨幣作「氺」、「示」、「示」。將字形相較，「示」一方面將豎畫以收縮筆畫的方式書寫，由「乎」→「氺」，一方面又於起筆橫畫上增添一道短橫畫「-」寫作「示」；「示」一方面省減「乎」下半部的橫畫「一」，一方面又於起筆橫畫上增添「=」寫作「示」；

〔註116〕〈尖足布幣考〉，《古幣叢考》，頁120。

〔註117〕〔漢〕司馬遷撰、〔劉宋〕裴駰集解、〔唐〕司馬貞索隱、〔唐〕張守節正義、（日本）瀧川龜太郎考證：《史記會注考證》，頁15，頁701，臺北，宏業書局有限公司，1992年。

〔註118〕《漢書補注》，頁704。

〔註119〕《中國錢幣大辭典‧先秦編》，頁365。

〔註120〕〈尖足布幣考〉，《古幣叢考》，頁120。

「**水**」則進一步省減「**冰**」所見的三道「一」。無論「平」字如何省改，透過文字的比對與分析，仍可識讀。

何琳儀指出「襄平」可能與〈地理志〉趙國的襄國有關。〔註121〕「襄平」一詞又見於傳世文獻，如：《漢書‧地理志》云：「襄邑，莽曰襄平」，又「襄平，莽曰相平。」〔註122〕史書所見「襄平」非爲趙邑。趙國〈襄平‧尖足平首布〉的確切地望位於何處，以及何氏之言，仍須待日後相關材料補證。

## 八、專

「**専**」字尖足平首布，於《中國錢幣大辭典‧先秦編》中並未釋出，據形摹寫作「**専**」。〔註123〕與之近同的字形又見於〈下專‧三孔平首布〉的「專」字，寫作「**専**」，以及〈博‧尖足平首布〉的「博」字，寫作「**博**」。又「專」字於兩周金文作「**専**」〈番生簋蓋〉，「博」字作「**博**」〈戎簋〉，再者，從「專」的「搏」字作「**搏**」或「**搏**」〈多友鼎〉，將金文與貨幣的字形相較，「**専**」與「**博**」的形體應承襲於「**搏**」，省減「**田**」中間的豎畫；此外，〈下專‧三孔平首布〉的「**専**」字從寸，〈専‧尖足平首布〉的「**専**」字與〈博‧尖足平首布〉的「**博**」字從又，古文字裡從寸與從又無別，例如：「寺」字作「**寺**」〈墜喜壺〉或「**寺**」〈睡虎地‧秦律十八種182〉，可知「**専**」爲「專」字的異體。〈専‧尖足平首布〉應可釋爲〈專‧尖足平首布〉，其鑄行國屬趙國。

趙國貨幣裡或見〈下專‧三孔平首布〉與〈上專‧三孔平首布〉，「下專」與「上專」地望未見於傳世文獻，但史書中有「下博」地望。「專」字反切爲「芳無切」，上古音屬「滂」紐「魚」部；「博」字反切爲「補各切」，上古音屬「幫」紐「鐸」部，二者發聲部位相同，幫滂旁紐，魚鐸對轉，「專」字可通假爲「博」。裘錫圭指出「下博」在今日河北省深縣東，「上博」應是在「下博」北面的城邑，其說可從。〔註124〕

「專」字可通假爲「博」，「博」一詞又見於傳世文獻，如：《史記‧田儋

〔註121〕〈尖足布幣考〉，《古幣叢考》，頁120。

〔註122〕《漢書補注》，頁702，頁757。

〔註123〕《中國錢幣大辭典‧先秦編》，頁362。

〔註124〕裘錫圭：〈戰國貨幣考（十二篇）〉，《古文字論集》，頁435，北京，中華書局，1992年。

列傳》云：「相橫走博陽。」〈集解〉云：「〈漢傳〉『博陽』作『博』。」「王先謙曰：『博陽即博縣，非汝南博陽也』。」又《史記・傳靳蒯成列傳》云：「屬淮陰，擊破齊歷下軍，擊田解，屬相國參，殘博。」〈索隱〉云：「博，太山縣也。顧祕監云：『屬曹參，以殘破博縣也。』」〔註125〕「博縣」應屬齊國地望，非在趙境。趙國鑄行「尖足平首布」，何琳儀以爲〈博・尖足平首布〉的「博」爲趙國地望〔註126〕，則〈專・尖足平首布〉亦當歸屬之。又據裘錫圭的考證，「下博」在今日河北省深縣東，「上博」係位於「下博」北面的城邑，則「專（博）」可能在今日河北省境內，明確的地理位置，尚待日後相關材料補證。

---

〔註125〕《史記會注考證》，頁 1054，頁 1080。

〔註126〕〈尖足布幣考〉，《古幣叢考》，頁 124～126。

# 第二章　形體結構增繁分析

## 第一節　前　言

　　原始社會裡，人們的日常所需多爲自給自足，部分無法自行製造的物品，可以透過以物易物的方式與人換取。隨著時代的進步，分工愈來愈細，爲了追求更好的生活，爲了取得更多自己無法製作的物品，遂大量生產財貨，透過交易的行爲，獲得更多的利益。在貨幣的發展上，由早期的商品貨幣走向稱量貨幣再發展爲鑄造貨幣、紙幣等。簡言之，早期的貨幣係由貝殼或玉爲之，其後改以青銅製品取代，再進一步由銅錫鉛等金屬合鑄的貨幣取代，之後又有紙製的貨幣發行。從其發展觀察，這些貨幣皆具有價值、收藏，以及交易的作用，亦即貨幣學者所言之「交易媒介、價值單位、價值儲存」的功能。〔註1〕

　　早期以貝殼或玉作爲貨幣，其間尚未發現文字的記載，春秋時期楚國的蟻鼻錢上已見文字，進入戰國時期，諸侯國的勢力日漸強大，各國自行鑄造、流通貨幣，爲了明確的表示貨幣的鑄行國家或是都邑，遂在其間鑄上地望，或是其他的文字。貨幣的形體不大，其間所載的文字，除了地望，如：山陽、宅陽、平陽、安陽、安周、中都、中陽等；或見數字，如：一、二、三、四、五、六等；或見單字，如：上、大、口、不、午等；此外尚有部分未識的字形，如：ﾊ、

---

〔註1〕黃志典：《貨幣銀行學》，頁21，臺北，前程文化事業有限公司，2006年。

凵、㞢、㞢、㞢、㞢、〰、㞢、〜等。由於貨幣上可供鑄寫文字的面積有限，文字的形構，多是簡化多於繁化。在繁化的表現上，亦無法如鑄寫於銅器、簡牘、帛書等材質上的文字更具多樣化。

「增繁」係指在文字原有的形體上，增添新的筆畫、偏旁，或是重複其形體等，對於原本記錄的字音、字義或未產生變異，或改易其詞性、意義的繁化現象。關於文字增繁現象，茲分為增添飾筆、重複偏旁或部件、增添無義偏旁、增添標義偏旁、增添標音偏旁等五項，分別舉例說明。

## 第二節　增添飾筆

從貨幣的資料觀察，常見在原本的文字形構上，增添一筆、或是二筆以上的筆畫。這些筆畫的增添與否，並不影響原本承載的字音與字義，故謂之「飾筆」。

貨幣文字中飾筆的增添，可分為五大類，其間又可細分為十八類，論述如下：

### 一、增添小圓點於文字者

增添小圓點於文字者，可細分為四類，一為增添小圓點「·」於較長豎畫或是筆畫上；二為增添小圓點「·」於一般橫畫或是起筆橫畫上；三為增添小圓點「·」於從「口」部件中；四為增添小空心圓點「。」於較長筆畫上。

#### （一）增添小圓點「·」於較長豎畫或是筆畫上

「辛」字於甲骨文作「㞢」《合》（94 正），未見增添短橫畫「-」，於兩周金文作「㞢」〈史牆盤〉，於起筆橫畫上增添一道短橫畫「-」，貨幣文字作「㞢」，一方面承襲金文的字形於起筆橫畫上增添一道短橫畫「-」，另一方面又在豎畫上增添小圓點「·」。

「京」字於甲骨文作「㞢」《合》（317），未見增添短橫畫「-」，於兩周金文作「㞢」〈靜卣〉，貨幣文字作「㞢」，豎畫上的小圓點「·」，應為飾筆的增添。

貨幣「㞢」字作「㞢」或「㞢」，「㞢」豎畫上的小圓點「·」，為飾筆的增添。

「成」字於甲骨文作「⿰」《合》（1245）、「⿰」《合》（27511），金文作「⿰」〈頌鼎〉、「⿰」〈春成侯壺〉，《說文解字》云：「從戊丁聲」〔註2〕，李孝定指出「成」字在金文從「戌」，篆文「⿰」從「戊」，爲戊、戌的形義相近所致，金文「成（⿰）」字所從之「戌」下方的「｜」應爲「丁」，古文「⿰」從「午」的形體，是由〈沇兒鎛〉「⿰」而來，在「↑」豎畫增添小圓點「‧」，與「午」的形體相混〔註3〕；徐中舒以爲〈沇兒鎛〉之「⿰」訛爲從戊從𠂤，「𠂤」非爲「午」字，「𠂤」是「⿰」的斜畫與「｜」結合而成的形體〔註4〕；陳復澄指出金文從「⿰」從「｜」，「⿰」即「戊」，爲「斧鉞」之形，其後在文字發展過程產生訛變，遂出現從丁得聲與從午得聲的字形，而甲骨文所見之「口」應非「丁」。〔註5〕貨幣文字作「⿰」，所從「｜」之豎畫上的小圓點「‧」爲飾筆的增添。

貨幣「⿱」字寫作「⿱」、「⿱」，後者係增添小圓點「‧」於較長的筆畫上。

「生」字於甲骨文作「⿱」《合》（1666），未見增添飾筆，於兩周金文作「⿱」〈士上盉〉、「⿱」〈番生簋蓋〉，後者已於豎畫「｜」上添加小圓點「‧」，貨幣文字寫作「⿱」或「⿱」，皆承襲金文的形體。

（表 2-1）

| 字例 | 殷　　商 | 西　　周 | 春　　秋 | 戰　　國 |
|---|---|---|---|---|
| 辛 | ⿰<br>《合》（94 正） | ⿰<br>〈史牆盤〉 | ⿰<br>〈辛‧平肩空首布〉 | ⿰<br>〈睡虎地‧日書甲種 99 背〉 |
| 京 | ⿰<br>《合》（317） | ⿰<br>〈靜卣〉 | ⿰,⿰<br>〈京‧平肩空首布〉 | |

〔註2〕　〔漢〕許慎撰、〔清〕段玉裁注：《說文解字注》，頁 748，臺北，黎明文化事業股份有限公司，1991 年。

〔註3〕　李孝定：《金文詁林讀後記》，頁 486～487，臺北，中央研究院歷史語言研究所，1992 年。

〔註4〕　徐中舒：《甲骨文字典》，頁 1553，成都，四川辭書出版社，1995 年。

〔註5〕　陳復澄：〈咸爲成湯說〉，《遼寧文物》1983 年第 5 期，頁 6～9。

| | | | |
|---|---|---|---|
| 术 | | | 术, 术 〈术·平肩空首布〉 | |
| 成 | 戌 《合》（1245） 戌 《合》（27511） | 戌 〈頌鼎〉 | 戌 〈成·平肩空首布〉 | 戌 〈春成侯壺〉 |
| 夸 | | | | 夸, 夸 〈梁重鍰五十當寽·弧襠方足平首布〉 |
| 生 | 生 《合》（1666） | 生 〈士上盉〉 生 〈番生簋蓋〉 | 生, 生, 生 〈生·尖首刀〉 | 生 〈郭店·老子甲本 10〉 |

## （二）增添小圓點「‧」於一般橫畫或是起筆橫畫上

「定」字於兩周金文作「定」〈裘衛盉〉、「定」〈蔡侯紐鐘〉，西周金文中尚未見增添飾筆的現象，春秋之〈蔡侯紐鐘〉已將短橫畫「-」置於「正」之上，貨幣文字作「定」，係將小圓點「‧」置於「正」之上。

（表 2-2）

| 字例 | 殷 商 | 西 周 | 春 秋 | 戰 國 |
|---|---|---|---|---|
| 定 | 定 《合》（36851） | 定 〈裘衛盉〉 定 〈伯定盉〉 | 定 〈蔡侯紐鐘〉 | 定 〈定·平肩空首布〉 |

### （三）增添小圓點「·」於從「口」部件中

「言」字於兩周金文作「」〈伯矩鼎〉，貨幣文字作「」，「口」中所見「·」屬飾筆性質。

「吉」字於兩周金文作「」〈毛公鼎〉，貨幣文字作「」，「口」中所見「·」屬飾筆性質。

（表 2-3）

| 字例 | 殷　商 | 西　周 | 春　秋 | 戰　國 |
|---|---|---|---|---|
| 言 |  《合》（440 正） |  〈伯矩鼎〉 | |  〈言半·直刀〉 |
| 吉 |  《合》（5250） |  〈毛公鼎〉 |  〈沇兒鎛〉 | ， 〈節墨之大刀·齊刀〉 |

### （四）增添小空心圓點「。」於較長筆畫上

貨幣「夸」字寫作「」、「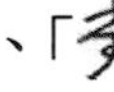」，後者係增添小空心圓點「。」於較長筆畫上。又作爲飾筆增添時，小圓點可以寫作實心「·」，亦可作空心「。」，其作用並無差異。

（表 2-4）

| 字例 | 殷　商 | 西　周 | 春　秋 | 戰　國 |
|---|---|---|---|---|
| 夸 | | | | ， 〈梁重釿五十當寽·弧襠方足平首布〉 |

## 二、增添橫畫於文字者

增添橫畫於文字者，可細分爲七類，一爲增添短橫畫「-」於一般橫畫或是起筆橫畫上；二爲增添短橫畫「-」於較長豎畫上；三爲增添短橫畫「-」於偏旁或部件下；四爲增添短橫畫「-」於從「口」部件中；五爲增添短橫畫「-」於從「△」或「▽」部件中；六爲增添橫畫「—」於字下方；七爲增添「=」於從「△」部件中。

（一）增添短橫畫「-」於一般橫畫或是起筆橫畫上

「尙」字於西周金文作「尙」〈戜方鼎〉，未見增添短橫畫「-」於起筆橫畫上，東周時期多將短橫畫「-」置於一般橫畫上，寫作「尙」者，其上之「-」為飾筆的增添。

「奇」字從大從可，寫作「奇」《古陶文彙編》（4.139），將字形相較，寫作「奇」者，「可」上的「-」為飾筆的增添，又其形體屬反書。

金文「辛」字作「辛」〈瘋鐘〉，貨幣文字作「辛」，係承襲金文的字形於起筆橫畫上增添一道短橫畫「-」。

「平」字於兩周金文作「平」〈拍敦〉或「平」〈兆域圖銅版〉，貨幣文字作「平」，係於起筆橫畫上增添一道短橫畫「-」飾筆。

「石」字於甲骨文作「石」《合》（9552），於兩周金文作「石」〈鄭子石鼎〉，甲、金文皆未見增添短橫畫「-」於起筆橫畫上，寫作「石」者，其上的「-」為飾筆的增添。

「兩」字於兩周金文作「兩」〈歔鐵方鼎〉、「兩」〈函皇父鼎〉，貨幣文字作「兩」或「兩」，皆於起筆橫畫上增添一道短橫畫「-」；又「兩」字「象車衡縛雙軛形」〔註6〕，〈函皇父鼎〉的「兩」字已出現初步分離的現象，在〈下專・三孔平首布〉裡，於割裂後的「个」豎畫上，增添兩道橫畫「=」，再加上類化作用，寫作「羊」，使得其形體近同於「羊（羊）」。

「巨」字於兩周金文作「巨」〈伯矩簋〉、「巨」〈酈侯少子簋〉，早期金文「巨」字「象人以手持工之形」〔註7〕，其後省減「人」的形體，僅保留「工」的形象，寫作「工」。戰國文字的字形應承襲於〈酈侯少子簋〉的形體，貨幣文字作「巨」，其上的「-」為飾筆的增添。

（表2-5）

| 字　例 | 殷　　商 | 西　　周 | 春　　秋 | 戰　　國 |
|---|---|---|---|---|
| 尙 | | 尙〈戜方鼎〉 | 尙〈尙・平肩空首布〉 | 尙〈墜侯因育敦〉 |

---

〔註6〕何琳儀：《戰國古文字典——戰國文字聲系》，頁693，北京，中華書局，1998年。

〔註7〕《戰國古文字典——戰國文字聲系》，頁495。

| | | | |
|---|---|---|---|
| 奇 | | | 〈奇氏・平襠方足平首布〉<br><br>《古陶文彙編》（4.139） |
| 辛 | 《合》（22724） | 〈癲鐘〉 | | 〈新城・尖足平首布〉 |
| 平 | | | 〈拍敦〉 | 〈平匋・尖足平首布〉<br><br>〈兆域圖銅版〉 |
| 石 | 《合》（9552） | 〈己侯貉子簋蓋〉 | 〈鄭子石鼎〉 | 〈離石・尖足平首布〉 |
| 兩 | | 〈歔䜌方鼎〉<br><br>〈函皇父鼎〉<br><br>〈函皇父簋〉 | 〈洹子孟姜壺〉 | 〈下專・三孔平首布〉<br><br>〈一珠重一兩十二・圜錢〉 |
| 巨 | | 〈伯矩簋〉 | 〈郘侯少子簋〉 | 〈明・弧背齊刀〉 |

**（二）增添短橫畫「-」於較長豎畫上**

金文「生」字作「生」〈作冊大方鼎〉，未見增添飾筆，作「生」〈史牆盤〉，

於豎畫「｜」上添加短橫畫「-」，貨幣文字寫作「主」，係承襲金文「𡳿」的形體。

金文「京」字作「𩫚」〈班簋〉，貨幣文字作「帝」，將字形相較，後者於豎畫上的短橫畫「-」，應為飾筆的增添。

「㰸」字從欠主聲，「𣢧」係增添短橫畫「-」於「主」的豎畫上。

「未」字於兩周金文作「米」〈利簋〉，貨幣之「未」字豎畫「｜」上的短橫畫「-」，屬飾筆性質，寫作「未」。

「夸」字寫作「夸」、「𡥀」，後者係增添短橫畫「-」於豎畫上。

「子」字於甲、金文作「𢆉」《合》（32 正）、「𢀤」〈格伯簋〉，貨幣文字作「�」，豎畫上的短橫畫「-」為飾筆的增添。

「強」字於楚簡作「𢀦」〈天星觀・卜筮〉或「𢀧」〈包山 103〉，貨幣文字作「𢀨」，「弓」豎畫上的短橫畫「-」應為飾筆的增添。

金文「辛」字作「𡴀」〈趞鼎〉，貨幣文字作「辛」，在豎畫上增添一道短橫畫「-」。

「氏」字於兩周金文作「𠂤」、「𠂤」〈散氏盤〉，西周時期已見增添小圓點的現象，至戰國時期習見將短橫畫增添於豎畫之上，寫作「𠂤」。在文字的發展上，小圓點演化為短橫畫十分常見，不論增添何種飾筆，其作用皆相同。

「閃」字於甲骨文作「𢶈」《合》（27160），將字形相較，寫作「𤓰」者，係增添一道短橫畫「-」於「火」的豎畫上。

「返」字於兩周金文作「返」〈鄂君啓舟節〉，從辵反聲，貨幣文字作「𢕊」或「𢕋」，寫作「𢕋」者，係將短橫畫「-」增添於「又（𠂇）」的豎畫上，使得形體與「𡳿」相近。

「內」字於甲骨文作「𠕄」《合》（4475），於兩周金文作「𠕄」〈毛公鼎〉，甲骨文與西周金文的「內」字未見於豎畫上增添短橫畫，作「𠕦」或「𠕗」者，為添增飾筆的現象。

「十」字於甲骨文作「｜」《合》（137 正），於兩周金文作「𠂉」〈虢季子白盤〉，甲骨文的「十」字未見於豎畫上增添短橫畫或是小圓點，兩周文字所見的字形，多為添增飾筆的現象。貨幣文字作「十」，係後人將該字寫作「十」的形體，沿襲至今。

「赤」字於兩周金文作「」〈訇鼎〉、「」〈頌鼎〉、「」〈龘公華鐘〉，皆未見於「火」上增添短橫畫「-」，又〈龘公華鐘〉「」字於「大（）」的兩側增添短斜畫「ㄑㄟ」寫作「」，係受到下半部「火」的類化作用所致。將字形相較，貨幣文字作「」或「」，係於「火」的豎畫上增添短橫畫「-」。

（表 2-6）

| 字例 | 殷　商 | 西　周 | 春　秋 | 戰　國 |
|---|---|---|---|---|
| 生 | 《合》（21172） | 〈作冊大方鼎〉<br><br>〈史牆盤〉 | 〈生・平肩空首布〉 | 〈中山王䲤方壺〉 |
| 京 | 《合》（8036） | 〈班簋〉 | 〈京・平肩空首布〉 | |
| 欿 | | | 〈欿・平肩空首布〉 | |
| 未 | 〈婣𝌡爵〉 | 〈利簋〉 | 〈未・平肩空首布〉 | 〈睡虎地・秦律十八種 49〉 |
| 夸 | | | | 〈梁重鈣五十當寽・弧襠方足平首布〉 |
| 子 | 《合》（32 正） | 〈格伯簋〉 | 〈鰲鎛〉 | 〈莆子・平襠方足平首布〉 |

| | | | |
|---|---|---|---|
| 強 | | | 〈右明辟強·平襠方足平首布〉<br><br>〈天星觀·卜筮〉<br><br>〈包山 103〉 |
| 辛 | 《合》（6947 正） | 〈趩鼎〉 | 〈蔡侯尊〉 | 〈新城·尖足平首布〉 |
| 氏 | | 〈散氏盤〉 | 〈枕氏壺〉 | 〈茲氏·尖足平首布〉 |
| 閔 | 《合》（27160） | | | 〈閔半·尖足平首布〉 |
| 返 | | | | 〈齊返邦長大刀·齊刀〉<br><br>〈鄂君啓舟節〉 |
| 內 | 《合》（4475） | 〈毛公鼎〉 | | 〈齊大刀·齊刀〉<br><br>〈明·弧背燕刀〉 |
| 十 | 《合》（137 正） | 〈虢季子白盤〉 | 〈秦公簋〉 | 〈明·折背刀〉 |

| 赤 | | <br>〈智鼎〉<br><br><br>〈頌鼎〉 | <br>〈龠公華鐘〉 | <br>〈共屯赤金・圓錢〉<br><br><br>〈包山168〉 |

### （三）增添短橫畫「-」於偏旁或部件下

「郇」字從邑向聲，「向」字於兩周金文作「向」〈多友鼎〉，兩周金文之「向」字尚未見於「口」下增添短橫畫，〈郇・平襠方足平首布〉作「郇」，所從「向」之「口」下的「-」，屬飾筆的性質。

「妬」字左側為「石」，「石」字於兩周金文作「石」〈鄭子石鼎〉、「石」〈舒盉壺〉，皆未見增添短橫畫「-」於「口」的下方，寫作「妬」者，「石」下的「-」為飾筆的增添。

「亡」字於甲、金文作「ㄅ」《合》（369）、「ㄴ」〈天亡簋〉，未見增添短橫畫「-」，貨幣文字作「ㄴ」者，其間的短橫畫「-」應為飾筆的增添。

（表2-7）

| 字　例 | 殷　　商 | 西　　周 | 春　　秋 | 戰　　國 |
|---|---|---|---|---|
| 郇 | | | | <br>〈郇・平襠方足平首布〉 |
| 妬 | | | | <br>〈妬邑・三孔平首布〉 |
| 亡 | <br>《合》（369） | <br>〈天亡簋〉 | | <br>〈余亡・三孔平首布〉<br><br><br>〈兆域圖銅版〉 |

### （四）增添短橫畫「-」於從「口」部件中

「古」字於兩周金文作「⿱十口」〈大盂鼎〉，貨幣文字作「⿱十⿴口一」，「口」中所見短橫畫，屬飾筆性質。

「邵」字於兩周金文作「⿰召卩」〈史牆盤〉，貨幣文字作「⿱刀口」，「口」中所見「-」屬飾筆性質。

「言」字於兩周金文作「⿱䇂口」〈屬比盨〉，貨幣文字作「⿱䇂口」，「口」中所見「-」屬飾筆性質。

「都」字於兩周金文作「⿰者邑」〈獸鐘〉或「⿰者邑」〈黛鎛〉，貨幣文字作「⿰者邑」，「口」中所見短橫畫，屬飾筆性質。

貨幣文字「城」作「⿱成土」、「⿱成土」，後者上半部的形體作「⿸厂月」，與〈城白・直刀〉的「成」字作「⿹戈丁」相同，除了以收縮筆畫的方式書寫「戉」的形體，又在「口」中增添一道短橫畫「-」，作為補白之用。

（表 2-8）

| 字例 | 殷　商 | 西　周 | 春　秋 | 戰　國 |
|---|---|---|---|---|
| 古 | 《合》（9560） | 〈大盂鼎〉 | 古，古〈古・平肩空首布〉 | 古〈睡虎地・語書 1〉 |
| 邵 | | 〈史牆盤〉 | 〈秦公簋〉 | 〈邵也・平肩空首布〉 |
| 言 | 《合》（13639） | 〈屬比盨〉 | | 〈言半釿・弧襠方足平首布〉 |
| 都 | | 〈獸鐘〉 | 〈黛鎛〉 | 〈高都・平襠方足平首布〉 |
| 城 | | 〈散氏盤〉 | | 〈城・直刀〉 |

（五）增添短橫畫「-」於從「△」或「▽」部件中

「參」字於殷周金文作「⿱晶人」〈甫⿱晶人父乙盉〉、「⿱晶人」〈裘衛盉〉、「⿱晶三」

〈魚鼎匕〉，西周時始見增添聲符「彡」。將字形相較，「𤕰」〈楚帛書・甲篇2.21〉除了增添聲符外，亦將短橫畫「-」添加於「口」的形體；貨幣文字作「𤕰」，係將短橫畫「-」增添於「▽」部件中。

「立」字於兩周金文作「𡵤」〈番生簋蓋〉，象一人站立於地上之形，大多未見增添短橫畫於收筆橫畫之下，貨幣文字作「𡵤」，所見的「-」應爲飾筆。

「長」字左側爲「立」，第二例字作「𡵤」，係將「-」增添於「△」部件中。

（表2-9）

| 字 例 | 殷　　商 | 西　　周 | 春　　秋 | 戰　　國 |
|---|---|---|---|---|
| 參 | 〈蒲𤕰父乙盉〉 | 〈裘衛盉〉 | 〈參川釿・斜肩空首布〉<br><br>〈魚鼎匕〉<br><br>〈楚帛書・甲篇2.21〉 |
| 立 | 《合》（811 正） | 〈番生簋蓋〉 | 〈秦公鐘〉 | 〈齊大刀・齊刀〉 |
| 長 | 《合》（28195） | 〈臣諫簋〉 | 〈長子沬臣簠〉 | 〈齊返邦長大刀・齊刀〉 |

### （六）增添橫畫「一」於字下方

「白」字於甲骨文作「⊖」《合》（203 反），於兩周文字作「⊖」〈虢季子白盤〉、「⊿」〈郭店・緇衣 1〉，作「⊿」者僅見於戰國時期晉系的中山國文字。以〈兆域圖銅版〉之字爲例，學者多有考釋，張守中以爲是「旦」字，湯餘惠從銘文與字形考慮，指出該字即爲「白」字而讀爲「帛」，容庚認爲是從白

從一的「囪」字。〔註8〕中山王器所見之字，應如湯餘惠所言，其下之橫畫「一」為飾筆的增添，同為中山國的〈成白・直刀〉之「白」字下的「一」亦為飾筆。

（表 2-10）

| 字 例 | 殷 商 | 西 周 | 春 秋 | 戰 國 |
|---|---|---|---|---|
| 白 | 《合》（203 反） | 〈虢季子白盤〉 | 〈魯伯厚父盤〉 | 〈成白・直刀〉<br><br>〈兆域圖銅版〉<br><br>〈郭店・緇衣 1〉 |

（七）增添「＝」於從「△」部件中

「立」字多寫作「」，大多未見增添「＝」於「△」部件中，〈齊大刀・齊刀〉之「立」字的形體作「」，將「＝」增添於部件中，「＝」屬飾筆的性質。此種增添飾筆的方式，為戰國時期齊國文字的特色，相近同的寫法亦見於銅器文字，如：〈陸璋罐〉作「」。

「長」字左側添加「立」的偏旁，第二例字作「」，係將「＝」增添於「△」部件中。

（表 2-11）

| 字 例 | 殷 商 | 西 周 | 春 秋 | 戰 國 |
|---|---|---|---|---|
| 立 | 《合》（20332） | 〈毛公鼎〉 | 〈孫叔師父壺〉 | 〈齊大刀・齊刀〉 |
| 長 | 《合》（29641） | 〈作長鼎〉 | 〈郘湯伯匜〉 | 〈齊返邦長大刀・齊刀〉 |

〔註 8〕 張守中：《中山王𰯼器文字編》，頁 16，北京，中華書局，1981 年；湯餘惠：〈關於全字的再探討〉，《古文字研究》第十七輯，頁 218～222，北京，中華書局，1989 年；容庚：《金文編》，頁 552，北京，中華書局，1992 年。

### 三、增添短豎畫於文字者

增添短豎畫於文字者，可細分為二類，一為增添短豎畫「｜」於字或偏旁左側或右側；二為增添短豎畫「｜」於從「口」部件中。

#### （一）增添短豎畫「｜」於字或偏旁左側或右側

「反」字於兩周金文作「⺆」〈九年衛鼎〉、「⺆」〈王后左和室鼎〉，西周金文未見增添短豎畫「｜」，戰國時期的金文與貨幣文字或見「⺆」、「⺆」，在「⺆」左側的「｜」，應為飾筆的增添。

（表 2-12）

| 字例 | 殷商 | 西周 | 春秋 | 戰國 |
|---|---|---|---|---|
| 反 | 《合》（36537） | 〈九年衛鼎〉 | | 〈甫反一釿・弧襠方足平首布〉<br><br>〈甫反半釿・弧襠方足平首布〉<br><br>〈王后左和室鼎〉 |

#### （二）增添短豎畫「｜」於從「口」部件中

燕國貨幣文字將「中」字的豎畫「｜」收縮省略，形成特殊的形體，寫作「弓」，或將短豎畫「｜」添加於「◯」，寫作「弓」。又燕國文字於「中」字之「口」部件中增添短橫畫「-」現象十分常見，如：「弓」《古陶文彙編》（4.20）、「弓」《古璽彙編》（0368），作「弓」應為其變例。

（表 2-13）

| 字例 | 殷商 | 西周 | 春秋 | 戰國 |
|---|---|---|---|---|
| 中 | 《合》（7363 正） | 〈頌鼎〉 | 〈沈兒鎛〉 | 〈明・弧背燕刀〉 |

| | | |
|---|---|
| 中 《合》（20587） | 中 〈散氏盤〉 | | |

## 四、增添斜畫於文字者

增添斜畫於文字者，可細分爲三類，一爲增添斜畫「﹨」於從「口」部件中；二爲增添短斜畫「ˋ」或「ˊ」於字或偏旁左側或右側；三爲增添短斜畫「ˋ」或「ˊ」於較長豎畫上。

### （一）增添斜畫「﹨」於從「口」部件中

〈明・折背刀〉第二例字作「」，「口」中所見的斜畫「﹨」屬飾筆的性質，其現象與增添短豎畫「｜」於從「口」部件相同，皆爲於「口」部件中增添短橫畫「-」的變例。

（表 2-14）

| 字　例 | 殷　　商 | 西　　周 | 春　　秋 | 戰　　國 |
|---|---|---|---|---|
| 中 | 《合》（811 正）<br>中<br>《合》（29813 反） | 〈頌鼎〉 | 〈王孫遺者鐘〉 | 〈明・折背刀〉 |

### （二）增添短斜畫「ˋ」或「ˊ」於字或偏旁左側或右側

「長」字作「𡗗长」，左側爲「立」，右側爲「長」，增添的「立」旁屬無義偏旁，「長」字於兩周金文作「长」〈史牆盤〉、「长」〈長子沫臣簠〉，皆未見增添短斜畫「ˋ」或「ˊ」於字或偏旁左側或右側，將字形相較，貨幣文字之第二例字作「𡗗长」，「長」之右側的「ˊ」爲飾筆的增添。

（表 2-15）

| 字　例 | 殷　　商 | 西　　周 | 春　　秋 | 戰　　國 |
|---|---|---|---|---|
| 長 | 《合》（29641） | 〈史牆盤〉 | 〈長子沫臣簠〉 | 〈齊返邦長大刀・齊刀〉 |

## （三）增添短斜畫「ヽ」或「ノ」於較長豎畫上

〈大陰・尖足平首布〉第二例字，因中間筆畫貫穿「∧」，使得中間的筆畫與「│」相近同，遂在「│」增添一道斜畫，以爲補白之用，寫作「𠂤」。

（表 2-16）

| 字 例 | 殷 商 | 西 周 | 春 秋 | 戰 國 |
|---|---|---|---|---|
| 大 |  《合》（151 正） |  〈㝬簋〉 |  〈齊公華鐘〉 |  〈大陰・尖足平首布〉 |

## 五、增添特殊飾筆於文字者

增添特殊飾筆於文字者，可細分爲二類，一爲增添「ᐯ」於較長筆畫上；二爲增添「∧」於較長筆畫上。

### （一）增添「ᐯ」於較長筆畫上

「辛」字於兩周金文作「𨑃」〈利簋〉，貨幣文字作「𨑃」，一方面承襲金文的字形於起筆橫畫上增添一道短橫畫「-」，另一方面又在較長筆畫上增添「ᐯ」。由於小圓點「・」往往可以拉長爲短橫畫「-」，由此亦可變形爲「ᐯ」。又文字在發展的過程，甲形體常因類化作用受到乙形體的影響，使得二個原本不同的形體趨於相近或相同，飾筆的增添，習見於豎畫上添加「・」或「-」，貨幣「𨑃」字增添的「ᐯ」，亦可能是受到上側「ᐯ」的影響。

（表 2-17）

| 字 例 | 殷 商 | 西 周 | 春 秋 | 戰 國 |
|---|---|---|---|---|
| 辛 |  《合》（1210） |  〈利簋〉 | 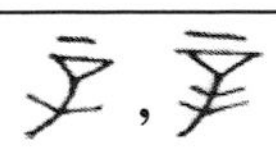 〈辛・尖首刀〉 |  〈睡虎地・日書乙種 110〉 |

### （二）增添「∧」於較長筆畫上

貨幣之「子」字作「�」，將之與金文相較，「𣿁」豎畫上的「∧」應爲飾筆的增添。從「子」得形的「保」字，亦見增添飾筆於偏旁兩側，如：「𠊟」〈墜侯因脊敦〉或「𠊟」〈中山王𗉻鼎〉，將兩側的「ノ　ヽ」相連，即成爲「∧」，

貨幣中所見「∧」飾筆，是否受到「保」字「ˊ ˋ」影響，目前尚無法確知。

（表2-18）

| 字　例 | 殷　　商 | 西　　周 | 春　　秋 | 戰　　國 |
|---|---|---|---|---|
| 子 | <br>〈子爵〉 | <br>〈善夫克鼎〉 | <br>〈吳季子之子逞劍〉 | <br>〈長子・平襠方足平首布〉 |

　　總之，貨幣文字中的飾筆，不外是小圓點、小空心圓點、短橫畫、短斜畫、短豎畫、「∧」、「∨」、「—」、「＝」、「\」等十種，透過增添位置的不同，進而產生十八種不同的方式。從文字的發展言，小圓點可以為空心圓，亦可作實心圓，它往往可以拉長為短橫畫。透過上列字例的觀察，文字中習見的短橫畫，一部分是由小圓點發展而成，在彼消此長下，使得增添短橫畫飾筆的現象，大於增添小圓點的飾筆。再者，小圓點若置放在橫畫的上側、下側、左側、右側，容易產生視覺的突兀，形成不協調或是不對稱的感覺；相對地，短橫畫「-」則無此困擾，它與一般的橫、豎畫、或是多數的部件放在一起時，非僅不會產生視覺的突兀，相反地則具有對稱與協調的作用，所以在增添的位置上，其限制相對於小圓點或是其他的裝飾符號為小。

## 第三節　重複偏旁或部件

　　從古文字的資料觀察，或見某字重複原本形構的偏旁或是部件，其重複的形體不一，或為二，或為三，並無一定的限制，儘管形體發生變化，這些重複的部分多無損於該字原本承載的字音與字義。

### 一、重複偏旁

　　重複偏旁，是在既有的結構上，重複某一個偏旁，而其重複的次數不一，雖然形體上有所改變，多無礙於原本所承載的字音與字義。

　　〈武安・斜肩空首布〉作「」，係將「女」的形體以收縮筆畫的方式書寫，又「」除了將「女」的形體以收縮筆畫的方式書寫，更將其形體重複。

　　「鄭」字從邑負聲，「負」字從人從貝，所從之「貝」重複疊加的現象，

亦見於「敗」字，如：「」〈包山 60〉，據此可知「」左側的形體，本應為兩個「貝」，因書寫的面積有限，遂將「貝」的形體省改，再重複疊加。

（表 2-19）

| 字例 | 殷　商 | 西　周 | 春　秋 | 戰　國 |
|---|---|---|---|---|
| 安 | 《合》（5373） | 〈𢆶方鼎〉 | 〈國差𦉜〉 | 〈武安·斜肩空首布〉 |
| 鄡 | | | | 〈鄡·平襠方足平首布〉 |

## 二、重複部件

重複部件，與重複偏旁的意思相同，其所增繁者，多爲無義的增繁，是在既有的結構之上，重複某一個部件，而其重複的次數不一，雖然形體上有所改變，多無礙於原本所承載的字音與字義。

金文「屯」字作「」〈師望鼎〉，與貨幣文字相較，後者的第三例字係重複「ˇ」，寫作「」。

（表 2-20）

| 字例 | 殷　商 | 西　周 | 春　秋 | 戰　國 |
|---|---|---|---|---|
| 屯 | 《合》（17566 臼） | 〈師望鼎〉 | | 〈屯留·平襠方足平首布〉 |

總之，重複偏旁或是部件的現象，在貨幣文字中並不多見，究其因素，應是受到書寫面積的影響。換言之，貨幣上能鑄寫的面積有限，爲了明確的記載地望，或其他相關的資料，無法將既有的偏旁或部件加以重復。再者，從貨幣資料觀察，重複偏旁或部件時，重複的部位多以上下疊加的方式，即上下式的結構表現，此種方式係在固定的書寫面積下，將文字的形構拉長，書寫後的形體並不影響其原本的字音與字義。

## 第四節　增添無義偏旁

　　增添無義偏旁〔註9〕，指在文字原本的結構之上，增添一個形符，增添的部分，大多不會改變、影響該字原本承載的字義與字音。

　　現今所見的貨幣資料，增添無義偏旁於文字者，可細分為三例；一為增添「立」旁；二為增添「口」旁；三為增添「宀」旁。

### 一、增添「立」旁

　　「長」字於甲骨文作「𠂤」《合》（29641），於兩周金文作「𠂤」〈寡長方鼎〉、「𨱗」〈中山王𪒠鼎〉，貨幣文字作「𡕰」，與中山王器相同，「㞡安」即「長安」，古文字為了明確表達字義，常增添標義的偏旁，為了表示地望或國名，習見增添「土」、「邑」等偏旁，「長安」之「長」寫作「㞡」，增添之「立」，實無意義。

（表 2-21）

| 字 例 | 殷　商 | 西　周 | 春　秋 | 戰　國 |
|---|---|---|---|---|
| 長 | 𠂤 《合》（29641） | 𠂤 〈寡長方鼎〉 | | 𡕰 〈長安・平襠方足平首布〉 |
| | | | | 𨱗 〈中山王𪒠鼎〉 |

### 二、增添「口」旁

　　「大」字寫作「呑」，上半部從「大」，下半部從「口」，過去學者多將之釋為「去」字，讀為「法」，裘錫圭改釋為「大」，以為下半部的「口」應為無義的偏旁。〔註10〕增添無義偏旁「口」的現象，在戰國文字裡十分習見，如：「組」字作「絈」〈曾侯乙 2〉；「頸」字作「𩑋」〈曾侯乙 9〉；「巫」字作「𧗽」〈天星觀・卜筮〉；「丙」字作「𠀠」〈包山 54〉；「青」字作「𡴀」〈包山 256〉；「己」

---

〔註9〕　何琳儀：《戰國文字通論》，頁 196，北京，中華書局，1989 年。

〔註10〕　裘錫圭：〈戰國文字中的「市」〉，《古文字論集》，頁 456，北京，中華書局，1992 年。

字作「⟨圖⟩」〈郭店・成之聞之 20〉；「紀」字作「⟨圖⟩」〈楚帛書・乙篇 4.13〉等，可知裘錫圭的釋讀應可信。

（表 2-22）

| 字 例 | 殷　商 | 西　周 | 春　秋 | 戰　國 |
|---|---|---|---|---|
| 大 | ⟨圖⟩<br>〈大禾方鼎〉 | ⟨圖⟩<br>〈師同鼎〉 | ⟨圖⟩<br>〈嘉賓鐘〉 | ⟨圖⟩<br>〈齊大刀・齊刀〉 |

### 三、增添「宀」旁

「大」字寫作「⟨圖⟩」，上半部從「宀」，下半部從「⟨圖⟩」，據上列「增添『口』旁」考證，「⟨圖⟩」字下半部的「口」為無義偏旁；從辭例觀察，〈齊大刀・齊刀〉的幣文為「齊大刀」，〈明・弧背齊刀〉的幣文為「莒冶大刀」，可知「⟨圖⟩」所從之「宀」亦屬無義偏旁。增添無義偏旁「宀」的現象，在戰國文字裡十分習見，如：「中」字作「⟨圖⟩」〈曾侯乙 18〉；「躬」字作「⟨圖⟩」〈包山 210〉；「集」字作「⟨圖⟩」〈包山 212〉；「家」字作「⟨圖⟩」〈郭店・五行 29〉。

（表 2-23）

| 字 例 | 殷　商 | 西　周 | 春　秋 | 戰　國 |
|---|---|---|---|---|
| 大 | ⟨圖⟩<br>〈大兄日乙戈〉 | ⟨圖⟩<br>〈作冊大方鼎〉 | ⟨圖⟩<br>〈黿公華鐘〉 | ⟨圖⟩<br>〈明・弧背齊刀〉 |

總之，增添無義偏旁的作用，與添加飾筆近同，有時具有補白與平衡的效果。此種增繁的現象於貨幣中亦少見，究其因素，仍是受到書寫面積的影響，無法在固定的面積上，增添過多與字音或字義無關的偏旁。

## 第五節　增添標義偏旁

增添標義偏旁[註11]，指在文字原本的結構之上，增加一個義符，透過這個新添的義符，突顯該字的意義。

現今所見的貨幣資料，增添標義偏旁於文字者，可細分為三例；一為增添

---

〔註11〕《戰國文字通論》，頁 198。

「邑」旁；二爲增添「土」旁；三爲增添「幽」旁。

## 一、增添「邑」旁

「（長）子」即「長子」，爲趙國地望，古文字爲了明確表達字義，常增添標義的偏旁，爲了表示地望或國名，於「長」字上增添的「邑」，應爲有義的偏旁。

「安陽」爲趙國地望，貨幣文字寫作「（安陽）」，從邑安聲，將「邑」增添於「安」的下方，增添的「邑」，應爲有義的偏旁。

（表 2-24）

| 字例 | 殷　　商 | 西　周 | 春　秋 | 戰　　國 |
|---|---|---|---|---|
| 長 | 《合》（27641） | 〈作長鼎〉 | 〈郰湯伯匜〉 | 〈長子・平襠方足平首布〉 |
| 安 | 《合》（37568） | 〈安父簋〉 | 〈薛子仲安簠〉 | 〈安陽・平襠方足平首布〉 |

## 二、增添「土」旁

「丘」字於甲骨文作「（丘）」《合》（108），於兩周金文作「（丘）」〈商丘叔簋〉、「（丘）」〈噩君啓舟節〉、「（丘）」〈兆域圖銅版〉，「丘爲高阜，似山而低，故甲骨文作兩峰以象意」〔註 12〕，兩周時期的「丘」字雖承襲甲骨文的形體發展，卻以線條取代原有的象形成分。將〈商丘叔簋〉與〈兆域圖銅版〉相較，後者寫作「（丘）」，上半部似「羊」，係誤將兩個形體相合，再增添一筆橫畫所致，即「（丄）」＋「一」→「（半）」，下半部爲「土」，左右兩側之短畫「ノ乀」屬飾筆，由於誤將形體相合，產生文字的訛誤，使「丘」的形體與「羊」近似；貨幣文字作「（丘）」、「（丘）」，與〈兆域圖銅版〉近同，上半部爲「（丄）」，下半部爲「土」，左右兩側之短畫「ノ乀」屬飾筆。《說文解字》「丘」字云：「土之高也，非人所爲也，從北從一。」〔註 13〕增添偏旁「土」，係明確的表示爲土所形成，非爲其

---

〔註 12〕于省吾：《甲骨文字詁林》第二冊，頁 1208，北京，中華書局，1996 年。

〔註 13〕《說文解字注》，頁 390。

他物質所致。

「陰」字從阜金聲，「坪陰」爲地望，戰國時期地望爲「×陰」者，亦見於趙國的〈壽陰・尖足平首布〉，「陰」字作「㘴」，相較二者形體，燕系文字增添「土」作「㙒」，係爲彰顯地望之用。

「陳」字於貨幣作「陳」，從土陳聲。楚簡中習見從土陳聲的字，多作爲姓氏使用，如：「陳得」〈包山107〉，又楚國金版中有「陳爯」，「陳」字亦寫作「陳」，名「×爯」者，又見於「郢爯」、「鄑爯」，「郢」與「鄑」皆爲地望，從土陳聲的「陳」字亦應爲地望名稱，增添「土」旁係爲彰顯地望之用。

「陽」字於貨幣作「陽」，從土陽聲。楚簡中習見從土陽聲之字，多作爲姓氏使用，如：「陽年」〈包山126〉，據上列「陳」字考證，「陽」字增添「土」旁的作用應與之相同。

（表2-25）

| 字例 | 殷 商 | 西 周 | 春 秋 | 戰 國 |
|---|---|---|---|---|
| 丘 | 《合》（108） | | 〈商丘叔簠〉 〈丘・平肩空首布〉 | 〈噩君啓舟節〉 〈兆域圖銅版〉 |
| 陰 | | | | 〈坪陰・平襠方足平首布〉 |
| 陳 | | 〈九年衛鼎〉 | 〈陳侯鬲〉 | 〈陳・蟻鼻錢〉 〈包山135〉 |
| 陽 | 《屯》（4529） | 〈農卣〉 | 〈蔡侯墓殘鐘四十七片〉 | 〈陽・蟻鼻錢〉 〈平陽高馬里戈〉 |

### 三、增添「幽」旁

「邪」字有二種形體，一爲從牙從邑，寫作「![邪1]」；一爲從牙從幽從邑，寫作「![邪2]」。戰國時期「牙」字，或寫作「![牙1]」〈郭店・語叢三 11〉，或從牙從![幽字]（幽），寫作「![牙2]」〈曾侯乙 165〉，其本意乃求意義的彰顯，「邪」字增添偏旁「幽」，應是受到「牙」字的影響，亦有彰顯之目的。

（表 2-26）

| 字 例 | 殷 商 | 西 周 | 春 秋 | 戰 國 |
|---|---|---|---|---|
| 邪 | | | | ![邪・尖足平首布]<br>〈邪・尖足平首布〉<br>![邪・睡虎地]<br>〈睡虎地・語書 6〉 |

總之，除了「丘」字寫作從土從丘之形體，所增添之「土」旁爲明確表示其爲「土」所形成外，在貨幣文字中不論是增添偏旁「邑」或是「土」，其作用大多表示地望或是國名；至於「邪」字所增添之「幽」，應是受到「牙」字的影響，亦即「邪」字從牙，所從之「牙」在古文字中亦可寫作從牙從幽，在類化的作用下，以連鎖反應的方式，使得「邪」字亦增添「幽」。

## 第六節　增添標音偏旁

增添標音偏旁〔註 14〕，指在文字原本的結構之上，增加一個聲符，添增的標音聲符，必須與原字所載的字音，具有音同或音近的關係。

現今所見的貨幣資料，增添標音偏旁於文字者，可細分爲二例；一爲增添「勹」聲；二爲增添「乇」聲。

### 一、增添「勹」聲

「墨」字從土從黑，作「![墨]」〈睡虎地・日書甲種 155 背〉，貨幣文字之「墨」字，於既有的形體上，增添聲符「勹」，形成從土從黑勹聲的形體。「墨」字反切爲「莫北切」，上古音屬「明」紐「職」部；「勹」字反切爲「布交切」，

---

〔註 14〕《戰國文字通論》，頁 200。

上古音屬「幫」紐「幽」部，「墨」、「勹」為旁紐的關係。為明確的表現音讀，遂於「墨」字上增添聲符「勹」。

（表 2-27）

| 字　例 | 殷　　商 | 西　　周 | 春　　秋 | 戰　　國 |
|---|---|---|---|---|
| 墨 | | | | 墨,墨 〈節墨之大刀・齊刀〉 墨 〈睡虎地・日書甲種 155 背〉 |

## 二、增添「乇」聲

「刀」字左側從「刀」，右側從「乇」，寫作「𠨍」。過去學者多將「刀」字釋為「化」〔註15〕，裘錫圭改釋為「刀」，認為「乇」係增添的聲符，「刀」與「乇」字聲母極近且韻部相去不遠〔註16〕，其後吳振武亦將之分析為在「刀」上加注音符「乇」的「注音形聲字」，為「刀」字的異體。〔註17〕貨幣文字之「刀」字，於既有的形體上，增添聲符「乇」，形成從刀乇聲的形體。「刀」字反切為「都牢切」，上古音屬「端」紐「宵」部；「乇」字反切為「陟格切」，上古音屬「端」紐「魚」部，「刀」、「乇」為雙聲的關係。

（表 2-28）

| 字　例 | 殷　　商 | 西　　周 | 春　　秋 | 戰　　國 |
|---|---|---|---|---|
| 刀 | 𠂊 《合》（33035） | | | 𠨍 〈節墨之大刀・齊刀〉 |

---

〔註15〕釋為「化」的學者不勝枚舉，如：王毓銓等。王毓銓：《王毓銓史論集》，頁 92，北京，中華書局，2005 年。

〔註16〕裘錫圭：〈裘錫圭先生來函〉，《王毓銓史論集》，頁 189，北京，中華書局，2005 年。

〔註17〕吳振武：〈戰國貨幣銘文中的「刀」〉，《古文字研究》第十輯，頁 308，北京，中華書局，1983 年。

　　總之，貨幣文字中，增添標音偏旁的現象，皆見於齊系文字，究其因素，或許是受到當地方音的影響，爲了讓這些文字能夠繼續使用，遂選擇與其方言相近的聲符加注其間，由於增添聲符之故，亦使得原本的象形、會意字，變爲形聲字。

## 第七節　小　結

　　據拙作《戰國文字構形研究》對於當時文字的增繁現象探討，發現其間的現象十分複雜。在飾筆的增添上，除了貨幣中所見的「‧」、「。」、「-」、「—」、「＝」、「′」或「丶」、「｜」、「ˇ」、「＾」、「\」外，尚見具有地域性的飾筆，如：「ℓ」、「ⅈ」、「ㄱ」、「丶」、垂露點、鳥書等；此外，在重複偏旁或部件，在增添無義偏旁、標義偏旁、標音偏旁等方面，亦呈現多變的現象。〔註18〕

　　相較於戰國時期之銅器、簡牘、帛書、璽印、陶器等文字，貨幣文字的增繁較爲簡易。深究其因，貨幣爲人們在日常生活中的交易物，倘若其形體太大，不易攜帶，雖鑄寫繁複美觀的文字，亦無增其使用的便利；又爲了攜帶與使用的方便，貨幣的面積不能太大，相對的影響到文字的書寫，倘若任意於既有的形構上增添部件或偏旁，甚或是繁複的飾筆，可能無法將所有的文字書於其間；再者，人們爲了知曉貨幣的鑄行與流通，其間的文字只要鑄上地望以及幣值，並以時人所能識別的文字鑄於其間即可，無須刻意以美術化的方式表現。因此，相較於書寫在其他材質的文字，貨幣文字在重複偏旁或部件，在增添無義偏旁、標義偏旁、標音偏旁等方面，形體的增繁益顯單純且少見。

　　觀察東周貨幣的資料，在文字增繁的表現上，與戰國時期鑄寫於其他材質的文字相近同。造成文字增繁的因素，有以下幾項原因：

　　一、爲了使文字的結構，得以協調、對稱，可以在某些筆畫上，增添裝飾的符號，或是在既有的形體結構上，增添一個無義的偏旁，使其達到補白、平衡等效果。

　　二、倘若既有的文字形體結構，上下或左右不對稱，可以將既有的偏旁、

---

〔註18〕陳立：《戰國文字構形研究》，頁85～225，臺北：國立臺灣大學中國文學研究所博士論文，2004年。

部件重複，疊加於其間。

三、倘若某字所從偏旁的意義未能彰顯，可以再增添一個義符。

四、倘若某字的讀音，受到空間的影響，使其音讀不夠明顯，可以再增添
　　一個聲符。

再者，貨幣文字之飾筆的增添，無論是位置的選擇，或是飾筆的添置，亦
有一定的考量，並非任意增繁，必須符合文字形體結構的對稱、平衡、協調、
補白等作用，避免視覺感受的突兀。在飾筆與位置的搭配上，有其規律存在，
如：

一、小圓點「‧」大多增添於豎畫或較長的筆畫，或是「口」的部件中，
　　僅少數將之置於一般橫畫或是起筆橫畫上。

二、小空心圓點「。」，具有空心的特色，不宜置於「口」、「○」等形體中，
　　大多增添於豎畫或較長的筆畫。

三、短橫畫「-」可增添於一般橫畫或是起筆橫畫上，或是添置於豎畫、
　　較長的筆畫，或置於「口」、「▽」、「△」的部件中，或置於偏旁、
　　部件下。

四、橫畫「—」可增添於字的下方。

五、「=」可增添於「△」的部件中。

六、短豎畫「｜」可添加於字或偏旁的左側、右側，或置於「口」的部件
　　中。

七、短斜畫「′」或「﹨」可增添於字、偏旁的左側或右側，或添置於較長
　　的豎畫。

八、斜畫「\」可增添於「口」的部件中。

九、「ˇ」或「^」可增添於較長的筆畫。

# 第三章 形體結構省減分析

## 第一節 前　言

　　增繁與省減爲文字發展的兩大方向，當文字的形體過於繁瑣，人們爲了便於書寫與記憶，遂將圖畫意味濃厚的字形改以豎畫或橫畫取代，甚者進一步的省減部分的形體，使得其字形難以辨識。文字爲記錄語言的符號，它必須具有表音、表意、表形的作用，當其形體過度省裁，使得聲符不具表音的功用，或令義符失去表意的作用，遂又在其形體上，增添標音或是標義的偏旁。貨幣文字的書寫，受限於書寫的面積，在增繁的表現上，與其他的戰國文字材料相較，其現象較爲單純、簡易；省減的方式，基本上仍與其他的戰國文字材料相近同，惟因形體殊異，而有其特別的簡化方式。

　　「省減」係指在原本的字形結構上，減少一個筆畫，或是一個偏旁，或是將偏旁間相近同的筆畫共用或借用，甚至把重複的形體、偏旁或是部件省減，在不破壞該字原本所承載的音義的前提下將之簡化。關於文字省減現象，茲分爲單筆省減、共筆省減、借筆省減、邊線借用、部件省減、同形省減、剪裁省減、義符省減、聲符省減等九項，分別舉例說明。

## 第二節　單筆省減

　　單筆省減，何琳儀稱之爲「單筆簡化」〔註1〕，指對於某一文字的形體，在不破壞其基本形構的前提下，省減一個筆畫。

　　「喜」字於兩周金文作「喜」〈兮仲鐘〉、「喜」〈士父鐘〉，貨幣文字作「喜」，除了省減一道橫畫外，又添加一道「-」於所從之「口」，誤寫作「日」，與「日」的形體近同。

　　「角」字於甲骨文作「角」《合》（112）或「角」《合》（10467），於兩周金文作「角」〈史牆盤〉或「角」〈羊角戈〉，貨幣文字作「角」，省減一道筆畫。

　　「定」字於兩周金文作「定」〈五祀衛鼎〉，將字形相較，貨幣文字作「定」，省減「正」上半部的橫畫「一」。

　　「西」字於兩周金文作「西」〈散氏盤〉、「西」〈國差𦉜〉，貨幣文字作「西」或「西」，省減一道斜畫，若進一步省減「西」的一道筆畫，則會出現「西」的形體，與「白」的字形相混。

　　「貝」字於兩周金文作「貝」〈六年召伯虎簋〉，貨幣文字作「貝」，省減「貝」的一道橫畫「一」。

　　「專」字於兩周金文作「專」〈番生簋蓋〉，又從偏旁「專」之「搏」字於兩周金文作「搏」、「搏」〈多友鼎〉，將字形相較，貨幣文字作「專」者，其形體應承襲「搏」而來，皆省減「田」中間的豎畫。

　　「博」字作「博」，右側的形體爲「專」，與〈專‧尖足平首布〉的「專」相同，省減「田」中間的豎畫。

　　「節」字於兩周金文作「節」〈子禾子釜〉，貨幣文字作「節」或「節」，將文字相較，寫作「節」者，省減「皀」上半部的一筆短橫畫「-」。

　　「賹」字從貝益聲，貨幣文字作「賹」，省減「貝」的一道橫畫「一」。

　　「甲」字於甲骨文有二種不同的形體，《合》（183）爲「大甲」之「甲」，寫作「十」；《合》（248 正）爲「上甲」之「甲」，寫作「田」，金文中亦作二種形體。貨幣文字作「甲」，省減右側的豎畫。又此種現象亦見於戰國時期的楚文字，如：包山楚簡（12）作「甲」、曾侯乙墓竹簡（138）作「甲」，細審

〔註1〕何琳儀：《戰國文字通論》，頁 185，北京，中華書局，1989 年。

楚簡中寫作此形體者，多因該字右側或左側的筆畫，與竹簡右側或左側的邊緣十分接近，或因書寫不易，而省略其間的豎畫。至於貨幣文字中省減豎畫的現象，因無法從幣文中知曉該字與邊線的距離，僅能將之視為單純的單筆省減。

（表 3-1）

| 字例 | 殷　商 | 西　周 | 春　秋 | 戰　國 |
|---|---|---|---|---|
| 喜 | 《合》（527 臼） | 〈兮仲鐘〉<br><br>〈士父鐘〉 | 〈喜·平肩空首布〉 | 〈睡虎地·日書甲種 97 背〉 |
| 角 | 《合》（112）<br><br>《合》（10467） | 〈史牆盤〉 | 〈角·平肩空首布〉 | 〈羊角戈〉<br><br>〈睡虎地·日書甲種 55〉 |
| 定 | 《合》（36918） | 〈五祀衛鼎〉 | 〈定·平肩空首布〉 | 〈睡虎地·法律答問 96〉 |
| 西 | 《合》（14295） | 〈散氏盤〉 | 〈西·平肩空首布〉<br><br>〈國差䤴〉 | 〈西都·尖足平首布〉 |
| 貝 | 《合》（11429） | 〈六年召伯虎簋〉 | 〈貝·平肩空首布〉 | 〈睡虎地·為吏之道 18〉 |
| 專 | | 〈番生簋蓋〉 | 〈王孫遺者鐘〉 | 〈專·尖足平首布〉 |

| 字 | 甲骨文 | 金文 | | 貨幣 |
|---|---|---|---|---|
| | | | | 〈下專·三孔平首布〉 |
| 博 | | 〈弌簋〉 | | 〈博·尖足平首布〉 |
| 節 | | | | 〈節墨之大刀·齊刀〉 〈子禾子釜〉 |
| 賹 | | | | 〈賹六刀·圜錢〉 〈包山 110〉 |
| 甲 | 《合》（183） 《合》（248 正） | 〈利簋〉 〈兮甲盤〉 | | 〈明·弧背燕刀〉 |

　　總之，貨幣上的文字，雖非以刻寫為之，但是據上列資料顯示，省減某字一個筆畫的現象，十分習見。亦即在鑄寫過程中，由於一時的疏忽，漏掉某一筆畫，造成筆畫的省略。

## 第三節　共筆省減

　　共筆省減，指構成文字時，甲偏旁具有的某一筆畫，乙偏旁亦具有，甲、乙二偏旁共用相同的某一筆畫。

　　「安」字自甲骨文至兩周文字多從宀從女，貨幣文字雖亦從宀從女，卻有四種形體，第一種將「女」的形體以收縮筆畫的方式書寫，寫作「宎」；第二種非僅將「女」的形體以收縮筆畫的方式書寫，更將其形體重複，寫作「宮」；

第三種非僅將「女」的形體以收縮筆畫的方式書寫，一方面將其形體重複，一方面又將重複的形體相疊，由於二者具有相同的橫畫，遂以共用筆畫的方式書寫，寫作「囲」；第四種係省減第三種的形體而來，將「囲」省減一道筆畫，由「囲」→「囲」，寫作「囲」。

「鄏」字從氏從示從邑，「氏」字於兩周金文作「丌，丁」〈散氏盤〉、「丁」〈林氏壺〉，從「示」之「福」字於兩周文字作「福」〈睡虎地・秦律十八種 66〉，裘錫圭將之隸釋爲從祇從邑之字。〔註2〕「氏」與「示」的豎畫相同，當二者採取上下式結構時，共用相同的筆畫，寫作「鄏」。

「陰」字從阜金聲，燕國文字多增添「土」，以爲彰顯地望之用，如：《古璽彙編》（0013）作「陰」。將字形相較，「金」與「土」的收筆橫畫相同，採取左右並列式書寫時，以共用筆畫的方式書寫，寫作「陰」。

「亲」字作「亲」，上半部從「辛」，下半部從「木」，「辛」字於兩周金文作「辛」〈史牆盤〉，「木」字作「木」〈格伯簋〉，由於「辛」與「木」中間的豎畫相同，遂共用相同的一個筆畫。「亲城」一詞，無論於貨幣上，或在〈八年新城大令戈〉皆爲地望「新城」。從音韻言，「新」字從「亲」得聲，理可通假，「亲城」釋爲「新城」應無疑義。

「新」字於兩周金文作「新」〈臣卿鼎〉、「新」〈曾侯乙鐘〉，從〈曾侯乙鐘〉的字形可知「新」字從斤亲聲，「亲」字在偏旁的安排，可以採上「木」下「辛」，或上「辛」下「木」的結構。「亲」字上半部從「辛」，下半部從「木」，「辛」與「木」中間的豎畫相同，書寫時共用相同的一個筆畫，寫作「新」。

（表 3-2）

| 字例 | 殷　商 | 西　周 | 春　秋 | 戰　國 |
|---|---|---|---|---|
| 安 | 安<br>《合》（21054） | 安<br>〈公貿鼎〉 | 安<br>〈國差罐〉 | 囧，囧，囲，囲<br>〈武安・斜肩空首布〉 |
| 鄏 | | | | 鄏<br>〈鄏・平襠方足平首布〉 |

〔註2〕裘錫圭：〈戰國貨幣考（十二篇）〉，《古文字論集》，頁 439，北京，中華書局，1992 年。

| | | | | |
|---|---|---|---|---|
| 險 | | | | 〈坪險・平襠方足平首布〉 |
| 亲 | | 〈𦳊簋〉 | | 〈新城・尖足平首布〉 |
| 新 | 《合》（22924） | 〈新邑鼎〉<br>〈臣卿鼎〉 | 〈郘大叔斧〉 | 〈新城・尖足平首布〉<br>〈曾侯乙鐘〉 |

總之，凡是由兩個或兩個以上的形體構成的文字，只要其間的橫畫或是豎畫相同，無論採取左右式結構，或上下式結構，皆可因筆畫的相同，以共用筆畫的方式書寫；此外，這種書寫的方式，除了考慮文字形體結構的協調與平衡，避免某些偏旁形體過於狹長，於組合成字時，產生視覺的突兀外，亦考量文字形體過於狹長或是過寬，不易在固定的面積上書寫，遂利用偏旁間相同的筆畫，以共用筆畫的方式書寫。

## 第四節　借筆省減

借筆省減，何琳儀稱之爲「借用筆畫」〔註3〕，指構成文字時，甲偏旁具有的某一筆畫，乙偏旁裡亦見相近者，甲、乙二偏旁將相近的筆畫予以借用。

「群」字於兩周金文作「」〈子璋鐘〉，「群」字從羊君聲，採取上下式結構時，「羊」上半部的部件與「君」下半部的「口」相近，遂產生筆畫借用的現象，由「」寫作「」。

「堂」字於兩周金文作「」〈鄦君啓車節〉，於璽印文字作「」《古璽彙編》（3999）或「」《古璽彙編》（5421），或從「立」，或從「土」，形體不定。〈木比當斤・平襠方足平首布〉第一個例字作「」，係「木」與「堂」字合用筆畫，即「堂」字上半部的形體，其左側的筆畫與「木」字借用一個「丿」，並省減「尙」之「口」。

〔註3〕《戰國文字通論》，頁190。

　　「都」字從邑者聲，兩周金文作「圖」〈獣鐘〉或「圖」〈鱳鎛〉，貨幣文字作「圖」，將「者」上半部形體的右側斜畫，與「邑」下半部形體的斜畫，採取借用筆畫的方式書寫

　　「奴」字從女從又，兩周金文作「圖」〈弗奴父鼎〉，將字形相較，貨幣之「奴」字採取上下式結構，「女」之長畫與「又」之豎畫相近，以借用筆畫的方式書寫作「圖」。

　　「安」字自甲骨文至兩周文字多從宀從女，貨幣文字作「圖」，係因「女」的「圖」左側的短豎畫與「圖」左側的長豎畫相近同，以借用筆畫的方式書寫作「圖」。

　　「俞」字於兩周金文作「圖」〈豆閉簋〉，從舟余聲，貨幣文字作「圖」，係省寫「圖」右側的一道長筆畫，亦即「舟」右側的長筆畫與「余」的豎畫相近，書寫時以借用筆畫的方式表現。

　　「榆」字從木俞聲，「俞」字於殷周金文作「圖」〈小臣艅犀尊〉、「圖」〈亞保且辛簋〉、「圖」〈魯伯俞父簋〉，從舟余聲。貨幣文字作「圖」，係「舟」右側的長筆畫與「余」的豎畫同用，並將左側的長筆畫縮寫為短豎畫「｜」；作「圖」係將「圖」或「圖」的形體，寫作「圖」，縮小形體後再置於「余」的左側。

（表 3-3）

| 字例 | 殷　商 | 西　周 | 春　秋 | 戰　國 |
|---|---|---|---|---|
| 群 | | | 圖,圖〈群・平肩空首布〉 圖〈子璋鐘〉 | 圖〈十四年陳侯午敦〉 圖〈睡虎地・法律答問 113〉 |
| 堂 | | | | 圖,圖〈木比當斤・平襠方足平首布〉 |

| | | | |
|---|---|---|---|
| | | | 登〈噩君啓車節〉 |
| 都 | | 郒〈尌鐘〉 | 鄒〈鰠鎛〉 | 尾,鄒〈中都‧平襠方足平首布〉 |
| 奴 | | 奴〈妟人奴寶甗〉 | 奴〈弗奴父鼎〉 | 甲〈咎奴‧平襠方足平首布〉 <br> 奴《古璽彙編》（0069） |
| 安 | 安《合》（29378） | 宀〈作冊嬛卣〉 | 宀〈國差𦉜〉 | 安,安〈安陽‧平襠方足平首布〉 |
| 俞 | 俞〈亞觥父乙卣〉 | 盻〈豆閉簋〉 | 俞〈魯伯大父作仲姬俞簋〉 | 俞〈榆即半‧尖足平首布〉 |
| 榆 | | | | 榆,榆〈榆即‧尖足平首布〉 |

　　總之，凡是由兩個或兩個以上的形體構成的文字，只要其間的橫畫或是豎畫相近，無論採取左右式結構，或上下式結構，皆可因筆畫的相近，以借用筆畫的方式書寫。這種書寫的方式，除了考量避免浪費空間外，也以省減的方式，達到便捷的目的，遂利用偏旁間相近的筆畫，採取借用筆畫的方式書寫。

## 第五節　邊線借用

　　邊線借用，指構成文字時，某字的一個筆畫，或是部分筆畫，與其書寫於該器物上的邊、線相近同，而以器物的邊、線作爲文字構形的筆畫。

　　「武」字於兩周金文作「武」〈史牆盤〉，貨幣文字中第二例於面上明顯

有一道豎線，第一例之「武」字的豎畫，以貨幣的豎線爲筆畫，使得「戈」、「止」的形體比例相差甚大；又第三例字作「᳇」，除了借用貨幣的豎線爲筆畫外，更省減「止」的形體。

「盧」字於兩周金文作「᳇」〈伯公父簠〉，〈盧氏・斜肩空首布〉的字形，以貨幣中間豎線爲筆畫。

「容」字原書未釋〔註4〕，鄭家相釋爲「公」〔註5〕，以爲無地名可考。何琳儀指出：「古璽文字有借用印面邊框爲筆畫的現象，貨幣文字亦偶見借用幣緣爲筆畫者。」〔註6〕貨幣習見鑄上地望名稱，從上列字例言，《古陶文彙編》（6.83）爲「容城」，與貨幣所見可能有關係。「容」字的寫法，誠如何氏所言，以貨幣邊框爲筆畫。

「陽」字於兩周金文作「᳇」〈虢季子白盤〉、「᳇」〈蔡侯墓殘鐘四十七片〉，貨幣文字第二例所見「陽」字從阜易聲，首例僅見「＝」與易，今將貨幣左側的邊框與「＝」一併觀察，即爲「阜」的形體，前者的「陽」字以貨幣邊框爲筆畫，取代原本的豎畫。

「雒」字自甲骨文至戰國文字形體並無太大的差異，惟〈雒・平襠方足平首布〉的第一例字以貨幣中間豎線爲筆畫，使得偏旁「各」的形體分離，各置左右二側。

「地」字於楚簡作「᳇」〈郭店・語叢四22〉，又「地」字從土從它，「土」字於兩周金文作「᳇」〈大盂鼎〉、「᳇」〈㝨鐘〉、「᳇」〈土匀瓶〉，將之與〈貝地・平襠方足平首布〉的「地」字偏旁「土」相較，後者以貨幣中間豎線爲筆畫，使得「地」字所從偏旁「土」的豎畫格外長，亦使該字的結構顯得奇特。

貨幣「子」字寫作「᳇」，與金文「᳇」不同，省略「▽」上半部的橫畫，今觀察該貨幣的幣文，「子」字上半部的橫畫係以借用邊線的方式表現。

〈閃・平襠方足平首布〉以貨幣中間豎線爲筆畫，使得「閃」字所從偏旁「火」的豎畫格外長，又從偏旁「火」者多於豎畫上增添一道短橫畫飾筆。

〔註4〕　《中國錢幣大辭典》編纂委員會：《中國錢幣大辭典・先秦編》，頁227，北京，中華書局，1995年。

〔註5〕　鄭家相：《中國古代貨幣發展史》，頁63，香港，龍門書店，1978年。

〔註6〕　何琳儀：〈銳角布幣考〉，《古幣叢考》，頁87～88，臺北，文史哲出版社，1996年。

從〈平州·尖足平首布〉的幣文觀察，不易察覺邊線借用的情形，今將〈平州·尖足平首布〉與〈平匋·尖足平首布〉相較，後者作「」，面上明顯有一道豎線，〈平州·尖足平首布〉的「州」字之右側的豎畫，以貨幣的豎線為筆畫，使得「州」字的形體較「平」字為大。

（表 3-4）

| 字例 | 殷　商 | 西　周 | 春　秋 | 戰　國 |
|---|---|---|---|---|
| 武 | 《合》(27151) | 〈史牆盤〉 | ， ， 〈武·平肩空首布〉 | 〈武安·斜肩空首布〉 |
| 盧 | 《合》(12800) | 〈伯公父簠〉 | ， 〈盧氏·斜肩空首布〉 | |
| 容 | | | 〈晉公盆〉 | 〈容·異形平首布〉 〈古陶文彙編〉(6.83) |
| 陽 | | 〈虢季子白盤〉 | 〈蔡侯墓殘鐘四十七片〉 | ， 〈宅陽·平襠方足平首布〉 |
| 雩 | 《合》(24257) | | | ， 〈雩·平襠方足平首布〉 |
| 地 | | | | ， 〈貝地·平襠方足平首布〉 |

| | | | |
|---|---|---|---|
| | | | <br>〈郭店・語叢四 22〉 |
| 子 | <br>《合》（3270） | <br>〈虢季子白盤〉 | <br>〈吳季子之子逞劍〉 | <br>〈長子・平襠方足平首布〉 |
| 閔 | <br>《合》（27360） | | | <br>〈閔・平襠方足平首布〉<br><br>〈閔・尖足平首布〉 |
| 州 | <br>《合》（849 正） | <br>〈散氏盤〉 | | <br>《平州・尖足平首布〉 |

　　以器物的邊、線爲筆畫者，多見於戰國時期的晉系貨幣文字。貨幣的面積不大，難以容下許多文字，以此種方式表現的幣文，多僅見一字借用邊線，無法將所有的文字採取借用邊線的方式書寫。此外，觀察上列的字例，借用邊線者，大多借用貨幣中間的豎畫爲筆畫，使得原本採取上下式結構的偏旁，形體分離，各置左右二側；或以貨幣的豎線爲筆畫時，造成偏旁的形體比例相差甚大。總之，以此種方式書寫，係鑄寫時爲求便利、生產加快所致。

## 第六節　部件省減

　　部件省減，指構成文字時，省減一筆或是部分的筆畫，而被省減者屬於不成文的部分。

　　「智」字於殷周金文作「」〈亞褱鄉宁鼎〉、「」〈毛公鼎〉，殷代金文從矢從口從于，西周金文上半部從大從口從于，下半部從甘，將之與貨幣文字相較，「」省減「甘」中的「-」，寫作「口」的形體。

　　「室」字於兩周文字作「」〈豆閉簋〉、「」〈望山 1.75〉，從宀至聲。

又「至」字於甲骨文作「🏹」《合》（419 反），於兩周文字作「🏹」〈兮甲盤〉、「🏹」〈翻鎛〉、「🏹」〈兆域圖銅版〉、「🏹」〈望山 2.38〉，甲骨文象弓箭射至地面之形，發展至戰國時期或省減「十」，將「🏹」或「🏹」寫作「🏹」。將之與貨幣文字相較，「室」字寫作「🏹」、「🏹」、「🏹」，所從之「至」作「🏹」、「🏹」，正與〈兆域圖銅版〉、望山楚簡之「至」字的形體相近同。

「窒」字從穴至聲，貨幣文字寫作「🏹」，下半部之「至」形體正與「🏹」〈望山 2.38〉相近同，省減「🏹」的部件「十」。

「雲」字於甲骨文作「🏹」《合》（11501），未見增添「雨」旁。「雨」字或從「雨」之字，多見於殷周金文，如：「雨」字作「🏹」〈𨷖盉壺〉，「電」字作「🏹」〈番生簋蓋〉，「靁」字作「🏹」〈沈子它簋蓋〉，「雩」字作「🏹」〈靜簋〉等，將文字相較，貨幣之「雲」字作「🏹」，上半部的「🏹」應是省減雨滴之形「🏹」。

「啻」字於兩周金文作「🏹」〈師酉簋〉，貨幣文字作「🏹」、「🏹」、「🏹」。作「🏹」係省減中間的一道豎畫「｜」；作「🏹」係省減上半部左右兩側的豎畫「｜」。

「寧」字於甲骨文作「🏹」《懷》（1910），從宀從皿從丂，於兩周金文作「🏹」〈寧簋蓋〉，從宀從心從皿從丂。作「🏹」係將「心（🏹）」的筆畫相連寫作「🏹」，再以收縮筆畫的方式書寫作「🏹」，所從之「皿（🏹）」的收筆為橫畫，「丂」的起筆為橫畫，書寫時採取上下式結構，「皿」與「丂」遂共用一道橫畫「—」，此外，又省減「🏹」的一筆豎畫，寫作「🏹」；作「🏹」係進一步省減「🏹」的筆畫；作「🏹」者，形體與「🏹」完全不同，將「皿」置於上半部，下半部的「（ ）」應為「宀」的省寫，「🏹」為「心」的省寫。

「戈」字於兩周金文作「🏹」〈左行議率戈〉，貨幣文字作「🏹」，一方面以收縮筆畫的方式，將「🏹」上半部的橫畫省略，一方面又省減下半部的斜畫「／」；作「🏹」者，係省減「🏹」下半部的斜畫「／」。

「鬲」字於甲骨文作「🏹」《合》（1975）、「🏹」《合》（28098）、「🏹」《合》（31030），於兩周金文作「🏹」〈大盂鼎〉、「🏹」〈作冊夨令簋〉、「🏹」〈鬲叔興父盨〉、「🏹」〈仲姬作鬲〉、「🏹」〈仲姞鬲〉、「🏹」〈魯侯鬲〉、「🏹」〈同姜鬲〉。「鬲」字為象形字，〈作冊夨令簋〉中「鬲」字的形體已經產生割裂

的現象，再加上增添短橫畫，使其與「羊（羊）」的形體近似；從〈鬲叔興父盨〉至〈同姜鬲〉的字形，可看出「鬲」字下半部的形體，先與主體分離，而後在豎畫上增添一個小圓點，小圓點往往可以拉長爲一道短橫畫，故改爲增添一道或兩道橫畫，受類化作用的影響，使得下半部的形體與「羊（羊）」近同。貨幣文字作「鬲」，除了承襲西周以來「鬲」字的形體，又省減上半部的若干筆畫；作「鬲」係進一步省減「鬲」上半部的若干筆畫；作「鬲」係將似「羊」的形體寫作「羊」，以「∴」代替「＝」。

「五」字於甲、金文作「X」《合》（11301）、「X」〈五祀衛鼎〉，貨幣文字作「X」，省減「X」上下兩側的橫畫「—」，若僅省減下側的橫畫「—」則寫作「X」。

「半」字上從「八」下從「斗」，貨幣文字作「半」、「半」，後者省減「八（八）」右側的筆畫。

「陽」字上半部的形體，中間皆見一短橫畫「-」，寫作「陽」〈虢季子白盤〉，將金文與貨幣文字相較，後者多見省減短橫畫「-」的現象，寫作「陽」〈山陽・弧襠方足平首布〉；再者，貨幣文字之第二例字更將左側所從「阜」的斜畫與右側「易」之下半部的橫畫一併省略。

貨幣「堂」字寫作「堂」或「堂」，後者省減「土」的收筆橫畫「—」寫作「土」。

早期金文「於」字本作「烏」，寫作「烏」〈阿尊〉，〈禹鼎〉中完整的形體發生割裂的現象，代表鳥首的筆畫與主體分離，寫作「烏」；在〈黻鎛〉裡則將消失的鳥首重新補寫，寫作「烏」，將〈於疋・平襠方足平首布〉與兩周文字相較，貨幣文字省減「鳥羽之形」的筆畫，寫作「於」。

「雍」字於兩周金文作「雍」〈毛公鼎〉，從隹邕聲，貨幣文字作「雍」、「雍」、「雍」、「雍」、「雍」等，從隹從呂，又甲骨文「雍己」合文作「雍」《合》（22816），可知「呂」爲「雍」字。貨幣之「雍」字所從聲符仍承襲甲骨文的形體；「隹」字作「隹」係將「隹」的頭部省略，作「隹」係誤將「隹」的形體分裂，作「隹」係省減「隹」右側的筆畫。

「鑄」字據李孝定考證，「金文鑄字多見，均爲會意字。……或又增壽爲聲符，……或又增金爲形符。……上從兩手持到皿，〈大保鼎〉上從鬲，乃形

訛，非從鬲也。持到皿者，中貯銷金之液，兩手持而傾之范中也。下從皿，則范也。中從火，象所銷之金。」又云：「從ㅌ∃，從廾象倒皿，從土，隸定之，當作墨，孫說是也。字當是鑄之古文。從土者，范之意也。范皆土製，故從土。象兩手捧皿傾金屬溶液於范中之形。……增火者，象金屬溶液；從皿，象范，與從土同意。……從金與從火同意，於形已複。從壽，則聲符也。」〔註7〕「鑄」字於甲骨文從ㅌ∃從廾從土從皿，發展至兩周時期，或沿襲此一形體，如：〈作冊大方鼎〉作「𩽋」，惟將「廾」訛寫為「鬲」；或從金壽聲，如：〈余贎速兒鐘〉作「鑄」；貨幣文字作「鑄」，將上半部的形體省寫為「𡊮」。

「鄩」字從邑鑄聲，寫作「鄩」，據上列「鑄」字的考證，該字係省減上半部形體為「𡊮」。

「邘」字從邑㞋聲，貨幣文字寫作「邘」或「邘」，後者省減一道筆畫「∟」。

據上列「於」字的考釋，早期金文「於」字本作「烏」，〈於疋・平襠方足平首布〉之「於」字作「於」，從「於」得形的「鄔」字作「鄔」，亦屬部件省減。

「是」字於兩周金文作「是」〈毛公旅方鼎〉、「是」〈毛公鼎〉，將之與貨幣文字相較，寫作「是」，除了省略「日」中短橫畫「-」外，又將「日」誤寫作「口」。

「經」字從絲，寫作「經」、「經」，又從糸之字習見於兩周文字，如：「絲」字作「絲」〈守宮盤〉、「絲」〈商尊〉，「彎」字作「彎」〈公貿鼎〉、「彎」〈左繺箕〉，「緩」字作「緩」〈郭店・緇衣18〉、「緩」〈上博・緇衣10〉，「緍」字作「緍」〈郭店・緇衣29〉、「緍」〈上博・緇衣15〉，「索」字作「索」〈郭店・緇衣29〉、「索」〈上博・緇衣15〉，將字形相較，作「絲」、「糸」者，皆省略「絲」、「糸」下半部的形體「十」。

「長」字於貨幣作「長」，從邑長聲，或作「長」，從立長聲。「長」字於甲骨文作「長」《合》（27641）、「長」《合》（28195），於兩周金文作「長」〈長由簋〉、「長」〈史牆盤〉，「邑」作「邑」〈師酉簋〉，「立」字作「立」〈番生簋蓋〉，將之與貨幣文字相較，作「長」者，除了省減「長」與「邑」下半部的

---

〔註7〕 李孝定：《甲骨文字集釋》第十四，頁 4057，頁 4596，臺北，中央研究院歷史語言研究所，1991 年。

形體，又在「邑」下半部的形體增添一道短橫畫「-」；作「𖤐」或「𖤐」者，僅保留「𖤐」的部分筆畫；作「𖤐」者，左側的「立」作「𖤐」，省減「𖤐」的收筆橫畫「—」，「長」作「𖤐」係省減「𖤐」的上半部左側的豎畫「｜」。

「𡂏」字從攵襄聲，「襄」字於兩周金文作「𖤐」〈散氏盤〉、「𖤐」〈噩君啓舟節〉。貨幣文字作「𖤐」，將「𖤐」之「𖤐」省寫為「𖤐」，省減上半部的部件。

貨幣「平」字作「𖤐」，或作「𖤐」，後者省減豎畫上的一道橫畫「—」。

「奇」字從大從可，寫作「𖤐」《古陶文彙編》（4.139），將貨幣文字與陶文相較，前者省減從「大」的若干部件，寫成「𖤐」。

「子」字於兩周金文作「𖤐」〈史頌簋〉，貨幣文字作「𖤐」或「𖤐」，將字形相較，作「𖤐」係省減「兩臂之形」，即省略豎畫上的「ㄥ」。

「鄴」字於兩周金文作「𖤐」〈廿七年大梁司寇鼎〉，從邑柔聲，「柔」字從木刃聲。「𖤐」省減「𖤐」的「／」；「𖤐」省減「𖤐」的｜×，亦即將上半部「枝幹」之形與下半部「根部」的形體省略，僅保留中間「樹幹」的形體。

「壞」字從土襄聲，「襄」字於兩周金文作「𖤐」〈散氏盤〉，貨幣「壞」字作「𖤐」，係將「𖤐」之「𖤐」省寫為「𖤐」，省減上半部的部件。

「匋」字於兩周文字作「𖤐」〈虙簋〉、「𖤐」《古陶文彙編》（3.169）、「𖤐」《古陶文彙編》（4.97），又可寫作「𖤐」、「𖤐」。[註8] 將字形相較，貨幣文字作「𖤐」或「𖤐」，省減「十」的形體；作「𖤐」則將「𖤐」上半部的形體省略。

金文「都」字作「𖤐」〈𢾾鐘〉，貨幣文字作「𖤐」，將字形相較，後者係省減左側上半部的部件。

「壽」字於兩周金文作「𖤐」〈沈子它簋蓋〉、「𖤐」〈豆閉簋〉，多未省減上半部的「老」，該字本不從「口」，「𖤐」〈王孫遺者鐘〉「口」中所見的短橫畫，屬飾筆性質；貨幣文字作「𖤐」，除了將結構解散，省減二個部件「口」外，亦省減下半部所從之「口」的橫畫，寫作「ㄩ」。

---

〔註8〕 焦智勤：〈鄴城戰國陶文研究〉，《古文字研究》第二十四輯，頁 329～330，北京，中華書局，2002 年。

「蕾」字從艸霍聲，所從之「霍」，可分析爲從雨從三隹，如：「[圖]」〈叔男父匜〉，或從雨從二隹，如：「[圖]」〈霍鼎〉，《說文解字》「霍」字云：「從雨雔」〔註9〕，當是源於〈霍鼎〉而來的形體。將〈蕾人・尖足平首布〉與兩周金文相較，前者將「隹」形以簡單的筆畫取代，寫作「[圖]」或「[圖]」，應是省減「隹」下半部的部件所致。

「臺」字於戰國楚簡作「[圖]」〈郭店・老子甲本26〉，貨幣文字作「[圖]」，將字形相較，下半部所從之「至」，皆省減「十」，又楚簡於該字的下方增添一道短橫畫「-」，應爲飾筆的增添。

「甘」字於兩周金文作「[圖]」〈邯鄲上戈〉，貨幣文字作「[圖]」，係省減「[圖]」中的一筆短畫；作「[圖]」係將「口」中的短橫畫「-」改爲短豎畫「｜」。

「丹」字於兩周金文作「[圖]」〈庚嬴卣〉，貨幣文字作「[圖]」，係省減「[圖]」中的一筆短畫。

「筥」字於兩周金文或從竹從邑膚聲作「[圖]」〈籚侯少子簋〉，「膚」字從虎得聲。貨幣文字作「[圖]」，除省減「[圖]」上半部的「○」外，亦將「虍」的形體寫作「[圖]」；作「[圖]」者，上半部的「虍」從二個「[圖]」，此種現象應是受到自體類化的影響〔註10〕，猶如「寅」字寫作「[圖]」〈塦純釜〉、「[圖]」〈陳逆簋〉，皆受到下半部的形體影響，使得上半部與下半部的形體趨於相同。

「四」字於兩周金文作「[圖]」〈訇鼎〉、「[圖]」〈邵黛鐘〉。貨幣文字作「[圖]」，係由「[圖]」的形體發展而來，將「四」中間的兩道筆畫延伸，形成「[圖]」的形體；作「[圖]」係省減「[圖]」中間的短畫「ノ」；作「[圖]」者，進一步將「[圖]」的「∧」形體省減，並以「—」取代「∧」。

「左」字於兩周金文作「[圖]」〈虢季子白盤〉，貨幣文字作「[圖]」，省減一道筆畫。

「襄」字於兩周金文作「[圖]」〈散氏盤〉、「[圖]」〈鮇甫人盤〉、「[圖]」〈噩

---

〔註9〕 〔漢〕許慎撰、〔清〕段玉裁注：《說文解字注》，頁149，臺北，黎明文化事業股份有限公司，1991年。

〔註10〕 所謂自體類化，係指一個構成文字的偏旁或是部件，在發展的過程中，某一個形體受到另一個形體的影響，使得二者趨於相同或是相近的現象。「自體類化」之例，參見陳立：《戰國文字構形研究》，頁467～469，臺北，國立臺灣大學中國文學研究所博士論文，2004年。

君啓舟節〉。將〈�君啓舟節〉「🌿」與〈襄陰・圜錢〉「🌿」之字相較，後者進一步省減上半部的部件；又〈襄陰・圜錢〉左側不從「土」，改以「又」代替，係受到右側偏旁影響，使得左側改從「又」。

「垣」字從土亘聲，「土」字於兩周金文作「🔸」〈大盂鼎〉、「🔸」〈哀成叔鼎〉，將字形相較，貨幣文字之「土」作「｜」，係省減「🔸」的收筆橫畫「─」。

「巽」字或作「🔹」，或作「🔹」，或作「🔹」，或作「🔹」，基本構形為「▽▽」與「π」，或於「▽▽」的上方增添「─」作「▽▽」，或增添「--」作「▽▽」，亦見於「π」上增添「─」作「π」。歷來學者對於「巽」字的釋讀多有不同的意見，桂馥釋為「昏墊水」三字[註11]，蔡雲釋為「晉」字[註12]，初尚齡釋為「哭」字[註13]，馬昂釋為「當半兩」三字[註14]，方若釋為「兊」字[註15]，吳大澂釋為「貝」字[註16]，朱活釋為「貝貨」二字合文[註17]，駢宇騫釋為「巽」字，即「百選」之「選」，其義與「鍰」字相同，為貨幣的名稱[註18]，李家浩指出駢宇騫釋為「巽」字十分正確，於此當讀為「錢」[註19]，尤仁德釋為「襄」字，即「穰」字，屬楚國地望名稱[註20]，

[註11]　〔清〕馮雲鵬、馮雲鵷：《金石索》（收錄於《中華漢語工具書書庫》第九十八冊），頁578，合肥，安徽教育出版社，2002年。

[註12]　〔清〕蔡雲：《癖談》（收錄於《說錢》），頁282，上海，上海科技教育出版社，1993年。

[註13]　〔清〕初尚齡：《吉金所見錄》（收錄於《說錢》），頁789，上海，上海科技教育出版社，1993年。

[註14]　〔清〕馬昂：《貨布文字考》（收錄於《說錢》），頁959，上海，上海科技教育出版社，1993年。

[註15]　〔清〕方若：《言錢別錄・補錄》（收錄於《說錢》），頁888，上海，上海科技教育出版社，1993年。

[註16]　〔清〕吳大澂：《權衡度量實驗考》（收錄於《羅雪堂先生全集》第四編），頁1724，臺北，大通書局，1972年。

[註17]　朱活：〈蟻鼻新解──兼談楚國地方性的布錢「旆錢當釿」〉，《古泉新探》，頁199，濟南，齊魯書社，1984年。

[註18]　駢宇騫：〈關於初中歷史課本插圖介紹中的「布幣」和「蟻鼻錢」〉，頁63，《歷史教學》1982年第2期。

[註19]　李家浩：〈戰國貨幣文字中的「🔹」和「比」〉，《中國語文》1980年第5期，頁376。

李紹曾釋爲「半兩」二字〔註21〕，郭若愚釋爲「貨」字的省文〔註22〕，淑芬釋爲「一貝」二字，趙超釋爲「咢」字，張虎嬰釋爲「君」字。〔註23〕又《古璽匯編》有一方楚國官璽，編號（0161），羅福頤釋爲「口口客鉩」〔註24〕，第二字作「界」，吳振武指出璽文應釋爲「鑄異客鉩」，「鑄異客」爲楚國主掌「異」幣鑄造之官。〔註25〕又馬王堆簡帛「異」字作「異」、「異」，「選」字作「選」〔註26〕，形體與「界」近同。從前後期、書寫於不同材質的文字形體觀察，李家浩、吳振武之言應可從。以馬王堆簡帛「異」字爲例，若將「異」上半部的「臼」省減下方的筆畫，再將之省改爲「▽▽」，正與貨幣之「界」相符。據此可知「界」或「界」皆爲省減「異」字上半部的部件，致使文字形體不易辨識；作「界」或「界」則是在「界」的起筆橫畫上增添飾筆「一」、「--」。

（表 3-5）

| 字 例 | 殷 商 | 西 周 | 春 秋 | 戰 國 |
|---|---|---|---|---|
| 智 | 〈亞睘鄉宁鼎〉 | 〈毛公鼎〉 | 〈智・平肩空首布〉 | 〈中山王響方壺〉 |
| 室 | 《合》（23340） | 〈豆閉簋〉 | 〈室・平肩空首布〉 | 〈望山 1.75〉 / 〈王后左和室鼎〉 |

〔註20〕尤仁德：〈楚銅貝幣「界」字釋〉，《考古與文物》1981 年第 1 期，頁 94。

〔註21〕李紹曾：〈試論楚幣——蟻鼻錢〉，《楚文化研究論文集》，頁 150～154，鄭州，中州書畫社，1983 年。

〔註22〕郭若愚：〈談談先秦錢幣的幾個問題〉，《中國錢幣》1991 年第 2 期，頁 60～61。

〔註23〕以上三位學者的意見轉引自趙德馨：《楚國的貨幣》，頁 222，武漢，湖北教育出版社，1995 年。

〔註24〕羅福頤：《古璽匯編》，頁 27，北京，文物出版社，1994 年。

〔註25〕吳振武：《古璽文編校訂》，頁 543～544，長春，吉林大學博士論文，1984 年。

〔註26〕陳松長：《馬王堆簡帛文字編》，頁 190，頁 70，北京，文物出版社，2001 年。

| | | | | |
|---|---|---|---|---|
| 窒 | | | 〈窒·平肩空首布〉 | 〈睡虎地·日書甲種 31 背〉 |
| 雲 | 《合》（11501） | | 〈雲·平肩空首布〉 | 〈睡虎地·日書甲種 44 背〉 |
| 啻 | | 〈師酉簋〉 | 〈啻·平肩空首布〉 | |
| 寧 | 《懷》（1910） | 〈寧簋蓋〉 | 〈寧·平肩空首布〉 | 〈舒盉壺〉 |
| 戈 | 〈戈罍〉 | 〈走馬休盤〉 | 〈戈·平肩空首布〉 | 〈左行議率戈〉 |
| 鬲 | 《合》（1975） | 〈大盂鼎〉 | 〈鬲·平肩空首布〉 | 〈郭店·窮達以時 2〉 |
| | 《合》（28098） | 〈作冊夨令簋〉 | | |
| | 《合》（31030） | 〈鬲叔興父盨〉 | | |
| | 《合》（34397） | 〈仲姬作鬲〉 | | |
| | | 〈仲姞鬲〉 | | |
| | | 〈魯侯鬲〉 | | |
| | | 〈同姜鬲〉 | | |

| | | | | |
|---|---|---|---|---|
| 五 | 《合》（11301） | 〈五祀衛鼎〉 | 〈五・平肩空首布〉 | 〈陽曲・尖足平首布〉 |
| 半 | | | 〈秦公簋〉 | 〈陰晉半釿・弧襠方足平首布〉 |
| 陽 | | 〈虢季子白盤〉 | 〈蔡侯墓殘鐘四十七片〉 | 〈山陽・弧襠方足平首布〉 |
| 堂 | | | | 〈橈比當忻・平襠方足平首布〉<br><br>〈鄂君啓車節〉 |
| 於 | | 〈冊尊〉<br><br>〈禹鼎〉 | 〈黏鎛〉<br><br>〈余購逨兒鐘〉 | 〈於疋・平襠方足平首布〉 |
| 雍 | | 〈毛公鼎〉 | 〈篖叔之仲子平鐘〉 | 〈馬雍・平襠方足平首布〉 |
| 鑄 | 《英》（2567） | 〈作冊大方鼎〉<br><br>〈小臣守簋〉 | 〈鑄公簠蓋〉<br><br>〈余購逨兒鐘〉 | 〈鑄・平襠方足平首布〉 |

| 鄝 | | | | 〈鄝・平襠方足平首布〉 |
|---|---|---|---|---|
| 邔 | | | | 〈於邔・平襠方足平首布〉 |
| 郰 | | | | 〈郰・平襠方足平首布〉 |
| 是 | | 〈毛公旅方鼎〉　〈毛公鼎〉 | 〈王子午鼎〉 | 〈同是・平襠方足平首布〉 |
| 埕 | | | | 〈埕城・平襠方足平首布〉 |
| 長 | 《合》（27641）　《合》（28195） | 〈長由簋〉　〈史牆盤〉 | | 〈長子・平襠方足平首布〉　〈長安・平襠方足平首布〉 |
| 戲 | | | | 〈戲垣・平襠方足平首布〉 |
| 平 | | | 〈郘公平侯鼎〉 | 〈平陽・平襠方足平首布〉 |

| | | | |
|---|---|---|---|
| 奇 | | | 〈奇氏·平襠方足平首布〉<br>《古陶文彙編》（4.139） |
| 子 | 《合》（3088） | 〈史頌簋〉 | 〈國差罎〉　〈莆子·平襠方足平首布〉 |
| 鄰 | | | 〈鄰·平襠方足平首布〉<br>〈廿七年大梁司寇鼎〉 |
| 壤 | | | 〈壤陰·平襠方足平首布〉 |
| 匋 | 〈能匋尊〉<br>〈廈簋〉 | 〈鵙公劍〉 | 〈平匋·尖足平首布〉<br>《古陶文彙編》（3.169）<br>《古陶文彙編》（4.97） |
| 都 | 〈㝬鐘〉 | 〈鄀鎛〉 | 〈西都·尖足平首布〉 |

| 壽 | | 〈沈子它簋蓋〉　〈豆閉簋〉 | 〈王孫遺者鐘〉 | 〈壽陰・尖足平首布〉 |
|---|---|---|---|---|
| 雚 | | | | 〈雚人・尖足平首布〉 |
| 臺 | | | | 〈平臺・三孔平首布〉　〈郭店・老子甲本26〉 |
| 甘 | 《合》（8004） | | | 〈甘丹・直刀〉　〈邯鄲上戈〉 |
| 丹 | 《合》（8014） | 〈庚嬴卣〉 | | 〈甘丹・直刀〉 |
| 筥 | | 〈莒小子簋〉 | 〈篟叔之仲子平鐘〉　〈鄁侯少子簋〉 | 〈明・弧背齊刀〉 |
| 四 | 《合》（33042） | 〈智鼎〉 | 〈邵黛鐘〉 | 〈明・弧背燕刀〉　〈武安・尖足平首布〉 |

| | | | | |
|---|---|---|---|---|
| 左 | | <br>〈虢季子白盤〉 | | <br>〈明・折背刀〉 |
| 襄 | <br>《合》(343) | <br>〈散氏盤〉<br><br>〈薛侯盤〉<br><br>〈鮴甫人盤〉 | | <br>〈襄陰・圜錢〉<br><br>〈噩君啓舟節〉 |
| 垣 | | | | 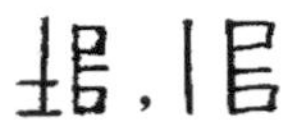<br>〈垣・圜錢〉<br><br>〈兆域圖銅版〉 |
| 巽 | | | | <br>〈巽・蟻鼻錢〉 |

總之，透過上列字例的觀察，這種省減的方式，除了少部分受到偏旁位置經營影響，爲了避免上下式結構的組合，使其形體結構過於狹長，而不得不省去部分的部件外，大多不涉及空間的考量，僅是將幾個筆畫省略，或是將複雜的筆畫省減，而以簡單的幾筆取代。此外，部份文字如「左」、「子」等字，雖有省略筆畫的現象，但從字形觀察，或爲鑄寫者一時未察而遺漏筆畫，故偶見某字缺少橫畫「一」，或遺漏短畫「✓」，或未見「∨」等。由此可知，鑄造貨幣時，倘若鑄寫者未能對文字形體有所認識，在任意省改下，容易因文字的省減，產生形體的訛誤。

## 第七節　同形省減

同形省減，何琳儀稱之爲「刪簡同形」〔註 27〕，指書寫時將具有相同形體的偏旁或是部件省減的一種現象。

〔註 27〕《戰國文字通論》，頁 189。

「宜」字於甲骨文作「🔲」《合》（387），於兩周金文作「🔲」〈天亡簋〉、「🔲」〈秦子矛〉、「🔲」〈宜陽右蒼簋〉，容庚云：「象置肉于且上之形」〔註28〕，徐中舒云：「從且從肉，象肉在俎上之形，所從之肉或一或二或三，數目不等。」〔註29〕金文多固定為從二肉。將字形相較，同為韓國器的〈宜陽右蒼簋〉與貨幣作「🔲」、「🔲」，屬省減同形的現象；又「宜」字從宀，貨幣文字從宀之字的形體，亦見作「∩」，如：「安」字作「🔲」，〈安陽・三孔平首布〉或「🔲」〈武安・尖足平首布〉，「宋」字作「🔲」〈宋・平肩空首布〉或「🔲」〈宋子・三孔平首布〉等，將「宀」寫作「∩」，係書寫簡率所致。

「晉」字於甲骨文作「🔲」《合》（19568），於兩周金文作「🔲」〈格伯作晉姬簋〉、「🔲」〈晉公車䎃〉，從日從臸。貨幣文字作「🔲」係省減部件「十」，作「🔲」、「🔲」者，除了省減部件「十」外，並以省減同形的方式書寫，將「臸」省為「至」，由「🔲」寫成「🔲」。

「簧」字寫作「🔲」、「🔲」，將字形相較，作「🔲」係以省減同形的方式，將「林」省減為「木」。

「善」字於兩周金文作「🔲」〈善鼎〉，從羊從二言，不見省減現象；戰國時期大多從羊從言，「羊」或省略中間豎畫，因形體與「言」上半部相近同，共用「＝」筆畫，如：「🔲」〈信陽1.45〉；或一方面省減「羊」的一筆橫畫，一方面又以收縮筆畫的方式，將中間的豎畫縮減，如：「🔲」《古陶文彙編》（4.104）；或將所從之「羊」中間的豎畫省略，並省減「言」上半部的筆畫，如：「🔲」。

（表3-6）

| 字例 | 殷　　商 | 西　　周 | 春　　秋 | 戰　　國 |
|---|---|---|---|---|
| 宜 | 🔲 《合》（387） | 🔲 〈天亡簋〉 | 🔲 〈秦子矛〉 | 🔲 〈宜陽・平襠方足平首布〉 |

〔註28〕容庚：《金文編》，頁527，北京，中華書局，1992年。

〔註29〕徐中舒：《甲骨文字典》，頁806，成都，四川辭書出版社，1995年。

| | | | | 〈宜陽右蒼簋〉 |
|---|---|---|---|---|
| 晉 | 《合》（19568） | 〈格伯作晉姬簋〉 | 〈晉公車書〉 | 〈晉陽・尖足空首布〉<br>〈晉陽半・尖足空首布〉 |
| 蕙 | | | | 〈離石・圓足平首布〉<br>〈離石・尖足平首布〉 |
| 善 | | 〈善鼎〉 | 〈魯大左嗣徒元鼎〉 | 〈善生・尖足平首布〉<br>〈信陽 1.45〉<br>《古陶文彙編》（4.104） |

　　總之，省減同形的現象，實與書手求便利、迅速有關。因省減之後並不影響原本所承載的音義，省略構形中相同的部分，不僅可求快求便利，又能不破壞文字的識讀，於書寫時可利用此一方式表現。

## 第八節　剪裁省減

　　剪裁省減，梁東漢稱之為「截取原字的一部分」〔註30〕，高明稱之為「截取原字的一部分代替本字」〔註31〕，林澐稱之為「截取性簡化」〔註32〕，王世

〔註30〕梁東漢：《漢字的結構及其流變》，頁48，上海，上海教育出版社，1991年。

〔註31〕高明：《中國古文字學通論》，頁137，臺北，五南圖書出版有限公司，1993年。

征、宋金蘭稱之為「以局部代替整體」〔註33〕，林清源稱之為「音義完整且無法再行分解的偏旁或單字，在書寫時只截取其中一部份形體作為代表，其餘部份則省略不寫。」〔註34〕係指省減某一字的形體、偏旁，文字雖已省略，其基本的部分依舊保留，仍可藉著主要的部分，與未省減的本字繫聯；在省減的過程中，表義或表音的部分，有時會作部分的減省，但是其原本所承載的音義不變。

「爲」字於甲骨文作「𤕦」《合》（13490），像「以手牽象服勞役之形」，於兩周金文作「𤕦」〈散氏盤〉、「𤕦」〈趙孟𥉘壺〉、「𤕦」〈廿七年鈚〉，早期金文尚保留象形成分，戰國時期晉系與楚系文字多以剪裁省減的方式書寫，保留手與象首之形，或於省體的下方增添「=」、「-」。貨幣文字寫作「𤕦」、「𤕦」、「𤕦」，亦為剪裁省減後的形體，惟省減後未於該字下方增添「=」或「-」符號，致使形體不易辨識。

「倉」字於兩周金文作「𤕦」〈齊鐘〉，貨幣文字作「𤕦」或「𤕦」，除省減「口」的形體外，並將上半部的形體省改。就其書寫的方式言，應屬剪裁省減的方式。

「南」字於甲骨文作「𤕦」《合》（8748），於兩周金文作「𤕦」〈散氏盤〉、「𤕦」〈南疆鉦〉。「南」字於甲骨文「𤕦字上從𤕦，象其飾，下作𤕦形，殆象瓦器而倒置之，口在下也。」〔註35〕又「下半部從𤕦、𤕦象倒置之瓦器，上部之𤕦象懸掛瓦器之繩索。……借為南方之稱。」〔註36〕金文承襲甲骨文的字形發展。貨幣文字作「𤕦」，係將「𤕦」兩側的豎畫省減；作「𤕦」除了省減「𤕦」，又在「𤕦」形體內增添一道短豎畫「｜」；又其他形體，如：「𤕦」、「𤕦」、「𤕦」，皆為省減後的字形，僅保留部分的形體，若非透過辭例的比對，甚難辨識。

「安」字從宀從女，「女」字於兩周金文作「𤕦」〈大盂鼎〉，將字形相

---

〔註32〕林澐：《古文字研究簡論》，頁75，長春，吉林大學出版社，1986年。

〔註33〕王世征、宋金蘭：《古文字學指要》，頁28，北京，中國旅游出版社，1997年。

〔註34〕林清源：《楚國文字構形演變研究》，頁47，臺中，私立東海大學中國文學研究所博士論文，1997年。

〔註35〕唐蘭：《殷虛文字記》，頁92，臺北，學海出版社，1986年。

〔註36〕《甲骨文字典》，頁684。

較，貨幣文字作「◖」或「仝」，下半部所從亦為「女」，作「◖」的形體係承襲甲骨文的字形；作「仝」是進一步省減「◖」的形體，以剪裁省減的方式由「◢」寫作「△」。

「盧」字於甲骨文作「𤲃」《合》（19957 反），於兩周金文作「𥁕」〈伯公父簠〉、「𥃷」〈王子嬰次盧〉，徐中舒指出「𤲃」像「爐身及款足之形」，其上所見的「虍」表示「猛獸之革，用以覆屋頂者。」﹝註37﹞貨幣之「盧」字作「𥃶」，將文字相較，所從之「虍」以剪裁省減的方式書寫作「中」。

「棗」字於兩周金文作「棗」〈宜無戟〉，貨幣文字寫作「安」，以剪裁省減的方式書寫，保留形體的一部分。

「馬」字於甲骨文作「𢒨」《合》（5711），於兩周金文作「𢒬」〈小臣宅簋〉、「𢒫」〈九年衛鼎〉、「𢒭」〈匽侯載器〉，甲骨文的象形成分甚濃，金文亦多保留象形的成分；〈匽侯載器〉與部分貨幣文字採取剪裁省減的形式書寫。「馬」字剪裁省減的方式，係保留馬的眼睛之形，省減下半部的形體，或於省減的部位增添「＝」或「-」，表示該字為省體之結果。

「鬳」字從虍從鼎，又「獻」字於兩周金文作「𪊨」〈作寶甗〉、「𪋿」〈史獸鼎〉、「𪊾」〈子邦父甗〉、「𪋄」〈五年召伯虎簋〉、「𪊷」〈六年召伯虎簋〉、「𪊽」〈虢季子白盤〉，「獻」字或可從鼎，或可從鬲，從鼎者又可省減成「貝」的形體。〈六年召伯虎簋〉之「獻」字去除右側偏旁「犬」，則與貨幣文字近同，作「鬳」者，係從虍從鼎之字，偏旁「虍」與「鼎」皆採取剪裁省減的方式書寫。

從「虍」之「虔」字於兩周金文作「𧆁」〈番生簋蓋〉或「𧆂」、「𧆃」〈者汈鐘〉，「虍」的寫法與貨幣文字不同；又戰國楚簡從「虍」的「慮」字作「𧆄」〈上博‧緇衣17〉，「墟」字作「𡊤」〈上博‧緇衣23〉，「虍」寫作「中」，形體正與貨幣文字相同，何琳儀將之釋為「虍」的說法應可採信。﹝註38﹞

「虜」字於兩周金文作「𧇿」〈兮甲盤〉、「𧇾」〈者𤲷鐘〉，貨幣之「虜」字寫作「𧇻」、「𧇼」、「𧇽」、「𧇺」、「𧇹」，所從之「虍」作「中」、「力」等，

﹝註37﹞《甲骨文字典》，頁 535。

﹝註38﹞何琳儀：〈趙國方足布三考〉，《古幣叢考》，頁 133～136，臺北，文史哲出版社，1996 年。

「魚」作「🐟」、「🐟」等，皆以剪裁省減的方式書寫。

「膚」字於兩周文字作「🔯」〈九年衛鼎〉、「🔯」〈郭店・唐虞之道 2〉，〈膚虎・尖足平首布〉之「膚」字所從之「虍」、「胃」，以剪裁省減的方式書寫，透過與郭店竹簡、〈膚虎・平襠方足平首布〉上的文字比對，「虍（🔯）」經過省減後，可以寫作「🔯」，「胃」可以寫作「🔯」，「膚（🔯）」字為剪裁省減的結果。

「虎」字於兩周金文作「🔯」〈番生簋蓋〉、「🔯」〈九年衛鼎〉，〈膚虎・尖足平首布〉之「虎」字作「🔯」，所從之「虍」以剪裁省減的方式書寫作「🔯」。

「曲」字於殷周文字作「🔯」《合》（1022 甲）、「🔯」〈🔯父丁爵〉、「🔯」〈曾子斿鼎〉、「🔯」《古璽彙編》（2317）。「曲」字從甲骨文至〈曾子斿鼎〉的形體變化差異不大，《古璽彙編》（2317）與〈陽曲・尖足平首布〉等例字過於省略。李零於〈鳥書箴銘帶鉤〉中已明確考證出「🔯」即「曲」字，並指出晉系貨幣之相同字形，皆應釋為「曲」。〔註39〕將字形相較，璽印與貨幣文字的基本部分仍然保留，可藉著主要的「🔯」，與未省減之本字繫聯，即可知該字為「曲」的省形。

「邨」字從邑曲聲，寫作「🔯」，左側所從之「曲」，據上列「曲」字的考證，係以剪裁省減方式書寫。

「鳶」字下半部從鳥，從「鳥」之「鳥」字於兩周金文作「🔯」〈鷸鎛〉，左側的形體正與「鳶」字之「🔯」下半部的形體相合，據此可知貨幣文字以剪裁省減方式書寫。

《古璽彙編》收錄幾方私璽，其間亦見「觷」字，如：「🔯」（0484）、「🔯」（1111）。《侯馬盟書》之例字，釋為從嚣從角〔註40〕，朱德熙將之與璽印文字相較，指出其為《說文解字》收錄之從嚣從角的「觷」字，璽印所見為「觷」字的簡體。〔註41〕該字本從嚣從角，「嚣」字之二「口」可省減為一「口」，或

〔註39〕 李零：〈戰國鳥書箴銘帶鉤考釋〉，《古文字研究》第八輯，頁 61，北京，中華書局，1983 年。

〔註40〕 山西省文物工作委員會：〈侯馬盟書字表〉，《侯馬盟書》，頁 353，北京，文物出版社，1976 年。

〔註41〕 朱德熙：〈關於侯馬盟書的幾點補釋〉，《朱德熙古文字論集》，頁 57～58，北京，中華書局，1995 年。

是全部省減；璽印文字將「鬵」省減同形，貨幣文字作「⛌」，更進一步將「戈」省略，僅保留「口」與「角」的部份。

「鄘」字從邑戲聲，「戲」字於兩周金文作「𣪊」〈豆閉簋〉，將字形相較，貨幣文字作「𧻎」，所從之「戲」上半部的形體為「凸」，係將「虍」的形體省減所致。

「處」字於兩周金文作「𧆠」〈史牆盤〉，上半部為「虎」，下半部為「几」，貨幣文字作「𠬝」，將從「虎」之形省減為「𠆢」。

「得」字於甲骨文作「𠂤」《合》（133 正）、「𢔚」《合》（439），為從手持貝之形，於兩周金文作「𢔨」〈冊得觚〉、「𢔒」〈大克鼎〉、「𢔛」〈墜璋方壺〉，金文所從之「貝」，或省減為「目」的形體，不再保留象形成分，貨幣文字作「𢔣」，即以剪裁省減的方式書寫，使得上半部的形體與「目」相近。

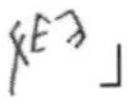

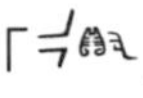

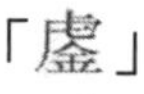

「盧」字上半部從「虍」，下半部從「金」，從「虍」的「虘」於兩周金文作「𧆑」〈師望鼎〉，「金」字作「𨤾」〈曶鼎〉、「𨤾」〈中子化盤〉、「𨤾」〈墜肪簋蓋〉，「金」字形體內的短畫或為二或為三或為四，形體並不固定，將之與貨幣文字相較，「盧」字作「𧉷」、「𧉷」，所從之「虍」以剪裁省減的方式書寫。

（表 3-7）

| 字例 | 殷 商 | 西 周 | 春 秋 | 戰 國 |
|---|---|---|---|---|
| 為 | 《合》（13490） | 〈散氏盤〉 | 〈為・平肩空首布〉 | 〈曾侯乙 142〉 |
| | 《合》（15180） | | 〈趙孟𠂤壺〉 | 〈包山 86〉 |
| | | | | 〈廿七年�〉 |
| 倉 |  《屯》（3731） |  〈㸒鐘〉 | 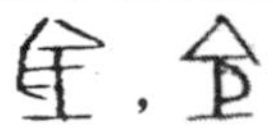 〈倉・平肩空首布〉 |  〈睡虎地・秦律十八種 168〉 |

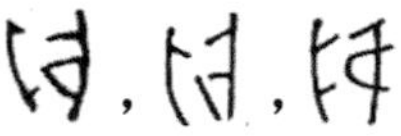

| 南 | 《合》（8748） | 〈散氏盤〉 | 〈少曲市南・平肩空首布〉<br>〈洹子孟姜壺〉 | 〈南疆鉦〉 |
|---|---|---|---|---|
| 安 | 《合》（18062） | 〈作冊睘尊〉 | 〈薛子仲安簠〉 | 〈安臧・平肩空首布〉<br>〈坪安君鼎〉 |
| 盧 | 《合》（19957 反） | 〈伯公父簠〉 | 〈盧氏・斜肩空首布〉<br>〈王子嬰次盧〉 | |
| 棗 | | | | 〈酸棗・平襠方足平首布〉<br>〈宜無戟〉 |
| 馬 | 《合》（5711）<br>《合》（5712） | 〈作冊大方鼎〉<br>〈小臣宅簋〉 | 〈走馬薛仲赤簠〉 | 〈馬雍・平襠方足平首布〉<br>《古璽彙編》（0057） |

| | 《合》（5716） | 〈九年衛鼎〉 | | 〈匽侯載器〉 |
|---|---|---|---|---|
| 虨 | | | | 〈虨虎・平襠方足平首布〉 〈九年將軍戈〉 |
| 虎 | 《合》（462 正） | | | 〈虨虎・平襠方足平首布〉 |
| 鑪 | | 〈兮甲盤〉 | 〈者瀘鐘〉 | 〈鑪陽・平襠方足平首布〉 |
| 膚 | | 〈九年衛鼎〉 | | 〈膚虎・平襠方足平首布〉 〈膚虎・尖足平首布〉 〈郭店・唐虞之道2〉 |
| 虎 | 《合》（10199 正） | 〈番生簋蓋〉 〈九年衛鼎〉 | | 〈膚虎・尖足平首布〉 |
| 曲 | 《合》（1022 甲） | | 〈曾子斿鼎〉 | 〈陽曲・尖足平首布〉 |

| | | | |
|---|---|---|---|
| | | | 匕<br>《古璽彙編》<br>（2317） |
| 郵 | | | 𤰞<br>〈下郵陽‧三孔平<br>首布〉 |
| 鳶 | | | 鳶<br>〈鳶即‧三孔平首<br>布〉 |
| 霝 | | 替<br>〈侯馬盟書91.5〉<br><br>替<br>〈侯馬盟書156.<br>20〉<br><br>替<br>〈侯馬盟書156.<br>23〉<br><br>替<br>〈侯馬盟書194.<br>4〉<br><br>替<br>〈侯馬盟書194.<br>11〉 | 𠮷<br>〈卩霝‧三孔平首<br>布〉<br><br>替<br>〈睡虎地‧秦律十<br>八種183〉 |
| 酈 | | | 酈<br>〈酈‧三孔平首<br>布〉 |
| 處 | | 處<br>〈史牆盤〉 | 處<br>〈親處‧三孔平首<br>布〉 |
| 得 | 得<br>《合》（133正） | 得<br>〈冊得觚〉 | 得<br>〈余贎速兒鐘〉 | 得<br>〈明‧弧背齊刀〉 |

| | | | |
|---|---|---|---|
| | 《合》（439） | 〈大克鼎〉 | | 〈墜璋方壺〉 |
| 盧 | | | | 〈明・折背刀〉 |

總之，採用剪裁省減方式書寫者，原本多爲象形成分濃厚的文字，或是構形複雜之字，但是在貨幣文字裡，亦偶見少部份的字形，其形體、筆畫已十分簡易，如「南」、「安」等字，書手爲了書寫的便利，剪裁該字部分的形體代表全部，保留構形中較爲重要或是基本的部分。再者，從貨幣文字觀察，凡從同一偏旁之字，亦見相同的省減現象，即某字發生形體變化時，凡從此偏旁之字亦跟著變化，使得一系列文字的形構產生相同的改變。

## 第九節　義符省減

義符省減，何琳儀稱之爲「刪簡形符」〔註42〕，指書寫時將具有標示意義作用的偏旁予以省減的一種現象。

現今所見的貨幣資料，省減義符者，可細分爲十四例；一爲省減「又」；二爲省減「止」；三爲省減「臣」；四爲省減「木」；五爲省減「辵」與「象」；六爲省減「土」；七爲省減「虍」；八爲省減「邑」；九爲省減「阜」；十爲省減「日」；十一爲省減「斗」；十二爲省減「林」；十三爲省減「門」；十四爲省減「廿」。

### 一、省減偏旁「又」

「封」字於兩周金文作「封」〈六年召伯虎簋〉，於貨幣文字作「封」，後者係省減偏旁「又」。

（表3-8）

| 字例 | 殷　商 | 西　周 | 春　秋 | 戰　國 |
|---|---|---|---|---|
| 封 | | 〈六年召伯虎簋〉 | 〈封・平肩空首布〉 | 〈中山王𰯼鼎〉 |

〔註42〕《戰國文字通論》，頁187。

## 二、省減偏旁「止」

「武」字於兩周金文作「」〈毛公鼎〉，貨幣中第一例字作「」，細審之，於面上明顯有一道豎線，寫作「」除了借用貨幣的豎線外，更省減「止」的形體。

（表3-9）

| 字例 | 殷　商 | 西　周 | 春　秋 | 戰　國 |
|---|---|---|---|---|
| 武 | 《合》（27741） | 〈毛公鼎〉 | 〈武・平肩空首布〉 | 〈睡虎地・日書甲種146〉 |

## 三、省減偏旁「臣」

甲骨文「臧」字象「以戈刺眼之形」，發展至金文，「眼睛」之形改為從「口」，從「目」者仍保存於貨幣文字。于省吾指出甲骨文所見之字即為「臧」字的初文，寫作「臧」係添加聲符「爿」。〔註43〕將文字相較，「」將「」之形省減為「×」，更將「戈」省略。

（表3-10）

| 字例 | 殷　商 | 西　周 | 春　秋 | 戰　國 |
|---|---|---|---|---|
| 臧 | 《合》（3297反） | | 〈臧孫鐘〉 | 〈安臧・平肩空首布〉 |

## 四、省減偏旁「木」

「乘」字於西周金文寫作「」〈虢季子白盤〉，象一人張腿站立於木上，戰國時期楚系「乘」字作「」，上半部像人張腿站立之形，由於中間豎畫的省減，再加上誤將足形與省減後的形體連接，產生形體的訛誤，寫作「」，下半部又以「几」取代「木」；燕系作「」，亦以「几」取代「木」，惟「几」

---

〔註43〕于省吾：《甲骨文字釋林》，頁51～52，臺北，大通書局，1981年。

的形體與楚系的寫法不同；貨幣文字作「🔶」，形體與楚系的「🔶」相近，惟將上半部象「一人張腿站立」之形，省減若干筆畫，寫作「🔶」。

（表 3-11）

| 字例 | 殷　商 | 西　周 | 春　秋 | 戰　國 |
|---|---|---|---|---|
| 乘 | 🔶<br>《合》（32 正） | 🔶<br>〈虢季子白盤〉<br>🔶<br>〈多有鼎〉 | 🔶<br>〈匽公匜〉 | 🔶<br>〈乘・聳肩空首布〉<br>🔶<br>〈噩君啓車節〉<br>🔶<br>《古璽彙編》（0251） |

## 五、省減偏旁「辵」與「彔」

「邍」字於兩周金文作「🔶」〈史敖簋〉，從辵從备從彔，《說文解字》「邍」字云：「高平曰邍。人所登，從辵、备、彔，闕。」段玉裁〈注〉云：「此八字疑有脫誤，當作從辵從略省從彔，人所登也。故從辵十四字，今本淺人所亂耳。人所登蒙高，解從辵之意也。略者，土地可經略也。彔者，土地如刻木彔彔然。……蓋從三字會意。」〔註 44〕將之與兩周文字相較，《說文解字》收錄的形體，不知源於何處，段玉裁〈注〉之言亦誤，不免流於望文生義。將貨幣與〈史敖簋〉的字形相較，寫作「🔶」者，僅保留「备」，省減義符「辵」與「彔」；作「🔶」者，進一步省減「🔶」的「🔶」。

（表 3-12）

| 字例 | 殷　商 | 西　周 | 春　秋 | 戰　國 |
|---|---|---|---|---|
| 邍 | | 🔶<br>〈史敖簋〉 | | 🔶，🔶<br>〈平原・平襠方足平首布〉 |

---

〔註 44〕《說文解字注》，頁 76。

## 六、省減偏旁「土」

貨幣文字作「且」，將偏旁「土」省略；又「垣」字從土亘聲，從「亘」之「洹」字於兩周金文作「（洹）」〈伯喜父簋〉、「（洹）」〈洹子孟姜壺〉，將之與〈漆垣戈〉「±亘」字相較，所從之「亘」，由「己」或「昌」寫作「亘」，係將「昌」中間的筆畫相連，形成「日」的形體，又於「日」上下二側增添「一」，寫作「亘」的形體。

（表 3-13）

| 字 例 | 殷 商 | 西 周 | 春 秋 | 戰 國 |
|---|---|---|---|---|
| 垣 | | | | 〈戲垣·平襠方足平首布〉<br><br>〈漆垣戈〉 |

## 七、省減偏旁「虍」

「盧」字於兩周金文作「（盧）」〈盧作父丁觶〉、「（盧）」〈杕氏壺〉，貨幣之「盧」字寫作「（盧）」、「（盧）」，「（盧）」係省減「虍」的形體。

（表 3-14）

| 字 例 | 殷 商 | 西 周 | 春 秋 | 戰 國 |
|---|---|---|---|---|
| 盧 | | 〈盧作父丁觶〉 | 〈杕氏壺〉 | 〈盧陽·平襠方足平首布〉 |

## 八、省減偏旁「邑」

「都」字於兩周金文作「（都）」〈鑄鎛〉，從邑者聲，貨幣文字作「（都）」，除了省減偏旁「邑」，又將「者」上半部的形體省寫作「Y」。

「邪」字從邑牙聲，貨幣文字寫作「（邪）」，或作「（邪）」，後者係省減義符「邑」。

（表 3-15）

| 字例 | 殷　商 | 西　周 | 春　秋 | 戰　國 |
|---|---|---|---|---|
| 都 | | | 〈素命鎛〉 | 〈高都‧平襠方足首布〉 〈古璽彙編〉（0272） |
| 邪 | | | | 〈邪‧尖足平首布〉 |

## 九、省減偏旁「阜」

「陰」字從阜金聲，〈壽陰‧尖足平首布〉的「陰」字多作「陰」，僅少數寫作「全」，省去義符「阝」；「全」係省減「阝」的三道筆畫。

（表 3-16）

| 字例 | 殷　商 | 西　周 | 春　秋 | 戰　國 |
|---|---|---|---|---|
| 陰 | | | | 〈壽陰‧尖足平首布〉 〈壞陰‧平襠方足平首布〉 〈陰平劍〉 |

## 十、省減偏旁「日」

「晉」字從日從臸，兩周金文作「晉」〈晉人簋〉，貨幣文字作「晉」，係先省減部件「十」，再進一步以省減同形的方式，將「臸」省為「至」，最後將

「日」省略，即「⿱⿳⿱」→「⿱⿱」→「⿱」→「⿱」。

（表 3-17）

| 字 例 | 殷 商 | 西 周 | 春 秋 | 戰 國 |
|---|---|---|---|---|
| 晉 | 《合》（19568） | 〈晉人簋〉 | 〈晉公車害〉 | 〈晉陽半·尖足空首布〉 〈噩君啓舟節〉 |

## 十一、省減偏旁「斗」

「半」字上從「八」下從「斗」，又「斗」字作「⿰」〈秦公簋〉、「⿰」〈土勻瓶〉，將字形相較，「⿰」係省減偏旁「斗」；「⿰」省減「斗」後，以「｜」替代「斗」的形體；「⿰」省減「斗」後，以「○」替代「斗」的形體；又「⿰」與「⿰」皆爲倒書的形體。

（表 3-18）

| 字 例 | 殷 商 | 西 周 | 春 秋 | 戰 國 |
|---|---|---|---|---|
| 半 | | | | 〈榆即半·尖足平首布〉 〈晉陽半·尖足平首布〉 〈大陰半·尖足平首布〉 |

## 十二、省減偏旁「林」

「蔢」字寫作「⿱」，或作「⿱」，以「⿱」爲例，係省減上半部的偏旁「⿰」。

（表 3-19）

| 字 例 | 殷　商 | 西　周 | 春　秋 | 戰　國 |
|---|---|---|---|---|
| 贅 | | | | 贅，䇞 〈離石・尖足平首布〉 |

## 十三、省減偏旁「門」

　　「關」字於兩周金文作「䦙」〈子禾子釜〉，貨幣文字作「卝」，係省減偏旁「門」。

（表 3-20）

| 字 例 | 殷　商 | 西　周 | 春　秋 | 戰　國 |
|---|---|---|---|---|
| 關 | | | | 卝 〈關・三孔平首布〉<br><br>䦙 〈干關・平襠方足平首布〉<br><br>䦙 〈子禾子釜〉 |

## 十四、省減偏旁「廾」

　　「共」字於兩周金文作「𠭇」〈善鼎〉、「𠦝」〈禹鼎〉、「𠔝」〈楚王酓忑盤〉，在文字發展的過程，小圓點「・」往往可以拉長為短橫畫「-」或橫畫「—」，故貨幣文字作「𠔃」；又「共」字從廾廾，作「𢆷」係省減偏旁「廾」。

（表 3-21）

| 字 例 | 殷　商 | 西　周 | 春　秋 | 戰　國 |
|---|---|---|---|---|
| 共 | 𠭇 《合》（13962） | 𠭇 〈善鼎〉 | | 𠔃，𢆷 〈共・圓錢〉 |

| | | | |
|---|---|---|---|
| | | ⟨禹鼎⟩ | ⟨楚王酓忎盤⟩ |

　　總之，貨幣文字之義符省減的現象，大致可以分為二類，一為省減義符部分的形體，二為完全省減義符，其中以第二類的情形最為常見，無論何種書寫的方式，皆造成文字形體結構的變異，若非透過辭例的比對，實在不易將兩個不同形體的文字，視為同一字。在貨幣上採取此種省減的模式，除了追求書寫的便利外，避免空間的浪費，亦可能為考量的因素。

## 第十節　聲符省減

　　形聲字為形符與聲符二者結合而成，聲符省減，何琳儀稱之為「刪簡音符」〔註45〕，指在構成形聲字中具有表音作用的偏旁，當省減聲符形體時，被省略了部分的形體，或是完全的省減，而保留其表義的偏旁。

### 一、省減聲符部分形體

　　現今所見的貨幣資料，省減聲符部分形體者，可細分為十一例；一為省減聲符「止」；二為省減聲符「金」；三為省減聲符「化」；四為省減聲符「尙」；五為省減聲符「易」；六為省減聲符「魚」；七為省減聲符「襄」；八為省減聲符「霍」；九為省減聲符「者」；十為省減聲符「郭」；十一為省減聲符「虍」。

### （一）省減聲符「止」

　　「市」字於兩周金文作「𣎴」〈兮甲盤〉，從兮止聲〔註46〕，貨幣文字作「𣄰」，從土從兮止聲。將文字相較，作「𠂤」、「𣃀」、「𠔼」、「𠌶」、「𠃌」者，皆省減「兮」與「止」的若干筆畫。文字書寫時，雖可以省減筆畫的方式書寫，但是以不破壞該字的讀音為原則，貨幣「市」字的形體雖不易辨識，但是透過金文的字形相較，仍可看出其尚保留「止」聲的部分形體。

---

〔註45〕《戰國文字通論》，頁 188。

〔註46〕張世超、孫凌安、金國泰、馬如森，《金文形義通解》，頁 1357，日本京都，中文出版社，1995 年。

（表 3-22）

| 字 例 | 殷 商 | 西 周 | 春 秋 | 戰 國 |
|---|---|---|---|---|
| 巿 | <br>《合》（27641）<br><br><br>《合》（30646） | <br>〈兮甲盤〉 | <br>〈少曲巿南・平肩<br>空首布〉<br><br><br>〈少曲巿ㅛ・平肩<br>空首布〉 | <br>〈睡虎地・法律答<br>問 172〉 |

## （二）省減聲符「酓」

「陰」字於兩周金文作「」〈㠱伯子宨父盨〉，從阜酓聲，貨幣文字作「」，係將「酓」下半部的形體「」省減；作「」係將「酓」下半部的形體由「」寫作「口」。

（表 3-23）

| 字 例 | 殷 商 | 西 周 | 春 秋 | 戰 國 |
|---|---|---|---|---|
| 陰 | | | <br>〈㠱伯子宨父盨〉 | <br>〈陰晉一釿・弧襠<br>方足平首布〉 |

## （三）省減聲符「化」

「貨」字從貝化聲，於戰國簡牘作「」〈郭店・老子甲本 12〉、「」〈睡虎地・日書甲種 38〉。貨幣之「」字，學者或有不同的意見，蔡雲指出稱「貨」者，亦可讀爲「化」[註47]，吳良寶釋爲「偵」。[註48]「眞」字於兩周文字作「」〈伯眞甗〉、「」〈眞盤〉、「」〈段簋〉、「」〈曾侯乙 61〉，與「」右側的形體不符，不當釋爲「偵」。將字形相較，「」省減左側的「亻」與下方的「」；「」省減聲符「化」；「」與「」

---

〔註47〕《癖談》（收錄於《說錢》），頁 285。

〔註48〕吳良寶：《先秦貨幣文字編》，頁 140，福州，福建人民出版社，2006 年。

皆省減左側的「彳」與中間的「貝（⊕）」。

（表 3-24）

| 字 例 | 殷 商 | 西 周 | 春 秋 | 戰 國 |
|---|---|---|---|---|
| 貨 | | | | 〈橈比當忻・平襠方足平首布〉<br><br>〈郭店・老子甲本 12〉<br><br>〈睡虎地・日書甲種 38〉 |

**（四）省減聲符「尚」**

「堂」字從土尚聲，於兩周金文作「」〈噩君啓車節〉，從立尚聲；「」〈兆域圖銅版〉，從土尚省聲，貨幣文字作「」，亦即省減「尚」字中的「口」。

（表 3-25）

| 字 例 | 殷 商 | 西 周 | 春 秋 | 戰 國 |
|---|---|---|---|---|
| 堂 | | | | 〈橈比當忻・平襠方足平首布〉<br><br>〈噩君啓車節〉<br><br>〈兆域圖銅版〉 |

**（五）省減聲符「易」**

「陽」字於兩周金文作「」〈宜陽右蒼簠〉，從阜易聲，貨幣文字作「」，省減所從之「易」上半部的「日」。

（表 3-26）

| 字例 | 殷 商 | 西 周 | 春 秋 | 戰 國 |
|---|---|---|---|---|
| 陽 | | 〈虢季子白盤〉 | 〈叔姬作陽伯鼎〉 | 〈宅陽・平襠方足平首布〉<br><br>〈宜陽右蒼篹〉 |

## （六）省減聲符「魚」

「鱻」字於兩周金文作「 」〈兮甲盤〉，貨幣文字寫作「 」、「 」，所從之「虍」或以剪裁省減的方式書寫，又「魚」作「 」、「 」，將之與「 」〈毛公鼎〉相較，係省減後的形體。「鱻」字所從之虍與魚，上古音皆爲「魚」部，於此可視爲從虍魚聲之字，作「 」係省減聲符「魚」部分的形體。

（表 3-27）

| 字例 | 殷 商 | 西 周 | 春 秋 | 戰 國 |
|---|---|---|---|---|
| 鱻 | | 〈兮甲盤〉 | | ， 〈鱻陽・平襠方足平首布〉 |

## （七）省減聲符「襄」

「纕」字於兩周金文作「 」〈繳𡧤君扁壺〉，貨幣文字作「 」，從糸襄聲，後者省減「襄」的部分形體。

（表 3-28）

| 字例 | 殷 商 | 西 周 | 春 秋 | 戰 國 |
|---|---|---|---|---|
| 纕 | | | | 〈纕坪・平襠方足平首布〉<br><br>〈繳𡧤君扁壺〉 |

## （八）省減聲符「霍」

「藋」字從艸霍聲，「霍」字於兩周金文作「」〈叔男父匜〉、「」〈霍鼎〉，「藋」字所從之「霍」，或從雨從三隹，或從雨從二隹，或從雨從隹。將字形相較，寫作「」者，將「隹」形以簡單的筆畫取代；作「」應是省減「隹」下半部的形體。

（表 3-29）

| 字　例 | 殷　　商 | 西　　周 | 春　　秋 | 戰　　國 |
|---|---|---|---|---|
| 藋 | | | | ，<br>〈藋人・尖足平首布〉 |

## （九）省減聲符「者」

「都」字於兩周文字作「」〈𪠠夫鐘〉、「」〈素命鎛〉、「」〈睡虎地・法律答問 95〉，從邑者聲，貨幣文字寫作「」，省減左側上半部的部件遂作「」。

（表 3-30）

| 字　例 | 殷　　商 | 西　　周 | 春　　秋 | 戰　　國 |
|---|---|---|---|---|
| 都 | | <br>〈𪠠夫鐘〉 | <br>〈素命鎛〉 | <br>〈西都・尖足平首布〉<br><br>〈睡虎地・法律答問 95〉 |

## （十）省減聲符「郭」

「槨」字從木郭聲〔註49〕，「槨」字右側偏旁於甲骨文作「」《合》（553）、「」《合》（13514 甲正），於兩周金文作「」〈毛公鼎〉，將字形相較，貨幣文字作「」，省減「」下半部的形體，並將「木」置於「郭」的下

〔註49〕朱德熙：〈古文字考釋四篇〉，《朱德熙古文字論集》，頁 154～155，北京，中華書局，1995 年。

方，採取上下式結構。究其省減之因，爲避免採取上下式結構時，因形體過於狹長，故省減「郭」下半部的形體。

（表 3-31）

| 字例 | 殷　商 | 西　周 | 春　秋 | 戰　國 |
|---|---|---|---|---|
| 槨 | | | | 〈槨・尖足平首布〉<br><br>〈小木條 DK：84〉 |

### （十一）省減聲符「虍」

「處」字於兩周金文作「　」〈曶鼎〉，上半部爲「虎」，下半部爲「几」，《說文解字》「処」字云：「處，或從虍聲。」〔註50〕貨幣文字作「　」，將聲符「虍」之形省減爲「　」。

（表 3-32）

| 字例 | 殷　商 | 西　周 | 春　秋 | 戰　國 |
|---|---|---|---|---|
| 處 | | 〈曶鼎〉 | | 〈親處・三孔平首布〉<br><br>〈魚鼎七〉 |

## 二、省減聲符全部形體

現今所見的貨幣資料，省減聲符全部形體者，可細分爲八例；一爲省減聲符「戕」；二爲省減聲符「各」；三爲省減聲符「出」；四爲省減聲符「癹」；五爲省減聲符「卪」；六爲省減聲符「金」；七爲省減聲符「丁」；八爲省減聲符「○」。

### （一）省減聲符「戕」

---

〔註50〕《說文解字注》，頁 723。

以甲、金文與貨幣文字相較，「」將聲符「戕」完全省減；「」省略「戕」的部分形體，將「戈」省略。

（表 3-33）

| 字 例 | 殷 商 | 西 周 | 春 秋 | 戰 國 |
|---|---|---|---|---|
| 臧 | <br>《合》（6404 反） | | <br>〈曩伯子宦父盨〉 | <br>〈安臧·平肩空首布〉 |

## （二）省減聲符「各」

「霝」字從雨各聲，貨幣文字多寫作「霝」，僅少數作「」，省減聲符「各」。

（表 3-34）

| 字 例 | 殷 商 | 西 周 | 春 秋 | 戰 國 |
|---|---|---|---|---|
| 霝 | <br>《合》（24257） | | | <br>〈霝·平襠方足平首布〉<br><br><br>〈郭店·老子甲本 19〉 |

## （三）省減聲符「出」

「屈」字從尾出聲，寫作「」〈睡虎地·日書甲種 51 背〉，將之與貨幣文字相較，寫作「」者，省減聲符「出」。

（表 3-35）

| 字 例 | 殷 商 | 西 周 | 春 秋 | 戰 國 |
|---|---|---|---|---|
| 屈 | | | <br>〈楚屈叔佗戈〉 | <br>〈北屈·平襠方足平首布〉 |

| | | | | 屋 |
|---|---|---|---|---|
| | | | | 〈睡虎地·日書甲種 51 背〉 |

### （四）省減聲符「夋」

「酸」字從酉夋聲，貨幣文字寫作「⚷」，觀察〈酸棗·平襠方足平首布〉的字形，據形釋讀應作「酉棗」，何琳儀指出應讀為「酸棗」〔註51〕，將「酸」字省寫為「酉」，省略聲符「夋」。

（表 3-36）

| 字 例 | 殷 商 | 西 周 | 春 秋 | 戰 國 |
|---|---|---|---|---|
| 酸 | | | | ⚷<br>〈酸棗·平襠方足平首布〉 |

### （五）省減聲符「卩」

「即」字從皀卩聲，〈榆即·尖足平首布〉與〈榆即半·尖足平首布〉的「即」字，寫作「Ɒ」或「⊖」者，一方面省去聲符的部分，一方面又將所從之「皀」省略下半部的部件；又將「⟨⟩」與「⟨⟩」相較，「⟨⟩」左側的「丨」應為「皀」的省減，右側的「又」應為「卩」的省體。

（表 3-37）

| 字 例 | 殷 商 | 西 周 | 春 秋 | 戰 國 |
|---|---|---|---|---|
| 即 | 𣪘<br>《合》（28252） | 𩜁<br>〈大盂鼎〉<br><br>𩜁<br>〈頌鼎〉 | 𩜁<br>〈秦公鎛〉 | 𩜁, Ɒ, ⊖,<br>⟨⟩, 𩜁<br>〈榆即·尖足平首布〉<br><br>⊖<br>〈榆即半·尖足平首布〉 |

〔註51〕何琳儀：〈三晉方足布彙釋〉，《古幣叢考》，頁 233，臺北，文史哲出版社，1996年。

## （六）省減聲符「金」

「陰」字從阜金聲，貨幣文字多作「」，僅少數寫作「」，省去聲符的部分。

（表3-38）

| 字 例 | 殷　　商 | 西　　周 | 春　　秋 | 戰　　國 |
|---|---|---|---|---|
| 陰 | | | | 〈大陰・尖足平首布〉<br>〈陰平劍〉 |

## （七）省減聲符「丁」

「成」字據「第二章、形體結構增繁分析」之「增添飾筆」下的說明，可知該字於甲骨文中本非從丁聲，其後所見從丁或從午得聲的字形，係因形體訛變所致。「成」字於兩周金文作「」〈士上盉〉，貨幣文字作「」，除省減聲符「丁」外，又將「」以收縮筆畫的方式書寫作「」。

「城」字從土成聲，貨幣文字作「」，上半部之「」係將「」的形體以收縮筆畫的方式書寫，下半部作「」為「土」的形體，未見聲符，今觀察貨幣「城」字多有相同的現象。

（表3-39）

| 字 例 | 殷　　商 | 西　　周 | 春　　秋 | 戰　　國 |
|---|---|---|---|---|
| 成 | 《合》（7）<br>《屯》（762） | 〈士上盉〉 | 〈蔡侯紐鐘〉 | 〈城白・直刀〉 |
| 城 | | 〈城虢遣生簋〉 | 〈郘䨲尹征城〉 | 〈新城・尖足平首布〉<br>〈鄂君啟車節〉 |

### （八）省減聲符「○」

「睘」字作「呈」〈番生簋蓋〉，從玉睘聲的「環」字作「環」〈毛公鼎〉，金文未省略聲符「○」，將之與貨幣「睘」字相較，寫作「呈」係省減聲符「○」。又戰國文字中習見楚系從「睘」之字省減聲符「○」，如：「繯」字作「繯」〈曾侯乙 123〉、「嬛」字作「嬛」〈曾侯乙 174〉、「環」字作「環」〈望山 1.109〉、「鐶」字作「鐶」〈望山 2.37〉、「還」字作「還」〈包山 92〉等，秦系文字十分少見省減聲符「○」的現象，據此推測，〈半睘・圓錢〉中的「呈」可能是書手誤寫所致。

（表 3-40）

| 字　例 | 殷　　商 | 西　　周 | 春　　秋 | 戰　　國 |
|---|---|---|---|---|
| 睘 | | 呈<br>〈番生簋蓋〉 | | 睘，呈<br>〈半睘・圓錢〉<br>呈<br>〈望山 2.50〉 |

總之，古文字省略聲符的現象，亦爲追求迅速、便利所致，遂省略表音部分的形體，而保留其表義的偏旁。一般而言，省減的時候，多保留聲符部分的形體，甚少將聲符完全省減，其目的係爲了使文字使用者知曉其音讀，不會因爲聲符完全省略，致使該字的讀音消失，造成文字使用者的不便。今觀察貨幣文字，在省減聲符的方式，與書寫於其他材質的文字不盡相同，因受限於書寫的面積，往往將整個聲符省略，造成文字辨識的不易，惟有透過相同的幣文比對，才能知曉該字特異的形體，係省減後的結果。

## 第十一節　小　結

貨幣文字形體結構中所見的省減現象，可分爲單筆省減、共筆省減、借筆省減、邊線借用、部件省減、同形省減、剪裁省減、義符省減、聲符省減等九種。文字簡化的現象，在古文字中，並無太大的差異，其中較爲特殊者，應爲貨幣文字利用器物的邊、線作爲筆畫。貨幣的面積不大，難以鑄寫過多的文字，以這種方式表現的幣文，多僅見一字，由於貨幣的面上有豎線，鑄造者可以利

用邊線或是既有的豎線，作為文字構形的筆畫。利用既有的豎線與邊線鑄寫文字，雖然可以省減若干筆畫，卻容易造成今人識讀的不便，除非透過其他貨幣上的文字相較，否則甚難立即辨識。此外，以貨幣的「武」、「器」、「閔」、「地」等字例言，因為受限於幣面上的豎線，使得其結構產生不協調，甚至不得不將完整的構形分割，分置於兩側。

以省減方式書寫，省略的時候，多保留聲符部分的形體，甚少將聲符完全省減。據此可知，古人在省減文字時，仍有其基本的要求，亦即聲符部分不得完全省略。換言之，文字並非可以任意省減，大體而言，是以不破壞該字的聲符為前提，進行文字的簡化。至於貨幣文字出現數例省減聲符全部形體的現象並非慣例，究其因素，除了一時的缺寫所致外，可能受到書寫面積的限制，因而藉著部分形體的省減，以便將應納入的文字全部書寫於其中。

觀察東周貨幣的資料，在文字省減的表現上，與戰國時期鑄寫於其他材質的文字相近同。造成文字簡化的因素，有以下幾項原因：

一、為求書寫的便利與迅速。某些圖畫性質濃厚的象形文字，或是筆畫十分繁複者，往往造成書寫的不便，為了書寫的便捷，惟有朝向簡化發展。

二、受到文字形體結構的影響。部分文字的形體趨於狹長，倘若該字採取上下式結構組合，容易造成視覺的突兀，甚或與同一版面上的文字格格不入。為了避免此種現象，可利用偏旁間筆畫或部件相近同的特性，合用某一筆畫或部件，透過空間的緊縮，達到形體結構的協調。

三、為求空間的節省。某些接近圖畫性質的象形文字，或是筆畫繁複的文字，非僅書寫不易，也容易佔空間，為了在一定的面積內書寫最多的文字，惟有趨於省減。

四、受到書寫面積的影響。某些材料的書寫面積有限，為了在一定的空間書寫若干字，只有採取省減的方法；此外，倘若書寫時，該字的某一橫畫或是豎畫，與貨幣的邊緣十分靠近，致使該筆畫無法順利書寫，也惟有省去該筆畫。

五、因一時的疏忽造成文字的省減。某些貨幣上的文字，常因一時的疏忽，使得單一或數個筆畫發生缺筆的現象，產生文字的省減。

貨幣文字的簡化，亦有其遵循的規律，如：

一、接近圖畫性質的形體結構以線條取代。

二、採取共用筆畫書寫，在偏旁的安排上無論是上下式結構或是左右式結構，只要其間的筆畫相同，即合用一個筆畫。

三、採取借用筆畫書寫，在偏旁的安排上無論是上下式結構或是左右式結構，只要其間的筆畫相近即借用。

四、以借用邊線書寫，其間的筆畫，必須與所借者的邊、線相近同，才能達到借用的效果。

五、部件或偏旁重複，省略重複的部分。

六、以剪裁省減的方式書寫，被省減的部分，一般多大於保留的形體。

七、文字形體無論如何的省減，基本上以不破壞該字的聲符為原則。

八、除了部分貨幣文字外，一般僅省減義符或聲符的部分形體。

# 第四章　形體結構異化分析

## 第一節　前　言

　　春秋戰國時期，周王室日漸衰微，諸侯勢力興起，各國在文字的表現，日漸發展出其特色，據《戰國文字構形研究》的觀察，當時的文字形體，除了因材料的差異而有刻鑄或書寫的不同外，在同樣材質的材料上，有時亦會受到偏旁結構安排的影響，產生偏旁位置的改易，或是偏旁的替換。〔註1〕

　　關於「異化」一詞，何琳儀指出它是對文字的筆畫與偏旁產生變異，在異化的作用下，筆畫與偏旁的繁簡程度雖不明顯，但是筆畫的組合、方向和偏旁的種類、位置卻有較大的改變。〔註2〕換言之，「異化」指對於文字的筆畫或是形體的經營，產生不同的變化，它具有相同的字音與字義而有不同的字形，但是卻和增繁與省減現象不同，後二者具有明顯的繁、簡變化，前者只是改異形體的組合。

　　與「異化」一詞相近的辭彙為「異體字」，異體字的定義，學者咸以為是音義相同而外形不同的字，或是同一文字而有不同的字形者〔註3〕，此種「音義相

〔註1〕　陳立：《戰國文字構形研究》，頁 417～420，臺北，國立臺灣大學中國文學研究所
　　　　博士論文，2004 年。

〔註2〕　何琳儀：《戰國文字通論》，頁 203，北京，中華書局，1989 年。

〔註3〕　梁東漢：《漢字的結構及其流變》，頁 64，上海，上海教育出版社，1991 年；王

同而寫法不同的文字」即《說文解字》中的「重文」，或是所謂的「或體字」。

採外，相較異體字與異化二者涵蓋的領域，就梁東漢對異體字的分類，可細分爲十五類，如：一、古今字；二、義符相近，音符相同或相近；三、音符的簡省；四、重複部分的簡化；五、筆畫的簡化；六、形聲字保存重要的一部分；七、增加音符；八、增加義符；九、較簡單的會意字代替較複雜的形聲字；十、簡單的會意字代替結構較複雜的形聲字；十一、義符音符位置的交換；十二、新的形聲字代替舊的較複雜的形聲字；十三、假借字與本字并用；十四、重疊式和并列式并用；十五、書法上的差異。〔註4〕裘錫圭將之分爲八類，如：一、加不加偏旁的不同；二、表意、形聲等結構性質上的不同；三、同爲表意字而偏旁不同；四、同爲形聲字而偏旁不同；五、偏旁相同但配置方式不同；六、省略字形一部分跟不省略的不同；七、某些比較特殊的簡體跟繁體的不同；八、寫法略有出入或因訛變而造成不同。〔註5〕異體字的範圍實大於文字的異化。從其分類觀察，異化包涵於異體字中。

關於文字異化現象，茲分爲偏旁位置不固定的異化、形體不固定的異化，筆畫形體不固定的異化、非形音義近同之偏旁互代的異化、形近偏旁互代的異化，義近偏旁互代的異化等六項，分別舉例說明。

## 第二節　偏旁位置不固定的異化

古文字在偏旁位置的經營，習見左右結構互置、上下結構互置、上下式結構改爲左右式結構、左右式結構改爲上下式結構等四種。茲將因偏旁位置的不固定而產生的文字異化，論述如下：

力：〈字的寫法、讀音和意義〉，《王力文集》第三卷，頁 499，濟南，山東教育出版社，1985 年；林澐：《古文字研究簡論》，頁 94，長春，吉林大學出版社，1986年；曾榮汾：《字樣學研究》，頁 120，臺北，學生書局，1988 年；張亞初：〈古文字分類考釋論稿〉，《古文字研究》第十七輯，頁 243，北京，中華書局，1989年；許威漢：《漢語學》，頁 74，廣州，廣東教育出版社，1995 年；裘錫圭：《文字學概要》，頁 233，臺北，萬卷樓圖書有限公司，1995 年；詹鄞鑫：《漢字說略》，頁 296～297，臺北，洪葉文化事業有限公司，1995 年。

〔註4〕《漢字的結構及其流變》，頁 64～69。

〔註5〕《文字學概要》，頁 235～237。

## 一、左右結構互置例

左右結構互置，指在偏旁位置的經營，由原本的左右式結構改為右左式結構，換言之，偏旁位置左右不固定，可以任意的更換書寫位置。

〈伐・平肩空首布〉的幣文為「伐」。「伐」字寫作「〔圖〕」，或作「〔圖〕」，形體並不固定。

〈松・平肩空首布〉的幣文為「松」。「松」字寫作「〔圖〕」，或作「〔圖〕」，形體並不固定。

〈貢・平肩空首布〉的幣文為「貢」。「貢」字寫作「〔圖〕」，或作「〔圖〕」，將左右式結構改為右左式結構。

〈共半釿・弧襠方足平首布〉的幣文為「共半釿」，〈陰晉一釿・弧襠方足平首布〉的幣文為「陰晉一釿」，〈參川釿・斜肩空首布〉的幣文為「參川釿」。「釿」字寫作「〔圖〕」，或作「〔圖〕」，形體並不固定；又作「〔圖〕」將所從之「斤」的形體倒置，由「〔圖〕」寫作「〔圖〕」。

〈橈比當釿・平襠方足平首布〉的幣文為「橈比當釿」。「橈」字寫作「〔圖〕」，或作「〔圖〕」，將左右式結構改為右左式結構。

〈洀・平襠方足平首布〉的幣文為「洀」。將「洀」字形體相較，貨幣文字於偏旁位置的經營上，出現左右互置的現象，可寫作「〔圖〕」，或寫作「〔圖〕」。

〈涅・平襠方足平首布〉的幣文為「涅」。將「涅」字形體相較，貨幣文字於偏旁位置的經營上，出現左右互置的現象，可寫作「〔圖〕」，或寫作「〔圖〕」。

〈長子・平襠方足平首布〉的幣文為「長子」。「長子」為地望名稱，「長」字所見的「邑」為標義偏旁的增添。貨幣文字作「〔圖〕」或「〔圖〕」，為偏旁位置的互換，將左右式結構改為右左式結構；「〔圖〕」除了將「長」的形體改寫為橫式「〔圖〕」，更將之插置在「〔圖〕」的中間。

〈鄔・平襠方足平首布〉的幣文為「鄔」。「鄔」字或作「〔圖〕」，或作「〔圖〕」，形體並不固定。

〈祁・平襠方足平首布〉的幣文為「祁」。「祁」字寫作「〔圖〕」，或作「〔圖〕」，形體並不固定。

〈鄴・平襠方足平首布〉的幣文為「鄴」。「鄴」字寫作「〔圖〕」，或作「〔圖〕」，將左右式結構改為右左式結構。

　　〈纕坪・平襠方足平首布〉的幣文爲「纕坪」。貨幣文字於偏旁位置的經營上，出現左右互置的現象，可寫作「▢」，或寫作「▢」。

　　〈榆即・尖足平首布〉的幣文爲「榆即」。「榆」字寫作「▢」，或作「▢」，將左右式結構改爲右左式結構。

　　〈中陽・尖足平首布〉的幣文爲「中陽」。貨幣文字作「▢」，省減「▢」的一道橫畫「一」；又貨幣「陽」字亦可寫作「▢」，將左右式結構改爲右左式結構。

　　〈邪・尖足平首布〉的幣文爲「邪」。「邪」字寫作「▢」，或作「▢」，形體並不固定；「▢」將「邑」以收縮筆畫的方式書寫，本應寫作「▢」，卻將之倒書作「▢」。

　　〈齊返邦長大刀・齊刀〉的幣文爲「齊返邦長大刀」，〈白刀・直刀〉的幣文爲「邦」。「邦」字於甲骨文作「▢」《合》（846），於兩周金文作「▢」〈靜簋〉、「▢」或「▢」〈毛公鼎〉。甲骨文「邦」字與兩周文字差異甚大，徐中舒云：「從丰從田，象植木於田界之形，與《說文》邦之古文形近。」〔註6〕指植樹於田界；兩周文字從丰從邑，《說文解字》「邑」字云：「國也」，「邦」字云「國也」〔註7〕，指植樹於邦界或是國界。貨幣文字作「▢」，承襲甲骨文的字形；作「▢」則承襲〈毛公鼎〉的字形；又將「▢」與「▢」相較，「▢」豎畫上的短橫畫「-」應爲飾筆的增添。

　　〈節墨之大刀・齊刀〉的幣文爲「關封」。貨幣文字寫作「▢」，或作「▢」，爲偏旁位置的互換，將左右式結構改爲右左式結構。

　　〈明・弧背燕刀〉的幣文爲「外盧」。「外」字寫作「▢」，或作「▢」，形體並不固定。又「外」字或從月作「▢」〈靜簋〉，或從夕作「▢」〈子禾子釜〉，「月」、「夕」二字的差異，在於「▢」中短豎畫「｜」的有無，有短豎畫者爲「月」，無短豎畫者爲「夕」。

　　〈垣・圜錢〉的幣文爲「垣」。「垣」字寫作「▢」，或作「▢」，將左右式結構改爲右左式結構。

---

〔註6〕　徐中舒：《甲骨文字典》，頁712，成都，辭書出版社，1995年。

〔註7〕　〔漢〕許慎撰、〔清〕段玉裁注：《說文解字注》，頁285，臺北，黎明文化事業股份有限公司，1991年。

　　〈文信・圜錢〉的幣文爲「文信」。貨幣文字於偏旁位置的經營上，出現左右互置的現象，可寫作「鼎」，或寫作「悟」。

　　〈郢稱・金版〉的幣文爲「郢稱」。貨幣文字於偏旁位置的經營上，出現左右互置的現象，可寫作「郢」，或寫作「稱」。

（表4-1）

| 字例 | 殷　商 | 西　周 | 春　秋 | 戰　國 |
|---|---|---|---|---|
| 伐 | 《合》（248 正） | 〈兮甲盤〉 | 〈伐・平肩空首布〉 | 〈睡虎地・秦律十八種4〉 |
| 松 | | | 〈松・平肩空首布〉 | 〈噩君啓舟節〉 |
| 貢 | | | 〈貢・平肩空首布〉 | |
| 鈪 | | | | 〈共半鈪・弧襠方足平首布〉<br>〈陰晉一鈪・弧襠方足平首布〉<br>〈參川鈪・斜肩空首布〉 |
| 橈 | | | | 〈橈比當圻・平襠方足平首布〉 |
| 洀 | | 〈啓作且丁尊〉 | | 〈洀・平襠方足平首布〉 |

| 涅 | | | | 〈涅·平襠方足平首布〉 |
|---|---|---|---|---|
| 長 | 《合》（29641） | 〈史牆盤〉 | | 〈長子·平襠方足平首布〉 |
| 鄥 | | | | 〈鄥·平襠方足平首布〉 |
| 祁 | | | | 〈祁·平襠方足平首布〉 |
| 鄨 | | | | 〈鄨·平襠方足平首布〉 |
| 坪 | | | 〈臧孫鐘〉 | 〈纕坪·平襠方足平首布〉 |
| 榆 | | | | 〈榆即·尖足平首布〉 |
| 陽 | 《合》（948） | | 〈叔姬作陽伯鼎〉 | 〈中陽·尖足平首布〉 |
| 邪 | | | | 〈邪·尖足平首布〉 |
| 邦 | 《合》（846） | 〈靜簋〉 | 〈龜公華鐘〉 | 〈齊返邦長大刀·齊刀〉 |

| | | | |
|---|---|---|---|
| | | 封，封〈毛公鼎〉 | 〈白刀・直刀〉 |
| 封 | | 封〈伊簋〉 | 封，封〈節墨之大刀・齊刀〉 |
| 外 | | 外〈靜簋〉 | 外，外〈明・弧背燕刀〉<br>外〈子禾子釜〉 |
| 垣 | | | 垣，垣〈垣・圓錢〉 |
| 信 | | | 信〈文信・圓錢〉<br>信〈文信・圓錢石範〉<br>信〈睡虎地・爲吏之道 7〉 |
| 郢 | | | 郢，郢〈郢稱・金版〉<br>郢〈睡虎地・日書甲種 69 背〉 |

## 二、由上下式結構改爲左右式結構例

上下式結構改爲左右式結構，指構成文字的二個或二個以上的偏旁，在偏旁位置的經營，由原本的上下式結構改換爲左右式結構。換言之，偏旁位置上下、左右不固定，可以任意的更換書寫位置，爲異化所造成的結果。

　　〈武采‧斜肩空首布〉的幣文爲「武采」。「采」字從爪從禾，爲上「爪」下「禾」的結構，作「❏米」或「米日」，係將形體割裂，又將「爪」的形體與「禾」的起筆相連，形成「❏」與「米」，在偏旁位置的安排，亦由上下式結構改爲左右式結構。

　　〈䣙‧平襠方足平首布〉的幣文爲「䣙」。「䣙」字從邑武聲，「武」字於兩周金文作「❏」〈羌伯簋〉、「❏」〈多友鼎〉，多採取上「戈」下「止」的結構，貨幣文字作「❏屮」，右側的「武」寫作「屮戈」，爲左「止」右「戈」的結構，透過字形的觀察可知「❏屮」之「屮戈」將上下式結構改爲左右式結構。

（表4-2）

| 字　例 | 殷　　商 | 西　　周 | 春　　秋 | 戰　　國 |
|---|---|---|---|---|
| 采 | | | | 采, ❏米, 米日<br>〈武采‧斜肩空首布〉 |
| 䣙 | | | | ❏屮<br>〈䣙‧平襠方足平首布〉 |

## 三、上下結構互置例

　　上下結構互置，指在偏旁位置的經營，由原本的上下式結構改爲下上式結構。換言之，偏旁位置上下不固定，可以任意的更換書寫位置。

　　〈柳‧平肩空首布〉的幣文爲「柳」。「柳」字於甲骨文作「❏」《合》（36526），於兩周金文作「❏」〈散氏盤〉、「❏」〈南宮柳鼎〉。將字形相較，甲骨文與〈散氏盤〉皆採上半部爲「木」下半部爲「卯」的形體；〈南宮柳鼎〉將上下式結構改爲左右式結構，左側爲「木」，右側爲「卯」；貨幣文字作「❏」，將原本的上下式結構改爲下上式的結構，上半部爲「卯」，下半部爲「木」的形體。

　　〈昌‧平肩空首布〉的幣文爲「昌」，〈齊大刀‧齊刀〉的幣文爲「大昌」，〈恭昌‧平襠方足平首布〉的幣文爲「恭昌」。「昌」字於兩周文字作「❏」〈蔡侯盤〉、「❏」〈齊大刀‧齊刀〉，從日從口；「❏」〈昌‧平肩空首布〉、「❏」

〈恭昌・平襠方足平首布〉、「⌣」《古陶文彙編》（4.79），從日從甘。古文字習見於「口」中增添一道短橫畫「-」，增繁後的形體與「甘」相同，從「甘」形體者，或為「口」增添飾筆後的形體。又將兩周文字形體相較，貨幣文字作「甘」、「昌」，於偏旁位置的經營上，出現上下互置的現象。

（表4-3）

| 字例 | 殷　商 | 西　周 | 春　秋 | 戰　國 |
|------|--------|--------|--------|--------|
| 柳 | 《合》（36526） | 〈散氏盤〉<br><br>〈南宮柳鼎〉 | 〈柳・平肩空首布〉 | 〈睡虎地・秦律十八種131〉 |
| 昌 | 《合》（19924） | | 〈蔡侯盤〉<br><br>〈昌・平肩空首布〉 | 〈齊大刀・齊刀〉<br><br>〈恭昌・平襠方足平首布〉<br><br>《古陶文彙編》（4.79） |

## 四、由左右式結構改為上下式結構例

　　左右式結構改為上下式結構，指構成文字的二個或二個以上的偏旁，在偏旁位置的經營，由原本的左右式結構改換為上下式結構。換言之，偏旁位置左右、上下不固定，可以任意的更換書寫位置。

　　〈洀・平襠方足平首布〉的幣文為「洀」。「洀」字於西周金文為左舟右水，發展至戰國時期，或作左水右舟，如：〈鄔侯職戈〉作「洀」，或作上水下舟，如：〈洀・平襠方足平首布〉第二例字作「洀」。將金文、貨幣文字相較，「洀」字乃將左右式改為上下式的結構。

　　〈長子・平襠方足平首布〉的幣文為「長子」。「長」字於貨幣中寫作從邑

長聲，大多採取左長右邑的結構，僅少數將「長」插置於「邑」的形體中，寫作「」，將左右式結構改為上下式結構。

〈咎奴・平襠方足平首布〉的幣文為「咎奴」。「奴」字從女從又，基本上仍採取左右式結構，「奴」字作「」，將左右式結構改為上下式結構。

〈壽陰・尖足平首布〉的幣文為「壽陰」。「陰」字從阜金聲，又「阜」與「金」多採取左右式結構，如：〈陰平劍〉作「」，將字形體相較，貨幣文字於偏旁位置的經營，或將「金」置於「阜」的上方，寫作「」。

（表 4-4）

| 字 例 | 殷 商 | 西 周 | 春 秋 | 戰 國 |
|---|---|---|---|---|
| 洀 | | 〈啟作且丁尊〉 | | 〈洀・平襠方足平首布〉 |
| 長 | | 〈臣諫簋〉 | | 〈長子・平襠方足平首布〉<br>〈中山王𧢃鼎〉 |
| 奴 | | 〈農卣〉 | 〈弗奴父鼎〉 | 〈咎奴・平襠方足平首布〉<br>〈包山 20〉<br>〈廿五年上郡守廟戈〉 |
| 陰 | | | | 〈壽陰・尖足平首布〉 |

總之，貨幣文字在偏旁位置的安排上並未固定，從上列的資料顯示，尤以

左右結構互置的現象最為常見，究其因素，應是受到書寫空間的影響，產生偏旁位置不固定的現象。換言之，貨幣的書寫空間有限，鑄寫時必須考慮在有限的空間，書寫一定數量的文字，倘若將原本左右式的結構改作上下式結構，或將原為上下式的結構改為左右式結構的文字，除了會改變既有的書寫模式，影響文字的書寫外，亦可能使得原本該鑄寫於貨幣上的字數無法全部書於其間，為了避免此現象發生，惟有採取左右結構互置的方式。

## 第三節　形體不固定的異化

　　貨幣上的文字，係經由鑄寫而成，與用刻刀將文字刻寫於甲骨或用毛筆書寫於簡帛不同，在鑄造之前必須先將文字寫好，再施於範，一旦書寫時未加以檢視，容易使得文字的形體發生倒書或是反書的現象。茲將因形體不固定而產生的文字異化，論述如下：

### 一、反書例

　　反書，指古文字整個或部分的形體，正面視之時，發生左右相反的現象。

　　〈石・平肩空首布〉的幣文為「石」。金文「石」字未見反書，貨幣文字「石」或作「𠩺」，或作「𠙻」，形體並不固定。

　　〈是・平肩空首布〉的幣文為「是」。「是」字於兩周金文作「𣥳」〈虢季子白盤〉，貨幣文字寫作「𣥳」或「𠯣」，形體並不固定，又「𠯣」係將「日」中短橫畫「-」省略。

　　〈丑・平肩空首布〉的幣文為「丑」。貨幣文字「丑」寫作「𠃑」，或作「𠃏」，形體並不固定。

　　〈斤・平肩空首布〉的幣文為「斤」。貨幣文字「斤」寫作「𣂑」，或作「𠂢」，形體並不固定。

　　〈以・平肩空首布〉的幣文為「以」。貨幣文字「以」寫作「𠄔」，或作「𠃌」，反書的數量不多，究其因素，或為鑄寫前未詳加審視所致。

　　〈倉・平肩空首布〉的幣文為「倉」。「倉」字於兩周金文作「𠆢」〈叔倉盨〉、「𠆢」〈宜陽右倉簋〉，貨幣文字寫作「𠆢」或「𠆢」，除了以剪裁省減的方式書寫外，其形體亦不固定。

〈戶‧平肩空首布〉幣文爲「戶」。貨幣文字「戶」寫作「⼾」，或作「⼾」，形體並不固定。又「戶」字於甲骨文作「⼾」，中間爲一道橫畫「一」，貨幣中的「戶」字改爲「短豎畫（｜）」或「短斜畫（／）」。

〈勿‧平肩空首布〉的幣文爲「勿」。貨幣文字「勿」寫作「⼸」，或作「⼷」，形體並不固定。

〈产‧平肩空首布〉的幣文爲「产」。貨幣文字「产」寫作「⿱」，或作「合」，形體並不固定。

〈爿‧平肩空首布〉的幣文爲「爿」。貨幣文字「爿」寫作「⼸」，或作「⺆」，形體並不固定。

〈乙‧平肩空首布〉與〈乙‧尖首刀〉的幣文皆爲「乙」。貨幣文字「乙」寫作「丿」，或作「𠃌」，形體並不固定

〈羽‧平肩空首布〉與〈少曲市南‧平肩空首布〉的幣文皆爲「羽」。從「羽」之「⿱」字作「⼸」〈曾侯乙鐘〉，將文字相較，「羽」字寫作「⺆⺆」，或作「⺕⺕」，形體並不固定。

〈己‧平肩空首布〉的幣文爲「己」。「己」字或作「𠃊」，或作「𠃌」，形體並不固定。「己」字自商代至兩周時期多未改變，惟少部分出現反書的現象，如：〈己侯簋〉與〈己‧平肩空首布〉。

〈少曲市西‧平肩空首布〉的幣文爲「少曲市西」。將「少」字形體相較，貨幣文字可寫作「小」，或作「少」，形體並不固定。

〈侯‧平肩空首布〉的幣文爲「侯」。將字形相較，兩周金文「侯」字作「⿰」〈己侯簋〉或「⿱」〈蔡侯鼎〉，形體並不固定，又所從之「矢」中間豎畫上爲小圓點「‧」，貨幣文字或作「⿰」，或作「⿱」，形體亦不固定，惟將所從之「矢」中間豎畫上的小圓點「‧」改爲橫畫「-」。

〈痎‧聳肩空首布〉的幣文爲「痎」。「痎」字寫作「⿱」，或作「⿱」，形體並不固定。

〈陝一釿‧弧襠方足平首布〉的幣文爲「陝一釿」。「陝」字寫作「⿰」，或作「⿰」，形體並不固定。

〈乇陽‧平襠方足平首布〉的幣文爲「乇陽」。「乇」字寫作「⿱」，或作「乡」，形體並不固定。

　　〈宅陽‧平襠方足平首布〉的幣文爲「宅陽」。貨幣之「宅」字從广乇聲，寫作「斥」，或作「弁」，形體並不固定。

　　〈北屈‧平襠方足平首布〉的幣文爲「北屈」。「屈」字寫作「圣」，或作「圉」，反書的數量不多，產生反書現象，應是鑄寫前未詳加審視所致。

　　〈咎奴‧平襠方足平首布〉的幣文爲「咎奴」。「咎」字寫作「屮」，或作「弓」，「弓」的數量不多，產生反書現象，應是鑄寫前未詳加審視所致。

　　〈咎奴‧平襠方足平首布〉的幣文爲「咎奴」。「奴」字寫作「甲」，或作「乶」，「乶」的數量不多，究其因素，應是鑄寫前未詳加審視所致。

　　〈奇氏‧平襠方足平首布〉的幣文爲「奇氏」。「奇」字寫作「壽」，或作「壽」，反書的數量不多，究其因素，應是鑄寫前未詳加審視所致。又「壽」所從之「可」，其起筆橫畫上的短橫畫「-」，爲飾筆的增添。

　　〈邸‧平襠方足平首布〉的幣文爲「邸」。「邸」字從邑氏聲，貨幣文字寫作「氐」，或作「卟」，「氏」上半部的形體並不固定。

　　〈武安‧尖足平首布〉的幣文爲「九」。貨幣文字寫作「丈」，或作「乓」，形體並不固定。

　　〈陽曲‧尖足平首布〉的幣文爲「陽曲」，〈少曲市西‧平肩空首布〉的幣文爲「少曲市西」。「曲」字寫作「匕」，或作「刁」，形體並不固定。

　　〈晉陽‧尖足平首布〉的幣文爲「晉易」。「易」字於兩周金文作「多」〈正易鼎〉，將字形相較，貨幣文字寫作「多」或「戶」，係反書所致；又省減「多」的一道橫畫「一」，即形成「戶」的形體。

　　〈茲氏‧尖足平首布〉的幣文爲「茲氏」。「氏」字寫作「屮」，或作「力」，形體並不固定。

　　〈明‧弧背齊刀〉的幣文爲「下」。甲、金文「下」字皆未見反書，貨幣文字「下」或作「下」，或作「丁」，反書的數量不多，究其因素，應是鑄寫前未詳加審視所致。

　　〈明‧弧背齊刀〉的幣文爲「分」。甲文「分」字正反無別，金文大多寫作「少」，貨幣文字「分」或作「少」，或作「仌」，後者的數量不多，產生反書現象，應是鑄寫前未詳加審視所致。

　　〈明‧弧背齊刀〉與〈少曲市南‧平肩空首布〉的幣文皆爲「句」。「句」

字寫作「⿹」，或作「⿺」，形體並不固定。

〈齊大刀・齊刀〉的幣文爲「正」。甲、金文「正」字皆未見反書，「正」字或作「⿱」，或作「⿰」，後者的數量不多，究其因素，應是鑄寫前未詳加審視所致。

〈齊大刀・齊刀〉與〈明・弧背齊刀〉的幣文皆爲「禾」。貨幣文字「禾」寫作「⿰」，或作「⿱」，形體並不固定。

〈勺・尖首刀〉的幣文爲「勺」。「勺」字寫作「⿱」，或作「⿲」，形體並不固定。

〈卜・尖首刀〉的幣文爲「卜」。「卜」字寫作「⿱」，或作「⿲」，形體並不固定。

〈千・尖首刀〉的幣文爲「千」，〈明・弧背燕刀〉的幣文爲「右千」。「千」字於甲骨文作「⿱」《合》（116 反）、「⿱」《合》（1027 正），正反無別，貨幣文字寫作「⿱」，或作「⿲」，形體亦不固定。

〈明・弧背燕刀〉的幣文爲「左ㄐ」，〈少曲市南・平肩空首布〉的幣文爲「ㄐ」。「ㄐ」字寫作「⿱」，或作「⿲」，形體並不固定。

〈明・弧背燕刀〉前者幣文爲「左上」，後者爲「右上」。甲、金文「上」字皆未見反書，貨幣文字「上」或作「⿱」，或作「⿲」，反書的數量不多，究其因素，應是鑄寫前未詳加審視所致。

〈明・弧背燕刀〉的幣文爲「右万」。「万」字寫作「⿳」，或作「⿲」，形體並不固定。

（表 4-5）

| 字 例 | 殷 商 | 西 周 | 春 秋 | 戰 國 |
|---|---|---|---|---|
| 石 | 《合》（14466）<br>《合》（21050） | | 〈石・平肩空首布〉<br>〈鐘伯侵鼎〉 | 〈郘𧊊壺〉 |
| 是 | | 〈虢季子白盤〉 | 〈是・平肩空首布〉 | 〈睡虎地・效律188〉 |

| 丑 | 《合》（94 正） 《合》（562 正） | 〈競卣〉 | 〈丑·平肩空首布〉 | 〈睡虎地·日書乙種 31〉 |
|---|---|---|---|---|
| 斤 | 《合》（21954） | 〈征人鼎〉 | 〈斤·平肩空首布〉 | 〈仕斤徒戈〉 |
| 以 | 《合》（257） 《合》（6753） | 〈班簋〉 | 〈以·平肩空首布〉 | 〈兆域圖銅版〉 |
| 倉 | 《合》（18664） | 〈叔倉盨〉 | 〈倉·平肩空首布〉 | 〈宜陽右倉簋〉 |
| 戶 | 《合》（27555） | | 〈戶·平肩空首布〉 | 〈睡虎地·秦律十八種 168〉 |
| 勿 | 《合》（947 正） 《合》（5111） | 〈大盂鼎〉 〈師酉簋〉 | 〈勿·平肩空首布〉 | 〈哀成叔鼎〉 |
| 产 | | | 〈产·平肩空首布〉 | |
| 爿 | 《合》（43） | | 〈爿·平肩空首布〉 | |

| | | | | |
|---|---|---|---|---|
| 乙 | 《合》（1027 正） | 〈史牆盤〉 | 〈乙·平肩空首布〉 〈乙·尖首刀〉 | 〈噩君啓車節〉 |
| 羽 | | | 〈羽·平肩空首布〉 | 〈少曲市南·平肩空首布〉 |
| 己 | 《合》（3187） | 〈沈子它簋蓋〉 〈己侯簋〉 | 〈己·平肩空首布〉 | 〈睡虎地·日書乙種 67〉 |
| 少 | 《合》（19772） | | 〈少曲市西·平肩空首布〉 〈鄱侯少子簋〉 〈蔡侯紐鐘〉 〈少虞劍〉 | 〈睡虎地·效律 5〉 |
| 侯 | 《合》（6） | 〈己侯簋〉 | 〈侯·平肩空首布〉 〈蔡侯鼎〉 | 〈睡虎地·法律答問 117〉 |
| 疢 | | | | 〈疢·聳肩空首布〉 |

| 陝 | | | | 〈陝一釿・弧襠方足平首布〉 |
|---|---|---|---|---|
| 乇 | 《合》（34573） | | | 〈乇陽・平襠方足平首布〉 |
| 宅 | 《合》（6597 正） | 〈珂尊〉 | 〈秦公簋〉 | 〈宅陽・平襠方足平首布〉 |
| 屈 | | | 〈智篙鐘〉 | 〈北屈・平襠方足平首布〉 |
| 咎 | | | | 〈咎奴・平襠方足平首布〉 |
| 奴 | | | 〈弗奴父鼎〉 | 〈咎奴・平襠方足平首布〉 《古璽彙編》（0069） |
| 奇 | | | | 〈奇氏・平襠方足平首布〉 〈包山 75〉 |
| 邸 | | | | 〈邸・平襠方足平首布〉 |

| 九 | 《合》（11648） | 〈羌伯簋〉 | 〈余購速兒鐘〉 | 〈武安・尖足平首布〉 |
|---|---|---|---|---|
| 曲 | 〈曲父丁爵〉 | | 〈曾子斿鼎〉 | 〈陽曲・尖足平首布〉<br>〈少曲市西・平肩空首布〉 |
| 易 | 《合》（3387） | 〈小臣鼎〉 | 〈沇兒鎛〉 | 〈晉陽・尖足平首布〉<br>〈正易鼎〉 |
| 氏 | | 〈散氏盤〉 | 〈黏鎛〉 | 〈茲氏・尖足平首布〉 |
| 下 | 《合》（7552）<br>《合》（32615） | 〈番生簋蓋〉 | 〈蔡侯盤〉 | 〈明・弧背齊刀〉 |
| 分 | 《合》（7852 正）<br>《合》（11398） | 〈己侯貉子簋蓋〉 | 〈龜公牼鐘〉 | 〈明・弧背齊刀〉 |
| 句 | 《合》（9378） | 〈三年瘅壺〉 | 〈姑馮昏同之子句鑵〉<br>〈其次句鑵〉 | 〈明・弧背齊刀〉<br>〈少曲市南・平肩空首布〉 |

| 正 | | | | |
|---|---|---|---|---|
| | 《合》（645） | 〈散氏盤〉 | 〈王孫遺者鐘〉 | 〈齊大刀・齊刀〉 |
| 禾 | | | | 〈齊大刀・齊刀〉 |
| | 《合》（28243） | 〈曶鼎〉 | 〈邾公釛鐘〉 | 〈明・弧背齊刀〉 |
| 勺 | | | 〈勺・尖首刀〉 | |
| 卜 | | | | |
| | 《合》（1027 正） | 〈曶鼎〉 | 〈卜・尖首刀〉 | 〈睡虎地・日書乙種 191〉 |
| 千 | 《合》（116 反） | | | |
| | 《合》（1027 正） | 〈大盂鼎〉 | 〈千・尖首刀〉 | 〈明・弧背燕刀〉 |
| 屮 | | | | 〈明・弧背燕刀〉 〈少曲市南・平肩空首布〉 |
| 上 | | | 〈秦公鎛〉 〈蔡侯盤〉 | 〈明・弧背燕刀〉 |
| | 《合》（27815） | | | |
| 万 | | | | 〈明・弧背燕刀〉 |

## 二、倒書例

倒書，指古文字整個或部分的形體，正面視之時，發生上下相反的現象。

〈文‧平肩空首布〉與〈文‧針首刀〉的幣文皆爲「文」。「文」字寫作「🔳」，或作「🔳」，形體並不固定。

〈六‧平肩空首布〉與〈六‧尖首刀〉、〈六‧針首刀〉的幣文皆爲「六」。「六」字於甲骨文作「🔳」《合》（133 正）、「🔳」《合》（3398），於兩周金文作「🔳」〈靜簋〉。貨幣文字作「🔳」，承襲甲骨文「🔳」的形體；作「🔳」或「🔳」，承襲「🔳」的形體；寫作「🔳」或「🔳」，是將「🔳」或「🔳」倒寫所致。

〈安邑半釿‧弧襠方足平首布〉的幣文爲「安邑半釿」。「安」字作「🔳」，或作「🔳」，形體並不固定。

〈四比‧平襠方足平首布〉的幣文爲「四比」，〈武安‧尖足平首布〉的幣文爲「四」。「四」字於甲骨文作「🔳」《合》（93 正），於兩周金文作「🔳」〈大克鼎〉、「🔳」〈徐王子旃鐘〉。貨幣文字作「🔳」，係承襲甲骨文與西周金文的形體；作「🔳」，係由「🔳」的形體發展而來，將「四」中間的兩道筆畫延伸，形成「🔳」的形體；「四」字由「🔳」寫作「🔳」，係將之倒寫所致。

〈長子‧平襠方足平首布〉的幣文爲「長子」，〈莆子‧平襠方足平首布〉的幣文爲「莆子」。「子」字於兩金文作「🔳」〈史牆盤〉，貨幣文字作「🔳」，係將表示「頭形」的形體由「▽」書寫作「△」；作「🔳」係將表示「兩臂之形」的形體由「∨」書寫作「∧」。無論「▽」→「△」，或是「∨」→「∧」，皆屬倒書現象。

〈于‧尖足平首布〉的幣文爲「于」，〈于半‧尖足平首布〉的幣文爲「于半」。將字形相較，「于」字寫作「🔳」，作「🔳」係將之倒寫所致。

〈膚虎‧尖足平首布〉的幣文爲「膚虎」，〈虎半‧尖足平首布〉的幣文爲「虎半」。「虎」字寫作「🔳」，或作「🔳」，形體並不固定。

〈新城‧尖足平首布〉的幣文爲「新城」。「亲」字寫作「🔳」，或作「🔳」，形體並不固定。

〈虎半‧尖足平首布〉的幣文爲「虎半」，〈晉陽半‧尖足平首布〉的幣文爲「晉陽半」。「半」字本作「🔳」，寫作「🔳」係將形體倒寫所致。

〈陽曲・尖足平首布〉的幣文為「易曲」，〈安陽之大刀・齊刀〉的幣文為「安易之大刀」。「易」字本作「昜」、「昜」，寫作「昜」係倒書所致。

〈新城・尖足平首布〉的幣文為「新城」。「城」字從土成聲，貨幣文字寫作「城」，或作「城」，係倒寫所致；又以「城」為例，上半部作「成」係將「成」的形體以收縮筆畫的方式表現，下半部作「一」或「土」，為「土」的形體，今觀察貨幣「城」字多有相同的現象。

〈甘丹・直刀〉的幣文為「八」。甲、金文「八」字皆未見倒書，今觀察貨幣資料，「八」字或作「八」，或作「八」，產生後者的現象，應是鑄寫前未詳加審視所致。

〈白・直刀〉的幣文為「口」。「口」字由「口」寫作「口」，係將之倒寫所致。

〈明・弧背齊刀〉的幣文為「夕」。「夕」字由「夕」寫作「夕」，係將之倒寫所致。

〈齊大刀・齊刀〉的幣文為「土」。「土」字由「土」寫作「土」，係將之倒寫所致。

〈大・尖首刀〉的幣文為「大」。今觀察貨幣資料，「大」字或作「大」，或作「大」，產生後者的現象，應是鑄寫前未詳加審視所致。

〈丂・尖首刀〉的幣文為「丂」。「丂」字由「丂」寫作「丂」，係將之倒寫所致。

〈丙・尖首刀〉的幣文為「丙」。「丙」字由「丙」寫作「丙」，係將之倒寫所致。

〈行・尖首刀〉的幣文為「行」。貨幣文字寫作「行」，或作「行」，形體並不固定。「行」字於兩周金文作「行」〈虢季子白盤〉，又貨幣文字作「行」，上下兩部分的形體皆相同，下半部作「行」應是受到上半部形體的影響，換言之，係受到組織結構中其他部件的影響，使其發生上下二個形體相同。

（表4-6）

| 字例 | 殷　商 | 西　周 | 春　秋 | 戰　國 |
|---|---|---|---|---|
| 文 | 文<br>《合》（946 正） | 文，文<br>〈天亡簋〉 | 文<br>〈文・平肩空首布〉 | 文<br>〈曾侯乙鐘〉 |

| | | | | |
|---|---|---|---|---|
| | 《合》（4611 反） | 〈毛公鼎〉 | 〈文・針首刀〉 | |
| 六 | 《合》（133 正） | 〈靜簋〉 | 〈六・平肩空首布〉 | 〈兆域圖銅版〉 |
| | 《合》（3398） | | 〈六・尖首刀〉<br>〈六・針首刀〉 | |
| 安 | 《合》（33550） | 〈安父簋〉 | | 〈安邑半釿・弧襠方足平首布〉 |
| 四 | 《合》（93 正） | 〈大克鼎〉 | 〈徐王子旃鐘〉 | 〈四比・平襠方足平首布〉<br>〈武安・尖足平首布〉 |
| 子 | 《合》（32833） | 〈史牆盤〉 | 〈黿公華鐘〉 | 〈長子・平襠方足平首布〉<br>〈莆子・平襠方足平首布〉 |
| 于 | 《合》（1027 正） | 〈天亡簋〉<br>〈沈子它簋蓋〉 | 〈黿公牼鐘〉 | 〈于・尖足平首布〉<br>〈于半・尖足平首布〉 |

| 虎 | <br>《合》（3304）<br><br>《合》（10216） | <br>〈毛公鼎〉<br><br>〈師酉簋〉 | | <br>〈膚虒・尖足平首布〉<br><br>〈虒半・尖足平首布〉 |
|---|---|---|---|---|
| 亲 | | <br>〈中伯壺〉 | | <br>〈新城・尖足平首布〉 |
| 半 | | | | <br>〈虒半・尖足平首布〉<br><br>〈晉陽半・尖足平首布〉 |
| 易 | <br>《合》（6460 正） | <br>〈易叔盨〉 | <br>〈嘉子白易口簠〉 | <br>〈陽曲・尖足平首布〉<br><br>〈安陽之大刀・齊刀〉 |
| 城 | | <br>〈班簋〉 | | <br>〈新城・尖足平首布〉<br><br>〈噩君啓車節〉 |
| 八 | <br>《合》（35756） | <br>〈函皇父簋〉 | <br>〈八・平肩空首布〉<br><br>〈鄱侯少子簋〉 | <br>〈甘丹・直刀〉 |

| | | | |
|---|---|---|---|
| 口 | 《合》（13642）〔日形〕〈戊寅作父丁方鼎〉 | | 〈口・平肩空首布〉 | 〈白・直刀〉 |
| 夕 | 《合》（634反） | 〈癲鐘〉 | 〈秦公鎛〉 | 〈明・弧背齊刀〉 |
| 土 | 《合》（14398） | 〈大盂鼎〉 | 〈吳王孫無土鼎〉 | 〈齊大刀・齊刀〉 |
| 大 | 《合》（33349） | 〈毛公鼎〉 | 〈大・尖首刀〉 | 〈睡虎地・秦律十八種17〉 |
| 丂 | 《合》（101） | 〈同簋〉 | 〈丂・尖首刀〉 | |
| 丙 | 《合》（14正） | 〈丙父乙方鼎〉〈殟尊〉 | 〈丙・平肩空首布〉〈丙・尖首刀〉 | 〈子禾子釜〉 |
| 行 | 《合》（586） | 〈虢季子白盤〉 | 〈行・尖首刀〉〈右走馬嘉壺〉 | 〈睡虎地・秦律十八種2〉 |

## 三、其　他

　　凡古文字的形體，正面視之時，雖非屬上下、左右相反的現象，但變易後的形體卻因書寫時置放的角度因素，使其形體與原字形相異。

　　〈八・平肩空首布〉的幣文爲「八」。甲、金文「八」字皆未見反書或倒書，今觀察貨幣資料，「八」字或作「)(」，或作「✕」，後者的數量不多，產生此種現象，應是鑄寫前未詳加審視所致。

　　〈北茲釿・尖足平首布〉與〈郤・尖足平首布〉的幣文皆爲「五」。貨幣文字寫作「✕」，或作「⋈」，形體並不固定。

　　〈甘丹・尖足平首布〉與〈壽陰・尖足平首布〉的幣文皆爲「六」。將文字相較，甲、金文作「∧」《合》（13452）或「介」〈馭鐘〉，貨幣文字寫作「<」或「>」，皆承襲甲骨文的形體，惟形體並不固定。

　　〈陽曲・尖足平首布〉的幣文爲「九」。「九」字於甲、金文作「🖐」《合》（22749）或「🖐」〈不𤰞簋〉，貨幣文字作「𠂉」，形體並不固定。

　　〈𠂤・針首刀〉的幣文爲「刀」，〈節墨之大刀・齊刀〉的幣文爲「一刀」，〈明・弧背齊刀〉的幣文分別爲「刀」、「莒治大刀」。「刀」字寫作「刀」、「𠃜」，或作「刁」、「𠤎」，從著錄的圖書觀察，其形體十分不固定，有時亦作「𠂆」、「𠃌」、「ʃ」、「刀」等，並無一致的書寫形體。

（表 4-7）

| 字例 | 殷　商 | 西　周 | 春　秋 | 戰　國 |
|---|---|---|---|---|
| 八 | 八<br>《合》（37940） | 八<br>〈靜簋〉 | ✕,)(<br>〈八・平肩空首布〉 | 八<br>〈睡虎地・法律答問 137〉 |
| 五 | ✕<br>《合》（17076） | ✕<br>〈兮甲盤〉 | ✕<br>〈黏鎛〉 | ✕<br>〈北茲釿・尖足平首布〉<br><br>⋈<br>〈郤・尖足平首布〉 |
| 六 | 介<br>《合》（137 反）<br><br>∧<br>《合》（13452） | 介<br>〈馭鐘〉 |  | <<br>〈壽陰・尖足平首布〉<br><br>><br>〈甘丹・尖足平首布〉 |

| 九 | 《合》（22749） | 〈不娶篡〉 | 〈紊命鎛〉 | 〈陽曲·尖足平首布〉 |
|---|---|---|---|---|
| 刀 | 《合》（33032） | | 〈彐·針首刀〉 | 〈節墨之大刀·齊刀〉<br>〈明·弧背齊刀〉 |

　　總之，形體不固定的異化，在貨幣文字十分習見，從上列的資料觀察，部分反書或倒書的字例，在現今所見的材料中，並非慣性的書寫。據此推測，造成形體不固定的因素，可能是鑄寫前未詳加審視所致，或是鑄工對於文字的認識不足，使其形體正反相混，抑或是受鑄寫者的心理影響，以爲只要不破壞文字形體的結構，能爲使用者所辨識即可，致使文字的全部或部分形體，左右或上下顛倒，甚或任意放置，沒有一定的模式。

## 第四節　筆畫形體不固定的異化

　　觀察東周時期的貨幣材料，某些文字的錯誤係沿襲前代而來，書寫者不明究理，因而造成文字形體的訛誤；某些文字的筆畫任意爲之，或分割、或接連、或貫穿、或收縮，或任意更改筆畫的形體，或化曲爲直、或化直爲曲，文字的形體並不固定。筆畫形體的不固定，何琳儀指出有分割筆畫、連接筆畫、貫穿筆畫、延伸筆畫、收縮筆畫、平直筆畫、彎曲筆畫、解散形體等。〔註8〕以下參據何氏的類目，論述如下：

### 一、分割形體、筆畫例

　　分割形體、筆畫，指古文字中原本應該接連的某一筆畫，或是完整的形體，遭到割裂現象。

　　〈零·平襠方足平首布〉的幣文爲「零」。「零」字自甲骨文至戰國文字形體無太大的差異，惟〈零·平襠方足平首布〉的第二例字以貨幣中間豎線爲筆

―――――――――

〔註8〕《戰國文字通論》，頁213～219。

畫，爲了配合該豎畫的位置，致使偏旁「各」的形體分離，各置左右二側。

〈中陽‧尖足平首布〉的幣文爲「中陽」。「中」字自甲骨文至金文形體雖略有變化，卻未見如〈中陽‧尖足平首布〉的形體。將字形相較，貨幣文字將筆畫分割，使豎畫「｜」於「□」中斷裂，由「中」寫作「守」，產生形體割裂現象，透過其他相同幣文的資料比對，明顯可知其變化。

〈郛‧尖足平首布〉的幣文爲「郛」。貨幣文字作「𢀜」或「𢀜」，後者的形體不易辨識，細審其結構，係將形體分割所致。「郛」字左上半部爲「冂」，左下半部爲「才」，右側爲「𢀜」，書寫時將「才」的形體放大，省減「冂」中的短豎畫「｜」寫作「𢀜」，置於「才」上半部的左側，「𢀜」的形體縮小，並以收縮筆畫的方式書寫，使下半部的形體作「▽」，再分割其形體，將之插置於「才」上半部的右側兩端，又「𢀜」的起筆橫畫與「才」的「／」相近，採取借用筆畫的方式寫作「𢀜」，使得該字難以辨認。

（表 4-8）

| 字　例 | 殷　　商 | 西　　周 | 春　　秋 | 戰　　國 |
|---|---|---|---|---|
| 雺 | 《合》（24257） | | | 《雺‧平襠方足平首布》 |
| 中 | 《合》（7369）<br><br>《合》（26991） | 〈七年趞曹鼎〉 | 〈中子化盤〉 | 〈中陽‧尖足平首布〉 |
| 郛 | | | | 〈郛‧尖足平首布〉 |

## 二、接連筆畫例

接連筆畫，指古文字中原本不相干或是本應分離的筆畫，遭到接連的現象。

〈臣‧平肩空首布〉的幣文爲「臣」。自甲骨文至西周文字，「臣」字的形

體一脈相傳，象豎立的眼睛之形，中間的兩道短畫皆未見貫穿接連，惟於春秋、戰國文字形體略作變化，如：〈中山王嚳鼎〉作「（字形）」，〈臣・平肩空首布〉之字因筆畫接連所致，寫作「（字形）」。

〈安臧・平肩空首布〉的幣文為「安臧」。甲骨文「臧」字象以戈刺眼之形，發展至金文，眼睛之形改為從口，從「目」者保存於貨幣文字裡。「目」的形象為豎立的眼睛，中間的兩道短畫皆未見貫穿接連，惟於貨幣文字略作變化，因筆畫接連所致，寫作「（字形）」或「（字形）」。

〈長子・平襠方足平首布〉的幣文為「長子」。「長」字寫作「（字形）」，若將上半部形體的筆畫相連，會形成「（字形）」的形體，再將形體翻轉則寫作「（字形）」，與「木（（字形））」字的形體相近同。

〈藿人・尖足平首布〉的幣文為「藿人」。「藿」字從艸霍聲，「霍」字於兩周金文作「（字形）」〈叔男父匜〉、「（字形）」〈霍鼎〉，將所從之「霍」的形體相較，金文「霍」所從之「隹」或從二隹，或從三隹，發展到戰國時期則從一隹；又〈藿人・尖足平首布〉的第二例字下方的形體因筆畫接連，寫作「（字形）」，與「隹」的形體或異。

〈明・折背刀〉的幣文為「中后」。「后」字於兩周金文作「（字形）」〈吳王光鑑〉，貨幣文字作「（字形）」、「（字形）」，觀察字形的變化，將上半部兩道筆畫相連，致使字形變異，寫作「（字形）」。

（表4-9）

| 字 例 | 殷　　商 | 西　　周 | 春　　秋 | 戰　　國 |
|---|---|---|---|---|
| 臣 | 《合》（615） | 〈大盂鼎〉 | 〈臣・平肩空首布〉 | 〈中山王嚳鼎〉 |
| 臧 | 《合》（12836正） |  | 〈臧孫鐘〉 | 〈安臧・平肩空首布〉 |
| 長 | 《合》（27641） | 〈寡長方鼎〉 |  | 〈長子・平襠方足平首布〉 |

| | | | | |
|---|---|---|---|---|
| 藿 | | | | 〈藿人·尖足平首布〉 |
| 后 | | | 〈吳王光鑑〉 | 〈明·折背刀〉 |

## 三、貫穿筆畫例

　　貫穿筆畫，指古文字中某一筆畫與另一筆畫交會時，無意的貫穿現象。

　　〈兄·平肩空首布〉的幣文為「兄」。「兄」字於甲骨文作「兄」《合》（2870），上半部寫作「口」，貨幣文字作「兄」，上半部作「廿」，將「口」的橫畫向左右兩側延伸貫穿。

　　〈兌·平肩空首布〉的幣文為「兌」。「兌」字於兩周金文作「兌」〈元年師兌簋〉，貨幣文字作「兌」，上半部作「廿」，將「口」的橫畫向左右兩側延伸貫穿。

　　〈郱釿·平肩空首布〉的幣文為「郱釿」。「釿」字從斤金聲，「金」字於兩周金文作「金」〈師同鼎〉、「金」〈黿公華鐘〉，貨幣「釿」字作「釿」，將所從之「金」上半部的「∧」倒寫為「▽」，並將豎畫貫穿下半部的形體。

　　〈涅·平襠方足平首布〉的幣文為「涅」。「涅」右側上半部應為「囗」，因書寫簡便之故，寫作「▽」，「囗」中短橫畫「-」屬飾筆性質，無區別字義的作用。將字形相較，第二、三例字將筆畫貫穿，使得「土」寫作「キ」的形體，形成「涅」或「涅」的字形。

　　〈祁·平襠方足平首布〉的幣文為「祁」。「祁」字從邑示聲，從「示」之「祝」字於兩周金文作「祝」〈大祝禽方鼎〉、「祝」〈小盂鼎〉，貨幣「祁」字作「祁」，將豎畫向上貫穿一道橫畫，寫作「示」。

　　〈大陰·尖足平首布〉的幣文為「大陰」。貨幣第二例字，因中間筆畫貫穿「∧」，寫作「大」。

　　〈郛·尖足平首布〉的幣文為「郛」。「郛」字所從之「孚」作「孚」，「郛」字於貨幣中或作「郛」，左下半部的形體似「木（米）」，細審其結構，右側的「邑」作「邑」，下半部的形體因貫穿筆畫寫作「又」，左側「孚」作「孚」，下

半部可能亦是筆畫貫穿所致，亦即將從「又（ㄨ）」寫作從「寸（ㄐ）」，「ㄐ」左上部的「丶」往下貫穿「丨」，再加上誤將「丨」與之相連，遂產生「米」形體。

〈城・直刀〉的幣文爲「城」。「城」字於貨幣作「ㄓ」，或作「ㄓ」，下半部爲「土」，作「ㄓ」係將「土」以貫穿筆畫書寫。

〈明・弧背燕刀〉的幣文爲「土」。「土」字於甲骨文作「ㄥ」《合》（456正），於兩周金文作「ㆍ」〈獻鐘〉，貨幣之「土」字寫作「ㄓ」，將「土」的豎畫貫穿所致。

〈明・弧背燕刀〉的幣文爲「左三」，〈明・折背刀〉的幣文爲「左」，〈安陽・平襠方足平首布〉的幣文爲「左」。作「ㄓ」者，將「ㄓ」所從之「口」的形體以貫穿筆畫的方式書寫，由「ㄩ」→「ㄓ」。

〈明・弧背燕刀〉的幣文依次爲「右六四」、「右十四」。作「ㄓ」者，將「ㄓ」所從之「口」的形體以貫穿筆畫的方式書寫，由「ㄩ」→「ㄓ」。

（表4-10）

| 字例 | 殷　商 | 西　周 | 春　秋 | 戰　國 |
|---|---|---|---|---|
| 兄 | 《合》（2870） | 〈夌季良父壺〉 | 〈兄・平肩空首布〉 〈曾子仲宣鼎〉 | 〈睡虎地・日書乙種 170〉 |
| 兌 | | 〈元年師兌簋〉 | 〈兌・平肩空首布〉 | 〈睡虎地・日書甲種 5〉 |
| 釿 | | | 〈鄋釿・平肩空首布〉 | |
| 涅 | | | | 〈涅・平襠方足平首布〉 |

| | | | |
|---|---|---|---|
| 祁 | | | 〈祁・平襠方足平首布〉 |
| 大 | 《合》（19834） | 〈散氏盤〉 | 〈邵鼏鐘〉 |〈大陰・尖足平首布〉 |
| 郱 | | | 〈郱・尖足平首布〉 |
| 城 | 〈散氏盤〉 | | 〈城・直刀〉〈工城戈〉 |
| 土 | 《合》（456 正） | 〈獣鐘〉 | 〈明・弧背燕刀〉 |
| 左 | 〈師袁簋〉 | 〈魯大左嗣徒元鼎〉 | 〈明・弧背燕刀〉〈明・折背刀〉〈安陽・平襠方足平首布〉 |
| 右 | 〈善夫克鼎〉 | 〈秦公鐘〉 | 〈明・弧背燕刀〉 |

## 四、收縮筆畫例

收縮筆畫，指古文字中原本的橫畫、豎畫等，縮減其某部分形體，該字筆

畫雖有縮減，仍可與未縮減筆畫的字形對應。

〈少曲市南·平肩空首布〉的幣文為「少曲市南」。兩周時期的「南」字大多寫作「甫」，少數作「甾」。貨幣文字寫作「峯」的形體，應非承襲於〈史牆盤〉，係鑄造者將筆畫收縮所致。

〈束·平肩空首布〉的幣文為「束」。「束」字於兩周金文作「朿」、「朿」〈束作父辛卣〉，貨幣文字寫作「束」或「朿」，「朿」將中間的豎畫以收縮筆畫的方式書寫，由「十」→「人」。

〈武安·斜肩空首布〉的幣文為「武安」，〈安陽邑·平襠方足平首布〉的幣文為「安陽邑」。〈武安·斜肩空首布〉之「安」字，將「女」的形體以收縮筆畫的方式書寫作「凵」，形成「宀」的形體。

〈安邑二鈏·弧襠方足平首布〉的幣文為「安邑二鈏」。「邑」字於兩周金文作「邑」〈師酉簋〉，貨幣文字作「邑」、「邑」。「邑」將下半部的形體「巴」以收縮筆畫的方式書寫，形成「▽」的形體。

〈屯留·平襠方足平首布〉的幣文為「屯留」。將「屯」字形體相較，貨幣文字第二、三例字將中間的長筆畫以收縮筆畫的方式表現，前者形成「丅」的形體，寫作「屯」，後者形成「↓」的形體，寫作「立」。

〈中都·平襠方足平首布〉的幣文為「中都」，〈明·折背刀〉的幣文為「中」。「中」字自甲骨文至金文形體雖略有變化，卻未見如〈中都·平襠方足平首布〉與〈明·折背刀〉的形體，將字形相較，貨幣文字以收縮筆畫的方式表現，寫作「亞」、「弔」。

〈貝地·平襠方足平首布〉的幣文為「貝地」。「地」字從土從它，「土」字於兩周金文作「土」〈大盂鼎〉、「土」〈土勻瓶〉，將金文「土」字與貨幣「地」字所從偏旁「土」相較，貨幣文字以收縮筆畫的方式表現，寫作「工」。

〈平陽·平襠方足平首布〉的幣文為「平陽」。〈平陽·平襠方足平首布〉以收縮筆畫的方式表現，寫作「示」。

〈高都·平襠方足平首布〉的幣文為「高都」。「高」字於兩周金文作「高」〈史牆盤〉、「高」〈秦公簋〉，於春秋金文已見增添短橫畫「-」的現象。作「高」者，承襲〈秦公簋〉的字形；作「高」者，承襲〈史牆盤〉的字形；作「高」者，省減「冂」兩側的豎畫，再進一步以收縮筆畫的方式書寫，形成「-」的

形體。

　　〈郃・平襠方足平首布〉的幣文為「郃」。「郃」字從邑合聲,「邑」字於兩周金文作「⟨image⟩」〈洹子孟姜壺〉,「合」字作「⟨image⟩」〈秦公鎛〉,貨幣文字作「⟨image⟩」者,右側從「邑」,左側為「合」,將「合」寫作「⟨image⟩」,上半部的形體以收縮筆畫的方式書寫成「△」,下半部從「口」之形作「▽」;作「⟨image⟩」者,進一步以收縮筆畫的方式將「邑」寫成兩個重疊的「▽」。

　　〈土匀・平襠方足平首布〉的幣文為「土匀」。〈土匀・平襠方足平首布〉第二例字,以收縮筆畫的方式書寫,寫作「工」。

　　〈土匀・平襠方足平首布〉的幣文為「土匀」。「匀」字於兩周金文作「⟨image⟩」〈多友鼎〉、「⟨image⟩」〈土匀瓶〉。貨幣文字作「⟨image⟩」,將形體以收縮筆畫的方式書寫,並省寫「=」,如同「旬」字寫作「⟨image⟩」〈新邑鼎〉或「⟨image⟩」〈王孫遺者鐘〉;作「⟨image⟩」者,可能受到上半部形體的影響,產生自體類化的現象,將「=」寫作「⟨image⟩」。

　　〈安陽・平襠方足平首布〉的幣文為「右十」。「右」字於兩周金文作「⟨image⟩」〈師酉簋〉,貨幣文字作「⟨image⟩」,將「⟨image⟩」較長的筆畫以收縮筆畫的方式書寫。

　　〈唐是・平襠方足平首布〉的幣文為「唐是」。「唐」字於殷金文作「⟨image⟩」〈唐子且乙爵〉,貨幣文字作「⟨image⟩」、「⟨image⟩」,作「⟨image⟩」係將「⟨image⟩」中間的豎畫以收縮筆畫的方式表現,寫作「⟨image⟩」。

　　〈節墨之大刀・齊刀〉的幣文為「節墨之大刀」,〈齊大刀・齊刀〉幣文為「齊大刀」。將字形相較,〈節墨之大刀・齊刀〉以收縮筆畫的方式表現,寫作「⟨image⟩」;〈齊大刀・齊刀〉第二例字,將上半部的筆畫以收縮的方式書寫,寫作「⟨image⟩」。

　　〈明・弧背齊刀〉的幣文為「千」。「千」字於兩周金文作「⟨image⟩」〈散氏盤〉,將字形相較,作「⟨image⟩」者,係將「⟨image⟩」形體所見「一」下的筆畫,以收縮筆畫的方式書寫。

　　〈城白・直刀〉的幣文為「城白」。貨幣文字作「⟨image⟩」,所從「｜」豎畫上的小短畫「-」為飾筆的增添,又上半部作「⟨image⟩」,一方面將「⟨image⟩」的形體以收縮筆畫的方式書寫,一方面又在其「口」中增添一道短橫畫「-」,作為補白之用。

（表4-11）

| 字例 | 殷　商 | 西　周 | 春　秋 | 戰　國 |
|---|---|---|---|---|
| 南 | 《合》（32036） | 〈大盂鼎〉<br><br>〈史牆盤〉 | 〈少曲市南・平肩空首布〉 | 〈睡虎地・日書乙種199〉 |
| 束 | 《合》（21256）<br><br>《合》（22283） | 〈束作父辛卣〉 | 〈束・平肩空首布〉 | 〈包山167〉 |
| 安 | 《合》（37505） | 〈㦰方鼎〉 | 〈國差鱠〉 | 〈武安・斜肩空首布〉<br><br>〈安陽邑・平襠方足平首布〉 |
| 邑 | 《合》（6156正） | 〈師酉簋〉 | 〈洹子孟姜壺〉 | 〈安邑二釿・弧襠方足平首布〉 |
| 屯 | 《合》（824） | 〈頌簋〉<br><br>〈師望鼎〉 | 〈秦公鐘〉 | 〈屯留・平襠方足平首布〉 |
| 中 | 《合》（13375正） | 〈頌簋〉 | 〈蔡侯紐鐘〉 | 〈中都・平襠方足平首布〉 |

| | | | |
|---|---|---|---|
| | 《合》（29791）<br><br>中<br>《合》（27244） | | 中<br>〈齋鎛〉 | 〈明・折背刀〉 |
| 地 | | | | 〈貝地・平襠方足平首布〉 |
| 平 | | | 〈籥叔之仲子平鐘〉 | 〈平陽・平襠方足平首布〉 |
| 高 | 《合》（32087） | 〈史牆盤〉 | 〈秦公簋〉 | 〈高都・平襠方足平首布〉 |
| 郜 | | | | 〈郜・平襠方足平首布〉 |
| 土 | 《合》（6057 反） | 〈南宮乎鐘〉<br><br>〈訣鐘〉 | 〈公子土折壺〉 | 〈土勻・平襠方足平首布〉 |
| 勻 | | 〈多友鼎〉 | | 〈土勻・平襠方足平首布〉<br><br>〈土勻瓶〉 |

| 右 | | 〈師酉簋〉 | 〈右走馬嘉壺〉 | 〈安陽・平襠方足平首布〉 |
|---|---|---|---|---|
| 唐 | 〈唐子且乙爵〉 | | | 〈唐是・平襠方足平首布〉 |
| 大 | 《合》（5034） | 〈史牆盤〉 | 〈嘉賓鐘〉 | 〈節墨之大刀・齊刀〉<br><br>〈齊大刀・齊刀〉 |
| 千 | 《合》（14199 正）<br><br>《合》（21960） | 〈散氏盤〉 | | 〈明・弧背齊刀〉 |
| 成 | 《合》（27914） | 〈士上卣〉 | 〈沇兒鎛〉 | 〈城白・直刀〉 |

## 五、化曲筆爲直筆例

化曲筆爲直筆，指古文字中原本彎曲的筆畫，改以直畫取代。

〈高・平肩空首布〉的幣文爲「高」。「高」字於兩周金文作「髙」〈鄂君啓車節〉，貨幣文字作「髙」，將上半部原本彎曲的筆畫，改以直筆的方式書寫。

〈貝・平肩空首布〉的幣文爲「貝」。「貝」字於甲骨文作「𭣈」《合》（19442）、「𦕁」《合》（29694），於兩周金文作「𭥉」〈匽侯旨鼎〉、「𭥊」〈從鼎〉、「貝」〈六年召伯虎簋〉，早期金文仍沿襲甲骨文的形體發展，〈從鼎〉「𭥊」裡象形的「貝」字初步被線條取代，〈六年召伯虎簋〉「貝」完全以橫畫與豎畫取代彎曲的筆畫，貨幣文字作「貝」，承襲「貝」的形體。

〈貢・平肩空首布〉的幣文爲「貢」。「貢」字從貝工聲，所從之「貝」作「貝」，與〈貝・平肩空首布〉的「貝」近同，皆以橫畫與豎畫取代彎曲的筆

畫，寫作「珇」。

〈貿・平肩空首布〉的幣文爲「貿」。「貿」字從貝卯聲，貨幣文字中所從之「貝」，以橫畫與豎畫取代彎曲的筆畫，寫作「貿」。

〈參川釿・斜肩空首布〉的幣文爲「參川釿」。將〈參川釿・斜肩空首布〉的兩個字例相較，寫作「\\\」者，將「)))」改以直筆的方式書寫。

〈陝一釿・弧襠方足平首布〉的幣文爲「陝一釿」。「陝」字原本未釋，張頷考釋爲「陝」字，並且考定其地望在今日山西省平路一帶，屬於魏國陝地所鑄的貨幣。〔註9〕「陝」字右側所從的形體，於秦代陶文作「夾」《古陶文彙編》（6.55），「陝」字所從之「夾」的上半部形體應作「大」，寫作「T」者，將曲筆改以直筆的方式書寫。

〈木斤當比・平襠方足平首布〉幣文爲「木斤當比」。將字形相較，寫作「\\」者，將「斤」改以直筆的方式書寫。

〈郖・平襠方足平首布〉的幣文爲「郖」。「郖」字作「郖」，從邑貝聲，所從之「貝」以橫畫與豎畫取代彎曲的筆畫

〈鄘・平襠方足平首布〉的幣文爲「鄘」。「鄘」字從邑負聲，從「負」的「府」字於兩周金文作「府」〈兆域圖銅版〉，「負」的形體與其近同，惟「府」字所從之「貝」以剪裁省減的方式書寫，又貨幣作「負」，所從之「貝」，以橫畫與豎畫取代彎曲的筆畫。

〈膚虒半・尖足平首布〉的幣文爲「膚虒半」，〈言半・直刀〉的幣文爲「言半」，〈半睘・圓錢〉的幣文爲「半睘」。將字形相較，秦國幣文的字形與金文相同，趙國幣文之「半」字，上從「八」，下從「斗」，又「斗」字作「斗」〈秦公簋〉、「斗」〈土勻瓶〉，〈言半・直刀〉的「半」字上半部原本彎曲的筆畫，改以直筆的形式書寫，寫作「半」。

〈平州・尖足平首布〉的幣文爲「平州」。將〈平州・尖足平首布〉的兩個字例相較，寫作「ⅠⅠⅠ」者，將「州」字中間的「ρ」改以直筆的方式書寫。

〈明・弧背齊刀〉的幣文爲「莒冶得」。「得」字作「得」，像以手持貝之形，所從之「貝」以橫畫與豎畫取代彎曲的筆畫。

〈賹刀・圓錢〉的幣文爲「賹刀」。「賹」字從貝益聲，所從之「貝」，據上

〔註9〕 張頷：〈魏幣陝布考釋〉，《中國錢幣》1985 年第 4 期，頁 32～35，轉頁 46。

列「貝」字的考證，以橫畫與豎畫取代彎曲的筆畫，遂作「」。

（表 4-12）

| 字例 | 殷　商 | 西　周 | 春　秋 | 戰　國 |
|---|---|---|---|---|
| 高 | <br>《合》（376 反） | <br>〈㾓鐘〉 | 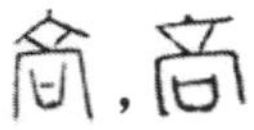<br>〈高・平肩空首布〉 | <br>〈鄂君啓車節〉 |
| 貝 | <br>《合》（8490 正）<br><br>《合》（19442）<br><br>《合》（29694） | <br>〈匽侯旨鼎〉<br><br>〈簋鼎〉<br><br>〈從鼎〉<br><br>〈六年召伯虎簋〉 | <br>〈貝・平肩空首布〉 | <br>〈睡虎地・爲吏之道 18〉<br><br>〈貝地・平襠方足平首布〉 |
| 貢 | | | <br>〈貢・平肩空首布〉 | |
| 貿 | | <br>〈公貿鼎〉 | <br>〈貿・平肩空首布〉 | <br>〈睡虎地・法律答問 202〉 |
| 川 | <br>《合》（18915） | <br>〈五祀衛鼎〉 | | 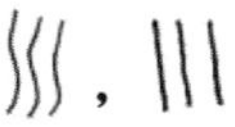<br>〈參川釿・斜肩空首布〉 |
| 陝 | | | | <br>〈陝一釿・弧襠方足平首布〉 |

| 斤 | 《合》（21954） | 〈征人鼎〉 | | 〈木斤當比・平襠方足平首布〉 |
|---|---|---|---|---|
| 郥 | | | | 〈郥・平襠方足平首布〉 |
| 鄩 | | | | 〈鄩・平襠方足平首布〉 |
| 半 | | | 〈秦公簋〉 | 〈膚虒半・尖足平首布〉<br><br> 〈言半・直刀〉<br><br> 〈半睘・圓錢〉 |
| 州 | 《合》（659） | 〈井侯簋〉 | | 〈平州・尖足平首布〉 |
| 得 | 《合》（518） | 〈虢叔旅鐘〉 | 〈余購速兒鐘〉 | 〈明・弧背齊刀〉 |
| 賹 | | | | 〈賹刀・圓錢〉<br><br> 〈郭店・老子甲本35〉 |

## 六、化直筆為曲筆例

化直筆為曲筆，指古文字中原本的直筆，改以彎曲的筆畫取代。

　　〈馬雍‧平襠方足平首布〉的幣文爲「八」。甲、金文「八」字多寫作「八」，今觀察貨幣資料，「八」字或作「＞＜」，將「八」改易爲「＞＜」的形體。

　　〈平州‧尖足平首布〉的幣文爲「七」。將殷周文字相較，〈平州‧尖足平首布〉第二例字，將平直的筆畫改以彎曲之筆代替，由「十」寫作「＜」。

　　〈城‧直刀〉的幣文爲「城」。貨幣「城」字作「邗」、「坙」，造成「坙」形體的原因可能有二種，一爲將上半部「冂」的直畫改以彎曲的筆畫替代寫作「M」，並省去下半部的一道橫畫「一」，所從之「土」以收縮筆畫的方式書寫作「工」；二爲將上半部「冂」的直畫改以彎曲的筆畫替代寫作「M」，又因筆畫的割裂，形成「M」與「一」的形體，其後「一」與「土」誤連形成「工」，遂寫成「坙」。

（表4-13）

| 字 例 | 殷 商 | 西 周 | 春 秋 | 戰 國 |
|---|---|---|---|---|
| 八 | 八<br>《合》（17935） | 八<br>〈邵鸞鐘〉 | 八<br>〈鄬侯少子簋〉 | ＞＜<br>〈馬雍‧平襠方足平首布〉<br><br>八<br>〈八‧平肩空首布〉 |
| 七 | 十<br>《合》（21483） | 十<br>〈小盂鼎〉 | 十<br>〈秦公簋〉 | 十，＜<br>〈平州‧尖足平首布〉 |
| 城 |  | 䣃<br>〈元年師兌簋〉 |  | 邗，坙<br>〈城‧直刀〉<br><br>城<br>〈睡虎地‧秦律雜抄 5〉 |

　　總之，筆畫、形體不固定的現象，可分爲六類，如：分割形體、筆畫；接連筆畫；貫穿筆畫；收縮筆畫；化曲筆爲直筆；化直筆爲曲筆等。據上列資料顯示，貨幣文字形體的改易，與書寫於銅器、簡牘帛書、陶文、璽印等的文字

相同，如：從「臣」之字，多以接連筆畫的方式書寫，從「貝」之字，一律以化曲筆為直筆的方式書寫。造成此種文字變異的現象，係圖畫性質濃厚的文字書寫不易，又浪費時間與空間，為了書寫的便利，遂將圖畫文字改由簡單的橫、豎畫所取代。此外，某字的形體發生改易時，當它作為偏旁使用，常使得從此偏旁得形者，作相同的變化。

## 第五節　非形音義近同之偏旁互代的異化

非形音義近同之偏旁互代，指古文字作為偏旁時，兩個偏旁間不具有相近或相同的意義或聲音，也不具有形體近同的關係，卻得以發生替代的現象。

現今所見的貨幣資料，非形音義近同之偏旁互代的現象，可細分為三例，一為土—立例；二為又—寸例；三為又—攴例。

### 一、土—立例

〈橈比當忻・平襠方足平首布〉的幣文為「橈比當忻」。「堂」字本從土尚聲作「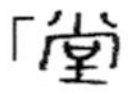」《古璽彙編》（3999），或從立尚聲作「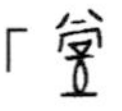」〈鄂君啓車節〉，或從立尚省聲作「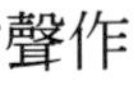」〈橈比當忻・平襠方足平首布〉，或從土尚省聲作「」〈兆域圖銅版〉。《說文解字》「立」字云：「侸也。從大在一之上。」「土」字云：「地之吐生萬物者也。二，象地之上地之中；丨，物出形也。」〔註 10〕又從「土」與從「立」通用的現象，於兩周文字習見，如：「均」字作「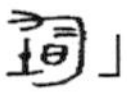」《古璽彙編》（0783）或「」《古璽彙編》（0782），「坡」字作「」〈包山 188〉或「」〈兆域圖銅版〉。「土」、「立」二者無涉於形近、義近、音近的關係，通用的現象，應屬非形音義近同之偏旁的互代。又「土—立」互代的現象，從二者的形體觀察，「土」字於甲骨文作「」《合》（6057 反），於兩周金文作「」〈大盂鼎〉，上半部的形體可寫作實心，亦可為空心，若將「」筆直的筆畫略加改易，或將「」上半部之形改為空心，又在該形體的上方添加一道短橫畫「-」，則與〈鄂君啓車節〉之「堂」字下方的形體相同。據此推測，「土—立」替代情形，可能是書手不明文字形體所致。

〔註 10〕《說文解字注》，頁 504，頁 688。

（表4-14）

| 字 例 | 殷 商 | 西 周 | 春 秋 | 戰 國 |
|---|---|---|---|---|
| 堂 | | | | 〈橈比當忻・平襠方足平首布〉<br><br>《古璽彙編》（3999）<br><br>〈噩君啓車節〉<br><br>〈兆域圖銅版〉 |

## 二、又一寸例

　　〈鄩氏・平襠方足平首布〉的幣文為「鄩氏」。「鄩」字寫作「﹝圖﹞」，或作「﹝圖﹞」，左下半部或從「寸」，或從「又」。《說文解字》「又」字云：「手也，象形。三指者，手之列多略不過三也。」「寸」字云：「十分也，人手卻一寸動脈謂之寸口，從又一。」〔註11〕又從「又」與從「寸」通用的現象，於兩周文字習見，如：「寺」字作「﹝圖﹞」〈塦喜壺〉或「﹝圖﹞」〈睡虎地・秦律十八種182〉，「時」字作「﹝圖﹞」〈郭店・太一生水4〉或「﹝圖﹞」〈睡虎地・秦律雜抄42〉，亦見於《說文解字》，如：「夋」作「﹝圖﹞（小篆）」或「﹝圖﹞（籀文）」，「叔」字作「﹝圖﹞（小篆）」或「﹝圖﹞（或體）」。〔註12〕「寸」、「又」二者無涉於形近、義近、音近的關係，通用的現象，應屬非形音義近同之偏旁的互代。

　　〈郫・尖足平首布〉的幣文為「郫」。「郫」字從邑孚聲，「孚」字於兩周金文作「﹝圖﹞」〈毛公鼎〉，下半部從又。貨幣文字或從又作「﹝圖﹞」，或從寸作「﹝圖﹞」。據上列「鄩」字的考證，「寸」、「又」通用的現象，應屬非形音義近同之偏旁的互代。

---

〔註11〕《說文解字注》，頁115，頁122。

〔註12〕《說文解字注》，頁116～117。

　　〈下專・三孔平首布〉的幣文爲「下專」。從偏旁「專」之「搏」字於兩周金文作「🔣」〈虢季子白盤〉，下半部從「又」不從「寸」，貨幣「專」字作「🔣」，爲從「寸」之形。據上列「鄣」字的考證，「寸」、「又」通用的現象，應屬非形音義近同之偏旁的互代。

（表 4-15）

| 字　例 | 殷　　商 | 西　　周 | 春　　秋 | 戰　　國 |
|---|---|---|---|---|
| 鄣 | | | | 🔣 ，🔣 〈鄣氏・平襠方足平首布〉 |
| 郱 | | | | 🔣 ，🔣 〈郱・尖足平首布〉 |
| 專 | | 🔣 〈毛公鼎〉 | 🔣 〈蔡侯墓殘鐘四十七片〉 | 🔣 〈下專・三孔平首布〉 |

## 三、又─攵例

　　〈封氏・三孔平首布〉的幣文爲「封氏」。「封」字於兩周金文作「🔣」〈六年召伯虎簋〉，從「又」，於貨幣文字作「🔣」，從「攵」。《說文解字》「又」字云：「手也，象形。三指者，手之列多略不過三也。」「攵」字云：「小擊也」。〔註13〕又從「又」與從「攵」通用的現象，於兩周文字習見，如：「啓」字作「🔣」〈啓卣〉或「🔣」〈召卣〉，「祭」字作「🔣」〈龏公華鐘〉或「🔣」〈郭店・老子乙本 16〉，「敗」字作「🔣」〈包山 76〉或「🔣」〈包山 68〉，「敢」字作「🔣」〈楚帛書・甲篇 6.29〉或「🔣」〈包山 17〉，「察」字作「🔣」〈睡虎地・秦律十八種 123〉或「🔣」〈睡虎地・秦律雜抄 37〉。「又」、「攵」二者無涉於形近、義近、音近的關係，通用的現象，應屬非形音義近同之偏旁的互代。

---

〔註13〕《說文解字注》，頁 115，頁 123。

（表 4-16）

| 字例 | 殷　　商 | 西　　周 | 春　　秋 | 戰　　國 |
|---|---|---|---|---|
| 封 | 《合》（846） | 〈六年召伯虎簋〉 | | 〈封氏·三孔平首布〉 |

總之，這些看似無涉字義的偏旁，細審之，仍具有某一層面的關聯，以「又－攵」為例，「攵」字具有「小擊」之義，又為動作，採取「擊」的動作，須運用「手（又）」，因而作為偏旁使用時，得以兩相替代。

## 第六節　形近偏旁互代的異化

形近偏旁互代，何琳儀稱之為「形近互作」〔註14〕，指古文字作為偏旁時，形體相近者，發生替代的現象。

現今所見的貨幣資料，形近偏旁互代的現象，僅見一例，為弋－戈例。

### 一、弋－戈例

〈邘·平襠方足平首布〉的幣文為「邘」。「邘」字從邑弋聲，原書釋作從邑戈聲，李家浩指出古文字「戈」、「弋」二字時常相混，並舉出諸多例證以為該字應為「邘」。〔註15〕戰國文字中，「弋」字增添一筆橫畫即與「戈」字相近，如：「代」字可寫作「𠂤」〈信陽 1.06〉，亦可作「𠂤」〈司馬成公權〉；又兩周文字裡，從「戈」與從「弋」通用的現象，如：「貳」字可寫作「𠂤」〈邵大叔斧〉，亦可作「𠂤」〈邵大叔斧〉，〈邵大叔斧〉第一例字從「弋」，寫作「𠂤」者，係在「弋」上增添短橫畫，與「戈」的形體近似；此外，據《戰國文字構形研究》考證，所增添的筆畫，若為短橫畫者多為「弋」字，若為短斜畫者則多為「戈」字〔註16〕，此一書寫的現象亦可應用於貨幣文字的判斷，故從李氏之言。「戈」與「弋」的形體相似，作為偏旁時可以通用。

---

〔註14〕《戰國文字通論》，頁 208。

〔註15〕李家浩：〈戰國邘布考〉，《古文字研究》第三輯，頁 160～165，北京，中華書局，1980 年。

〔註16〕《戰國文字構形研究》，頁 365～367。

（表 4-17）

| 字 例 | 殷 商 | 西 周 | 春 秋 | 戰 國 |
|---|---|---|---|---|
| 邨 | | | | 〈邨・平襠方足平首布〉 |

　　總之，形近偏旁互代現象，因甲、乙偏旁的形體，已十分相近，二者的差異，常藉由其間點、畫的有無來區別，倘若書寫者一時未能明察，或是對文字的構形不明瞭，任意地在既有的結構上增添裝飾性的點畫，容易使得兩個原本不同形體的文字相近似，甚或是相同，造成辨識的困難。

# 第七節　義近偏旁互代的異化

　　義近偏旁互代，何琳儀稱之為「形符互作」〔註17〕，指古文字作為偏旁時，意義相近者，發生替代的現象。

　　現今所見的貨幣資料，義近偏旁互代的現象，可細分為三例，一為禾—木例；二為宀—厂例；三為宀—广例。

## 一、禾—木例

　　〈松・平肩空首布〉的幣文為「松」。貨幣文字寫作「松」，從木公聲，或作「松」，從禾公聲。《說文解字》「木」字云：「冒也，冒地而生，東方之行。從中，下象其根。」「禾」字云：「嘉穀也，以二月始生，八月而孰，得之中和，故謂之禾。禾，木也。木王而生，金王而死。從木，象其穗。」〔註18〕從「木」與從「禾」通用的現象，於兩周文字習見，如：「和」字作「和」〈墜貯簋蓋〉或「和」〈舒龠壺〉，「梁」字作「梁」〈廿七年大梁司寇鼎〉或「梁」〈包山165〉，「利」字作「利」〈楚帛書・丙篇11.2〉或「利」〈包山135〉。「禾」與「木」皆屬於植物，作為偏旁時，可因義近而替代。

---

〔註17〕《戰國文字通論》，頁 205。

〔註18〕《說文解字注》，頁 241，頁 323。

（表 4-18）

| 字 例 | 殷 商 | 西 周 | 春 秋 | 戰 國 |
|---|---|---|---|---|
| 松 | | | 𣖂，𣖂〈松・平肩空首布〉 | 𣖂〈噩君啓舟節〉 |

## 二、宀—厂例

〈安陽・平襠方足平首布〉的幣文爲「安陽」，〈安陽之大刀・齊刀〉的幣文爲「安陽之大刀」。「安」字於兩周時期或從宀從女，如：「𡨋」〈師𩛥鼎〉，或從厂從女，如：「𡨋」〈格伯簋〉；貨幣文字寫作「𡨋」或「𡫾」，或從宀從女，或從厂從女，形體不一。《說文解字》「宀」字云：「交覆深屋也，象形。」「厂」字云：「山石之厓巖人可尻，象形。」〔註19〕「宀」與「厂」的意義皆與住所有關，可因義近而替代。

（表 4-19）

| 字 例 | 殷 商 | 西 周 | 春 秋 | 戰 國 |
|---|---|---|---|---|
| 安 | 𡨋《合》（33561） | 𡨋〈師𩛥鼎〉<br><br>𡨋〈格伯簋〉 | | 𡨋〈安陽・平襠方足平首布〉<br><br>𡫾〈安陽之大刀・齊刀〉 |

## 三、宀—广例

〈宅陽・平襠方足平首布〉的幣文爲「宅陽」。「宅」字於甲骨文作「𠂤」《合》（5753），於兩周金文作「𠂤」〈柯尊〉、「𠂤」〈秦公簋〉，皆從宀乇聲；貨幣文字作「𠂤」，從广乇聲。《說文解字》「宀」字云：「交覆深屋也，象形。」「广」字云：「因厂爲屋也。從厂象對刺高屋之形。」〔註20〕從「宀」與從「广」

---

〔註19〕《說文解字注》，頁 341，頁 450。

〔註20〕《說文解字注》，頁 341，頁 447。

通用的現象，於兩周文字習見，如：「府」字作「」〈噩君啓舟節〉或「」〈兆域圖銅版〉，「廟」字作「」〈盠方彝〉或「」〈吳方彝蓋〉，「殿」字作「」〈伯𨛭簋〉或「」〈邵王之諻簋〉，「庫」字作「」〈七年邦司寇矛〉或「」〈朝歌右庫戈〉，「宀」與「广」的意義皆與「屋」有關，可因義近而發生替代。

（表 4-20）

| 字例 | 殷　商 | 西　周 | 春　秋 | 戰　國 |
|---|---|---|---|---|
| 宅 | <br>《合》（5753） | <br>〈𤔲尊〉 | <br>〈秦公簋〉 | <br>〈宅陽・平襠方足平首布〉<br><br>〈包山 171〉 |

總之，貨幣文字義近偏旁互代的現象，或爲沿襲前代文字的書寫，如「安」字於西周時期從「宀」、從「厂」之形皆可見；或爲書手的認知所致，或爲書手個人的習慣所致，如「松」、「宅」等字，實難以知曉。

## 第八節　小　結

從考古發掘報告顯示，早期的貨幣或以「貝」爲之，其間並無文字，發展至春秋戰國時期，由於「可作爲交易媒介的貨幣之用，又可作爲一般商品使用以滿足人們消費或投資之需求」〔註21〕，除了在貨幣上鑄寫單字外，常見鑄行的地望名稱，透過貨幣的形制與地望，即可知曉該貨幣的鑄行國別。文字是記錄語言的工具，在貨幣上的作用亦如斯，但從出土的材料觀察，當文字發展到一定的程度後，它除了具有記錄語言的功用外，在書寫時往往會受到書寫材質的形制，甚或是書手的認知，取象的不同等因素的影響，使得文字產生異化的現象。據《戰國文字構形研究》所示，戰國時期文字異化現象十分複雜〔註22〕，今觀察東周貨幣的文字材料，其異化情形亦與之相近。貨幣文字在異化過程中

〔註21〕楊雅惠：《貨幣銀行學》，頁 39，臺北，三民書局，1998 年。

〔註22〕《戰國文字構形研究》，頁 303～420。

的演化規律，如：

一、爲了配合書寫材料的形制，由兩個或是兩個以上偏旁組合而成的文
字，可以自由調整其間的位置。

二、爲了避免書寫空間的浪費，由兩個或是兩個以上偏旁組合而成的文
字，形體倘若過於修長，無法在有限的空間鑄寫所有的文字，可將
上下式的結構改爲左右式結構。

三、爲求書寫的方便與快速，可將圖畫性質濃厚的文字，以簡單的筆畫取
代。

四、原本兩個無涉於形、音、義的文字，當它作爲偏旁使用時，或因書手
個人的認知、取象的不同等因素，使兩個偏旁發生代換。

五、作爲形符或聲符使用，有時可以筆畫少者取代筆畫多者。

六、作爲形符，只要具有形體相近同的關係，可兩相替代。

七、作爲形符，其間的意義相同，或是同屬一類，可進行偏旁的代換。

造成文字異化的因素，有以下幾項原因：

一、承襲前代文字的寫法。在甲骨文中，文字偏旁具有不固定性，或上下、
或左右任意置放，正書、反書亦無別，這種現象往往保存於後代的文字，無論
西周、春秋、戰國時期皆可見。此外，西周金文中，一個字往往有二個或二個
以上的寫法，這種不同寫法的形體，常因意義的近同或相關，可以同時並存，
此種現象往往保存於後代，後人於抄寫時因而將之並存。

二、受書寫空間的影響。貨幣的空間有限，爲了能在固定的面積寫下地望
名稱，或相關的內容，常將兩個或兩個以上的偏旁，採取左右式結構的方式呈
現；此外，原爲左右式結構的文字，倘若甲偏旁較爲寬，或是甲偏旁又爲兩個
偏旁所組成，可將乙偏旁縮小或是直接改置於甲偏旁的上方或下方。

三、受到語辭使用習慣的影響。某些文字在構聯成詞時，往往有一定的習
慣，在此習慣下，將某些原本意義不同的文字繫聯，產生替代的現象。

四、爲求書寫的便利，把圖畫性質濃厚的文字改以簡單的線條表現，這種
現象往往會將彎曲的筆畫改作直筆，減少書寫的困難度，亦可避免空間的浪費。

五、爲求書寫的速捷，把原本分隔的筆畫接連。

六、對於文字構形不明瞭，或承襲前代的文字寫法，將原本象形成分的文

字分割。

　　七、因爲文字的增繁，使得原本不同的兩個形體相近似，倘若使用者不察，往往將之視爲可互相替代的偏旁。

# 第五章　形體結構合文分析

## 第一節　前　言

　　觀察出土文物上的文字資料，以合文方式書寫者，在殷商甲骨文中已大量出現，據《戰國文字構形研究》與〈殷商至春秋之際「合文」書寫形式的變化〉﹝註1﹞，無論是合文的方式或是內容，都有日趨多樣性的現象。「合文」的定義，歷來學者大抵分為二種說法，一為不限於詞彙，只將二個或是二個以上的文字，壓縮成為一個方塊字，如：楊五銘云：

> 把兩個以上的字合寫在一塊，作為一個構形單位而有兩個以上的音
> 節的。這種書寫形式我們叫它作「合文」。﹝註2﹞

與其說法近同者，如：林素清、陳煒湛、曹錦炎、范毓周等﹝註3﹞；一為以合文

---

﹝註1﹞　陳立：《戰國文字構形研究》，頁 503～596，臺北，國立臺灣大學中國文學研究所博士論文，2004 年；陳立：〈殷商至春秋之際「合文」書寫形式的變化〉，《國文學報》第五期，頁 113～134，高雄，國立高雄師範大學國文學系，2006 年。

﹝註2﹞　楊五銘：〈兩周金文數字合文初探〉，《古文字研究》第五輯，頁 139，北京，中華書局，1981 年。

﹝註3﹞　林素清：《戰國文字研究》，頁 129，臺北，國立臺灣大學中國文學研究所博士論文，1984 年；陳煒湛：《甲骨文簡論》，頁 63，上海，上海古籍出版社，1987 年；曹錦炎：〈甲骨文合文研究〉，《古文字研究》第十九輯，頁 445，北京，中華書局，1992

書寫時的幾個字必須是一個詞彙，才能將二個或是二個以上的文字，壓縮成為一個方塊字，如：湯餘惠云：

> 合文是把前後相連的兩個或幾個字合寫在一起，但事實上並非隨便
> 哪幾個字都可以合書。構成合文的，不僅要前後相連，而且必須是
> 語言中的固定詞語，如數量詞、地名、職官、複姓之類。〔註4〕

從諸多的材料言，以合文方式書寫的二字（或二字以上），並不侷限於詞彙，只要書寫時上下二字（或二字以上），或左右二字（或二字以上）的形體、筆畫、偏旁、部件有相同或相近者，即可以合文的方式表現。所以「合文」係將兩個或兩個以上的文字壓縮，寫成為一個方塊字的結構形式，表面上看似一個字，在音節上仍須讀為兩個或兩個以上的音節，在意思上也包含了兩個或兩個以上的意思。

從貨幣材料觀察，合文的內容，大致可分為以下幾類：一、地望；二、數字：為純粹的計量數詞；三、數量詞：凡是由數詞與量詞所組成的詞組，即為數量詞〔註5〕，在數量詞的表現上，可以數目字加上表示事物數量單位，如：一隻，一枚、一條等；四、其他，凡是無法歸屬於前面三類者，悉入「其他」項。關於合文現象，分為不省筆合文、共用筆畫省筆合文、共用偏旁省筆合文、借用部件省筆合文、刪減偏旁省筆合文等五項，分別舉例說明。

# 第二節　不省筆合文

不省筆合文，指將兩個或兩個以上的文字，壓縮成為一個方塊字時，對於被壓縮的任何文字的筆畫皆不省減。合書後的形體，可以不增添任何的合文符號，亦可於該字的右下方或左下方，增添合文符號「＝」或「-」。

## 一、未增添合文符號者

### （一）地望合文

---

年：范毓周：〈甲骨文中的合文字〉，《國文天地》1992年第7卷第12期，頁68。

〔註4〕湯餘惠：〈略論戰國文字形體研究中的幾個問題〉，《古文字研究》第十五輯，頁23，北京，中華書局，1986年。

〔註5〕馬文熙、張歸璧：《古漢語知識詳解辭典》，頁739，北京，中華書局，1996年。

　　「平匋」合文的形體，寫作「🔲」、「🔲」〈平匋・平襠方足平首布〉。「平」字於兩周金文作「夲」〈兆域圖銅版〉，「匋」字作「🔲」〈虞簋〉，又於陶文作「🔲」、「🔲」。〔註6〕上半部爲「平」字，下半部爲「匋」字，二者緊密結合，壓縮於一個方塊中。「平匋」爲地望。「匋」、「陶」二字反切爲「徒刀切」，上古音同屬「定」紐「幽」部，雙聲疊韻。「平匋」可通假爲「平陶」。「平陶」一詞又見於傳世文獻，如：《漢書・地理志》云：「平陶」，王先謙〈補注〉云：「故城，今文水縣西南」。〔註7〕其地望在今日山西省文水縣西南。

　　「長子」合文的形體，寫作「🔲」〈長子・平襠方足平首布〉。「長」字於兩周金文作「🔲」〈寡長方鼎〉，「子」字作「🔲」〈毛公鼎〉。左側爲「長」字，右側爲「子」字，二者緊密結合，壓縮於一個方塊中。「長子」一詞又見於傳世文獻，如：《史記・趙世家》云：「五年……韓與我長子。」〈集解〉云：「〈地理志〉曰：『上黨有長子縣。』」〈考證〉云：「長子故城，在今山西潞安府長子縣西南。」〔註8〕其地望在今日山西省長子縣西南。

　　「大陰」合文的形體，寫作「🔲」〈大陰・尖足平首布〉。「大」字於兩周金文作「大」〈毛公鼎〉，「陰」字作「🔲」〈陰平劍〉。上半部爲「大」字，下半部爲「陰」字，二者緊密結合，壓縮於一個方塊中。「大陰」一詞未見於傳世文獻，據何琳儀考證指出，「大陰」疑爲典籍所載的「陰」，稱「大陰」者，猶如稱「梁」爲「大梁」。〔註9〕其說可從。文獻中之「陰」，如：《左傳・僖公十五年》云：「晉侯使郤乞告瑕呂飴甥。」杜預〈注〉云：「陰飴甥即呂甥也，食采於陰，故曰陰飴甥。」〔註10〕「陰」字從阜佥聲，「佥」字反切爲

〔註6〕　焦智勤：〈鄴城戰國陶文研究〉，《古文字研究》第二十四輯，頁 329～330，北京，中華書局，2002 年。

〔註7〕　〔漢〕班固撰、〔唐〕顏師古注、〔清〕王先謙補注：《漢書補注》，頁 687，臺北，藝文印書館，1996 年。

〔註8〕　〔漢〕司馬遷撰、〔劉宋〕裴駰集解、〔唐〕司馬貞索隱、〔唐〕張守節正義、〔日本〕瀧川龜太郎考證：《史記會注考證》，頁 678，臺北，宏業書局有限公司，1992 年。

〔註9〕　何琳儀：〈尖足布幣考〉，《古幣叢考（增訂本）》，頁 112，合肥，安徽大學出版社，2002 年。

〔註10〕　〔周〕左丘明傳、〔晉〕杜預注、〔唐〕孔穎達等正義：《春秋左傳正義》，頁 234，臺北，藝文印書館，1993 年。

「於金切」，上古音屬「影」紐「侵」部；「陰」字從阜金聲，「金」字反切爲「居吟切」，上古音屬「見」紐「侵」部，疊韻。「大陸」可通假爲「大陰」，即文獻之「陰」。

「北茲」合文的形體，寫作「 」、「 」〈北茲釿・尖足平首布〉。「北」字於兩周金文作「 」〈七年趙曹鼎〉，「茲」字作「 」〈曶鼎〉。上半部爲「北」字，下半部爲「茲」字，二者緊密結合，壓縮於一個方塊中。將字形相較，貨幣的「茲」字寫作「 」，或作「 」，有時亦作「 」、「 」，下方的「＋」、「土」不知爲何，又同爲趙國貨幣之〈坓城・平襠方足平首布〉的「坓」字作「 」，〈坓城・尖足平首布〉作「 」，「茲」與「坓」皆從「 」得形，「茲」字下方的「＋」或「土」，可能是受到「坓」字形體的類化所致。「北茲」一詞未見於傳世文獻，學者指出「北茲」應爲「茲」之稱，其地望在今日山西省汾陽縣。〔註11〕

「北九門」合文的形體，寫作「 」〈北九門・三孔平首布〉。「北」字於兩周金文作「 」〈大克鼎〉，「九」字作「 」〈羌伯簋〉，「門」字作「 」〈曶鼎〉。左側上半部爲「九」字，右側上半部爲「北」字，下半部爲「門」字，三者緊密結合，壓縮於一個方塊中。「北九門」一詞又見於傳世文獻，如：《史記・趙世家》云：「二十八年，藺相如伐齊至平邑，罷城北九門大城。」〈正義〉云：「恆州九門縣城」〔註12〕又據裘錫圭考證，其地望在今日河北省藁城縣西北。〔註13〕

（表 5-1）

| 字 例 | 殷　　商 | 西　　周 | 春　　秋 | 戰　　國 |
|---|---|---|---|---|
| 平匋 | | | | <br>〈平匋・平襠方足平首布〉 |

〔註11〕《中國錢幣大辭典》編纂委員會：《中國錢幣大辭典・先秦編》，頁 326，北京，中華書局，1995 年。

〔註12〕《史記會注考證》，頁 688。

〔註13〕裘錫圭：〈戰國貨幣考（十二篇）〉，《古文字論集》，頁 436，北京，中華書局，1992 年。

| | | | |
|---|---|---|---|
| 長子 | | | 〈長子・平襠方足平首布〉 |
| 大陸 | | | 〈大陸・尖足平首布〉 |
| 北茲 | | | 〈北茲釿・尖足平首布〉 |
| 北九門 | | | 〈北九門・三孔平首布〉 |

### （二）數字合文

「十一」合文的形體，有不同的寫法，一為上半部為「十」字，下半部為「一」字，如：「土」〈離石・圓足平首布〉、「⊥」〈甘丹・直刀〉；一為將「一」字寫於「十」字的左側或右側，如：「⊣」、「├」〈甘丹・直刀〉；一為上半部為「一」字，下半部為「十」字，如：「丅」〈容・異形平首布〉，無論其寫法有何不同，二者皆緊密結合，壓縮於一個方塊裡。又〈容・異形平首布〉的「十一」合文可寫作「丅」，亦可作「⊥」，前者的書寫形體於貨幣中並不常見，其形體又見於戰國時期的金文，如：「」〈十年銅盒〉，惟該辭例作「一十」，將字形相較，作「丅」者應屬倒書；又此種書寫方式於甲骨文中亦見相似的現象，如：「十一月」合文寫作「」《合》（106反）、或作「」《合》（16696）、或作「」《合》（22093），「十二月」合文寫作「」《合》（46正）、或作「」《合》（20128）、或作「」《合》（20196），從合文書寫的發展而言，貨幣文字所見現象可能沿襲甲骨文之合文的書寫方式。

「十二」合文的形體，或上半部為「十」字，下半部為「二」字，如：「⊥」〈斁垣・平襠方足平首布〉、「」〈關・三孔平首布〉；或將「二」字寫於「十」字的左側，如：「」〈安陽・三孔平首布〉；或上半部為「二」字，下半部為「十」字，如：「丅」〈十二・尖首刀〉，無論其寫法有何不同，二者皆緊

密結合，壓縮於一個方塊裡。

「十三」合文的形體，上半部為「十」字，下半部為「三」字，如：「上」〈斁垣・平襠方足平首布〉、「圭」〈燕明刀範刻文〉、「川」〈晉陽・尖足平首布〉。〈晉陽・尖足平首布〉的「三」字寫作「川」，與兩周金文作「三」〈散氏盤〉不同，應是將「三」的形體顛倒所致。

「十四」合文的形體，或上半部為「十」字，下半部為「四」字，如：「圭」〈斁垣・平襠方足平首布〉、「亥」〈明・弧背燕刀〉；或上半部為「四」字，下半部為「十」字，如：「亍」〈十四・尖首刀〉。又〈斁垣・平襠方足平首布〉與〈明・弧背燕刀〉的「四」字形體不同，「四」字於兩周金文作「三」〈毛公鼎〉、「囟」〈徐王子旃鐘〉，將之與貨幣文字相較，後者的形體應分別承襲前代的字形。

「十五」合文的形體，上半部為「十」字，下半部為「五」字，如：「圭」〈閔・尖足平首布〉、「交」〈大陰・尖足平首布〉、「支」〈離石・圓足平首布〉。「五」字於兩周金文作「乂」〈頌鼎〉，又「四」字作「三」〈毛公鼎〉，重複一道橫畫，即為〈閔・尖足平首布〉中所見的「五」字。又「十五」合文於甲骨文作「乂」《合》（899），將「十」置於「五」字的右側，在結構安排上與貨幣文字不同。

「十六」合文的形體，或上半部為「十」字，下半部為「六」字，如：「大」〈斁垣・平襠方足平首布〉、「大」〈邪・尖足平首布〉、「支」〈閔・圓足平首布〉；或將「六」字寫於「十」字的左側，如：「>」〈文陽・尖足平首布〉、「∧」〈下專・三孔平首布〉，無論其寫法有何不同，二者皆緊密結合，壓縮於一個方塊裡。「六」字於甲骨文作「宀」《合》（133 正）、「∧」《合》（3398），於兩周金文作「介」〈曶鼎〉，將之與貨幣文字相較，後者作「∧」，係沿襲甲骨文「∧」的形體；作「>」者，應為「∧」書寫時形體置放不同所致。

「十七」合文的形體，或上半部為「十」字，下半部為「七」字，如：「┴」〈斁垣・平襠方足平首布〉；或將「七」字寫於「十」字的左側，如：「＋十」〈下專・三孔平首布〉，無論其寫法有何不同，二者皆緊密結合，壓縮於一個方塊裡。

「十八」合文的形體，或上半部為「十」字，下半部為「八」字，如：「丿ㄥ」〈大陰・尖足平首布〉、「人」〈大陰半・尖足平首布〉、「丿ㄥ」〈西都・尖足平

首布〉；或將「十」字插置於「八」字的中間，如：「)|(」〈大陰・尖足平首布〉、「)|(」〈西都・尖足平首布〉。「八」字於兩周金文作「八」〈靜簋〉，將之與貨幣文字相較，作「)(」者，係爲彎曲的筆畫取代所致。

「十九」合文的形體，或上半部爲「十」字，下半部爲「九」字，如：「七」〈襄城・尖足平首布〉；或將「九」字寫於「十」字的左側，如：「九十」〈上專・三孔平首布〉。「九」字於兩周金文作「九」〈大盂鼎〉、「九」〈廿九年壺〉，將之與貨幣文字相較，〈襄城・尖足平首布〉之「九」字，係將「九」較長的彎曲筆畫，改以直畫取代。

「二十」合文的形體，或寫作「‖」〈斁垣・平襠方足平首布〉，或寫作「半」〈大陰半・尖足平首布〉，或寫作「半」、「廾」、「廿」〈明・弧背燕刀〉。「二十」合文習見於甲、金文與簡牘文字，如：「凵」《合》（974 反）、「凵」《合》（5574）、「凵」《合》（35368）、「‖」《合》（39423）、「凵」〈大盂鼎〉、「廿」〈睡虎地・日書乙種 95〉，自甲骨文至兩周文字其間的差別，由簡單的兩豎畫「‖」，發展爲在豎畫上增添小圓點作「凵」，進而將小圓點延伸爲短畫，寫作「廿」。〈大陰半・尖足平首布〉作「半」，係將「二（＝）」字直接書寫在「十（｜）」字上，形成特殊的合文方式；〈明・弧背燕刀〉作「廾」，可視爲「半」形體的變異。

「二十一」合文的形體，寫作「｜凵」〈大陰・尖足平首布〉或「'‖'」〈晉陽・尖足平首布〉。〈晉陽・尖足平首布〉的「一」字寫作「｜」，與兩周金文作「一」〈散氏盤〉不同，應是將「一」的形體顛倒所致。

「二十二」合文的形體，寫作「凵」〈茲氏半・尖足平首布〉或「凵」〈明・弧背燕刀〉，無論其寫法有何不同，二者皆緊密結合，壓縮於一個方塊裡。

「二十三」合文的形體，或上半部爲「二十」字，下半部爲「三」字，如：「凵」〈大陰・尖足平首布〉；或將「三」字寫於「二十」字的右側，如：「‖三」〈平州・尖足平首布〉，無論其寫法有何不同，二者皆緊密結合，壓縮於一個方塊裡。

「二十四」合文的形體，寫作「凵」〈大陰・尖足平首布〉，二者緊密結合，壓縮於一個方塊中。

「二十五」合文的形體，或上半部爲「二十」字，下半部爲「五」字，

如：「◁」〈大陰・尖足平首布〉、「㠭」〈平州・尖足平首布〉；或將「五」字寫於「二十」字的右側，如：「㐅」〈平州・尖足平首布〉。「二」字於兩周金文作「二」〈番生簋蓋〉，作「㐅」者，若據文字識讀，應讀爲「二五」，爲「二十五」三字的省讀；若將「二」視爲「二十」，應爲顚倒「‖」的形體所致。又以「二」與某數字合書的方式，習見於貨幣文字，以下不再詳加說明。

「二十六」合文的形體，或上半部爲「二十」字，下半部爲「六」字，如：「𢆻」、「𠧚」〈平州・尖足平首布〉，「𠈸」〈襄城・尖足平首布〉；或將「六」字寫於「二十」字的左側，如：「𠤎‖」〈大陰・尖足平首布〉、「〉二」〈平州・尖足平首布〉，無論其寫法有何不同，二者皆緊密結合，壓縮於一個方塊裡。

「二十七」合文的形體，或上半部爲「二十」字，下半部爲「七」字，如：「𢆻」、「𠧚」〈平州・尖足平首布〉；或將「七」字寫於「二十」字的左側或右側，如：「‖𠂇」〈閔半・尖足平首布〉、「十二」〈襄城・尖足平首布〉，二者皆緊密結合，壓縮於一個方塊裡。

「二十八」合文的形體，上半部爲「二十」字，下半部爲「八」字，如：「𠂆」〈平州・尖足平首布〉、「𠃉」〈茲氏・尖足平首布〉、「𠂆」〈閔半・尖足平首布〉、「六」〈明・弧背齊刀〉，二者皆緊密結合，壓縮於一個方塊裡。

「二十九」合文的形體，上半部爲「二十」字，下半部爲「九」字，如：「‖𠂇」〈茲氏・尖足平首布〉、「𠂇」〈茲氏半・尖足平首布〉、「𠂇」〈大陰・尖足平首布〉。「九」字於兩周金文作「九」〈羌伯簋〉，將之與貨幣文字相較，「‖𠂇」中的「九」字，係「九」的反書，「𠂇」與「𠂇」中的「九」字，應爲「九」的變體。

「三十」合文的形體，寫作「廿」〈閔・圓足平首布〉、「‖‖」〈大陰・尖足平首布〉、「丰」〈齊大刀・齊刀〉、「廿」〈明・弧背齊刀〉、「廾」〈明・弧背燕刀〉。「三十」合文習見於甲、金文與簡牘文字，如：「山」《合》（40699）、「廿」〈匢鼎〉、「廾」〈毛公鼎〉、「廿」〈兆域圖銅版〉、「卅」〈睡虎地・秦律十八種 92〉，將之與貨幣文字相較，作「廿」者，應是由「廾」的形體而來，亦即將豎畫上的小圓點連結成一道橫畫所致；作「丰」者，係將「三（三）」字直接書寫在「十（丨）」字上，形成特殊的合文方式。

「三十一」合文的形體，寫作「𢆻十」〈茲氏半・平襠方足平首布〉或「‖‖」

〈茲氏半・尖足平首布〉。將「一（ー）」直接書寫在「三十（川）」的下方，二者緊密結合，壓縮於一個方塊中；或在「三」與「一」的中間，添加「十」字，更明確地標示該字須讀作「三十一」。

「三十二」合文的形體，寫作「山」〈平州・尖足平首布〉，二者緊密結合，壓縮於一個方塊中。

「三十三」合文的形體，寫作「山」〈茲氏半・尖足平首布〉，二者緊密結合，壓縮於一個方塊中。

「三十四」合文的形體，寫作「山」〈文陽・尖足平首布〉，二者緊密結合，壓縮於一個方塊中。

「三十五」合文的形體，寫作「山」〈茲氏・尖足平首布〉或「山」〈平匋・尖足平首布〉。將「五（Ｘ）」直接書寫在「三十（川）」的下方，二者緊密結合，壓縮於一個方塊中。又將「山」的「五」字與「Ｘ」相較，前者應是「Ｘ」書寫時形體置放不同所致。

「三十六」合文的形體，寫作「山」〈大陸・尖足平首布〉或「山」〈晉陽・尖足平首布〉，二者緊密結合，壓縮於一個方塊中。

「三十七」合文的形體，或上半部為「三十」字，下半部為「七」字，如：「川十」〈大陸・尖足平首布〉；或將「七」字寫於「三十」字的上方，如：「六」〈茲氏半・平襠方足平首布〉，二者皆緊密結合，壓縮於一個方塊裡。

「三十八」合文的形體，寫作「川」〈平州・尖足平首布〉，二者緊密結合，壓縮於一個方塊中。

「三十九」合文的形體，寫作「山」〈茲氏半・尖足平首布〉或「川」〈襄城・尖足平首布〉。「山」中的「九」字，應是「九」書寫時形體置放不同所致。

「四十」合文的形體，或作「丰」〈平陶・平襠方足平首布〉，或作「川」〈大陸・尖足平首布〉，或作「世」〈閔・圓足平首布〉。「四十」合文習見於甲、金文，如：「山」《合》（672 正）、「世」〈智鼎〉、「丗」〈兆域圖銅版〉，將之與〈大陸・尖足平首布〉相較，作「川」者，係以「｜」為「十」，四道豎畫代表「四十」；作「丰」者，係將「四（三）」直接書寫在「十（｜）」上，形成特殊的合文方式。

「四十一」合文的形體，寫作「||||」〈茲氏半・尖足平首布〉，上半部爲「四十」字，下半部爲「一」字。

「四十二」合文的形體，上半部爲「四十」字，下半部爲「二」字，如：「||||」〈文陽・尖足平首布〉、「凵凵」〈閔・圓足平首布〉、「圣」〈明・弧背燕刀〉。無論其寫法有何不同，二者皆緊密結合，壓縮於一個方塊裡。

「四十四」合文的形體，寫作「||||」〈茲氏半・尖足平首布〉，以四個豎畫代表「四十」之意，將之置於「四（三）」形體上。

「四十五」合文的形體，寫作「||||」〈茲氏半・尖足平首布〉，上半部爲「四十」字，下半部爲「五」字。

「四十六」合文的形體，寫作「||||」〈閔・圓足平首布〉，上半部爲「四十」字，下半部爲「六」字。

「四十八」合文的形體，寫作「||||」或「||||」〈茲氏半・尖足平首布〉，後者將代表「四十」的四個豎畫，置於「八」字形體的中間，以爲「四十八」合文。

「四十九」合文的形體，寫作「||||」〈茲氏半・尖足平首布〉，將代表「四十」的四個豎畫，置於「九」字形體上。

「五十」合文的形體，寫作「|||||」〈襄城・尖足平首布〉或「圣」〈離石・圓足平首布〉。「五十」合文習見於甲、金文與簡牘文字，如：「圣」《合》（312）、「圣」〈大盂鼎〉、「圣」〈虢季子白盤〉、「圣」〈新蔡・零444〉，將字形相較，甲骨文「五十」合文，多採取上半部爲「十」，下半部爲「五」；兩周文字裡，上半部爲「五」，下半部爲「十」，在形體位置安排上，發生倒置的變化；貨幣文字作「|||||」者，係以一道豎畫「|」代表「十」，「五十」則以五道豎畫表示。又甲骨文或見「五十」合文作「圣」《合》（10794反），實屬個例，後代的書寫方式是否受其影響而改易，目前尚無法得知。

「五十一」合文的形體，寫作「圣」〈茲氏半・尖足平首布〉，上半部爲「五」字，下半部爲「一」字，據文字識讀，應讀爲「五一」，爲「五十一」三字的省讀。

「五十二」合文的形體，寫作「圣」〈閔・圓足平首布〉，上半部爲「五十」字，下半部爲「二」字。

　　「五十三」合文的形體，寫作「▨」〈茲氏半・尖足平首布〉，上半部為「五」字，下半部為「三」字，據文字識讀，應讀為「五三」，為「五十三」三字的省讀；或作「▨」〈閔・圓足平首布〉，上半部為「五十」字，下半部為「三」字。

　　「五十四」合文的形體，寫作「▨」〈茲氏半・尖足平首布〉，上半部為「五」字，下半部為「四」字，據文字識讀，應讀為「五四」，為「五十四」三字的省讀；或作「▨」〈閔・圓足平首布〉，上半部為「五十」字，下半部為「四」字。

　　「五十五」合文的形體，寫作「▨」〈離石・圓足平首布〉，上下兩端為「五」字，中間為「十」字。

　　「五十八」合文的形體，或上半部為「五十」字，下半部為「八」字，如：「▨」〈茲氏半・尖足平首布〉、「▨」〈離石・圓足平首布〉、「▨」〈襄城・尖足平首布〉；或上半部為「五」字，下半部為「八」字，如：「▨」〈襄城・尖足平首布〉，據文字識讀，應讀為「五八」，為「五十八」三字的省讀。

　　「五十九」合文的形體，寫作「▨」〈襄城・尖足平首布〉，上半部為「五」字，下半部為「九」字，據文字識讀，應讀為「五九」，為「五十九」三字的省讀。

　　「六十」合文的形體，寫作「▨」〈離石・圓足平首布〉、「▨」〈明・弧背燕刀〉、「▨」〈六十・尖首刀〉。「六十」合文習見於甲骨文，如：「▨」《合》（10307）、「▨」《合》（17888），將字形相較，甲骨文「六十」合文，上半部為「十」，下半部為「六」，貨幣文字裡，上半部為「六」，下半部為「十」，在形體位置安排上，發生倒置的變化；又作「▨」者，係「▨」的倒書。

　　「六十二」合文的形體，寫作「▨」〈閔・圓足平首布〉。在「六」與「二」的中間，添加「十」字，更明確地標示該字須讀作「六十二」。

　　「六十三」合文的形體，寫作「▨」〈襄城・尖足平首布〉，為二字合文；或「▨」〈離石・圓足平首布〉，為三字合文。無論其寫法有何不同，二者皆緊密結合，壓縮於一個方塊裡。

　　「六十四」合文的形體，寫作「▨」〈襄城・尖足平首布〉，為二字合文，或「▨」〈閔・圓足平首布〉，為三字合文。

　　「六十五」合文的形體，寫作「▨」〈襄城・尖足平首布〉，「六」與「十」字緊密結合，再置於「五」的上方，壓縮於一個方塊裡。

「六十八」合文的形體，寫作「」〈関・圓足平首布〉。上半部為「六」字，下半部為「八」字，據文字識讀，應讀為「六八」，為「六十八」三字的省讀。

「七十三」合文的形體，寫作「」、「」〈関・圓足平首布〉。「七十」合文習見於甲骨文與簡牘文字，如：「」《合》（6057）、「」〈睡虎地・秦律十八種 95〉，甲骨文「七十」合文，上半部為「十」，下半部為「七」；兩周文字裡，上半部為「七」，下半部為「十」，在形體位置安排上，發生倒置的變化。將之與貨幣文字相較，作「」者，係將「七」與「十」字緊密結合，置於「三」字的上方；作「」者，則將「七」與「十」字壓縮在一起，置於「三」字的上方。

「七十七」合文的形體，寫作「」〈陽曲・尖足平首布〉。左右二側皆為「七」字，據文字識讀，應讀為「七七」，為「七十七」三字的省讀。

「八十」合文的形體，寫作「」〈八十・尖首刀〉。「八十」合文習見於甲、金文與簡牘文字，如：「」《合》（36481）、「」〈小盂鼎〉、「」〈兆域圖銅版〉、「」〈新蔡・甲三 90〉，將之與貨幣文字相較，甲骨文「八十」合文，上半部為「十」，下半部為「八」；兩周文字裡，上半部為「八」，下半部為「十」，在形體位置安排上，發生倒置的變化。

「八一」合文的形體，寫作「」〈八十一・尖首刀〉。上半部為「八」字，下半部為「一」字，據文字識讀，應讀為「八一」，為「八十一」三字的省讀。

「九十二」合文的形體，寫作「」〈明・弧背燕刀〉。上半部為「九」字，下半部為「二」字，據文字識讀，應讀為「九二」，為「九十二」三字的省讀。

「九十九」合文的形體，寫作「」或「」〈陽曲・尖足平首布〉。「九」字於兩周金文作「」〈散氏盤〉、「」〈者汈鐘〉，將之與貨幣文字相較，〈陽曲・尖足平首布〉之「九」字，係將「」較長的彎曲筆畫，改以直畫取代；作「」者，則為「」的倒書。據文字識讀，應讀為「九九」，為「九十九」三字的省讀。

「一百」合文的形體，寫作「」〈齊大刀・齊刀〉。二者緊密結合，壓縮

於一個方塊中。

　　「一八一」合文的形體，寫作「𠀆」〈明‧弧背齊刀〉。三者緊密結合，壓縮於一個方塊中。

　　「六一八」合文的形體，寫作「𠈌」〈明‧折背刀〉。三者緊密結合，壓縮於一個方塊中。

（表 5-2）

| 字　例 | 殷　　商 | 西　　周 | 春　　秋 | 戰　　國 |
|---|---|---|---|---|
| 十一 | 上<br>《合》（41810） | | | T ，上<br>〈容‧異形平首布〉<br><br>土<br>〈離石‧圓足平首布〉<br><br>上，卜，十<br>〈甘丹‧直刀〉 |
| 十二 | | | 下<br>〈十二‧尖首刀〉 | 上<br>〈虞垣‧平襠方足平首布〉<br><br>三<br>〈關‧三孔平首布〉<br><br>十<br>〈安陽‧三孔平首布〉 |
| 十三 | 三<br>《合》（21533） | | | 三<br>〈虞垣‧平襠方足平首布〉<br><br>川<br>〈晉陽‧尖足平首布〉 |

| | | | | |
|---|---|---|---|---|
| | | | | <br>〈燕明刀範刻文〉 |
| 十四 | | | <br>〈十四・尖首刀〉 | <br>〈斸垣・平襠方足平首布〉<br><br>〈明・弧背燕刀〉 |
| 十五 | <br>《合》(899) | | | <br>〈閔・尖足平首布〉<br><br>〈大陰・尖足平首布〉<br><br>〈離石・圓足平首布〉 |
| 十六 | <br>《合》(10950) | | | <br>〈斸垣・平襠方足平首布〉<br><br>〈文陽・尖足平首布〉<br><br>〈邪・尖足平首布〉<br><br>〈閔・圓足平首布〉<br><br>〈下専・三孔平首布〉 |

| 十七 | | | | ┼<br>〈戲垣・平襠方足平首布〉<br>┼┼<br>〈下專・三孔平首布〉 |
|---|---|---|---|---|
| 十八 | | | | ╜╻、ソ╰<br>〈大陰・尖足平首布〉<br>人<br>〈大陰半・尖足平首布〉<br>ソ╰、ソ╰<br>〈西都・尖足平首布〉 |
| 十九 | | | | ╰<br>〈襄城・尖足平首布〉<br>╗<br>〈上專・三孔平首布〉 |
| 二十 | ╛<br>《合》（974 反）<br>╜<br>《合》（5574）<br>╛<br>《合》（35368）<br>╢<br>《合》（39423） | ╚<br>〈大盂鼎〉 | | ‖<br>〈戲垣・平襠方足平首布〉<br>╪<br>〈大陰半・尖足平首布〉<br>╪、╫、廿<br>〈明・弧背燕刀〉 |

| 二十一 | | | | 〈大陰·尖足平首布〉 〈晉陽·尖足平首布〉 |
|---|---|---|---|---|
| 二十二 | | | | 〈茲氏半·尖足平首布〉 〈明·弧背燕刀〉 |
| 二十三 | | | | 〈大陰·尖足平首布〉 〈平州·尖足平首布〉 |
| 二十四 | | | | 〈大陰·尖足平首布〉 |
| 二十五 | | | | 〈大陰·尖足平首布〉 〈平州·尖足平首布〉 |
| 二十六 | | | | 〈大陰·尖足平首布〉 〈平州·尖足平首布〉 |

| | | | | 尒<br>〈襄城・尖足平首布〉 |
|---|---|---|---|---|
| 二十七 | | | | 十，ㄨ<br>〈平州・尖足平首布〉<br><br>川七<br>〈閔半・尖足平首布〉<br><br>十二<br>〈襄城・尖足平首布〉 |
| 二十八 | | | | ㄨ<br>〈平州・尖足平首布〉<br><br>川<br>〈茲氏・尖足平首布〉<br><br>川<br>〈閔半・尖足平首布〉<br><br>示<br>〈明・弧背齊刀〉 |
| 二十九 | | | | 川七<br>〈茲氏・尖足平首布〉<br><br>屮<br>〈茲氏半・尖足平首布〉<br><br>坐<br>〈大陰・尖足平首布〉 |

| | | | | |
|---|---|---|---|---|
| 三十 | 《合》（40699） | 〈智鼎〉<br>〈毛公鼎〉 | | 〈閟・圓足平首布〉<br>〈大陰・尖足平首布〉<br>〈齊大刀・齊刀〉<br>〈明・弧背齊刀〉<br>〈明・弧背燕刀〉 |
| 三十一 | | | | 〈茲氏半・平襠方足平首布〉<br>〈茲氏半・尖足平首布〉 |
| 三十二 | | | | 〈平州・尖足平首布〉 |
| 三十三 | | | | 〈茲氏半・尖足平首布〉 |
| 三十四 | | | | 〈文陽・尖足平首布〉 |
| 三十五 | | | | 〈茲氏・尖足平首布〉 |

| | | | | |
|---|---|---|---|---|
| | | | | 〈平匋·尖足平首布〉 |
| 三十六 | | | | 〈大陰·尖足平首布〉<br>〈晉陽·尖足平首布〉 |
| 三十七 | | | | 〈茲氏半·平襠方足平首布〉<br>〈大陰·尖足平首布〉 |
| 三十八 | | | | 〈平州·尖足平首布〉 |
| 三十九 | | | | 〈茲氏半·尖足平首布〉<br>〈襄城·尖足平首布〉 |
| 四十 | 《合》（672正） | 〈智鼎〉 | | 〈平陶·平襠方足平首布〉<br>〈大陰·尖足平首布〉<br>〈閔·圓足平首布〉 |

| | | | |
|---|---|---|---|
| 四十一 | | | 〈茲氏半・尖足平首布〉 |
| 四十二 | | | 〈文陽・尖足平首布〉<br>〈閔・圓足平首布〉<br>〈明・弧背燕刀〉 |
| 四十四 | | | 〈茲氏半・尖足平首布〉 |
| 四十五 | | | 〈茲氏半・尖足平首布〉 |
| 四十六 | | | 〈閔・圓足平首布〉 |
| 四十八 | | | 〈茲氏半・尖足平首布〉 |
| 四十九 | | | 〈茲氏半・尖足平首布〉 |
| 五十 | 《合》（312）<br>《合》（10794 反） | 〈大盂鼎〉<br>〈虢季子白盤〉 | 〈叔尸鐘〉 | 〈襄城・尖足平首布〉<br>〈離石・圓足平首布〉 |

| | | | |
|---|---|---|---|
| 五十一 | | | ⚹ 〈茲氏半・尖足平首布〉 |
| 五十二 | | | ⚹ 〈閔・圓足平首布〉 |
| 五十三 | | | ⚹ 〈茲氏半・尖足平首布〉 / ⚹ 〈閔・圓足平首布〉 |
| 五十四 | | | ⚹ 〈茲氏半・尖足平首布〉 / ⚹ 〈閔・圓足平首布〉 |
| 五十五 | | | ⚹ 〈離石・圓足平首布〉 |
| 五十八 | | | ⚹ 〈茲氏半・尖足平首布〉 / ⚹ , ⚹ 〈襄城・尖足平首布〉 / ⚹ 〈離石・圓足平首布〉 |
| 五十九 | | | ⚹ 〈襄城・尖足平首布〉 |

| 六十 | 朮《合》（10307）<br><br>朳《合》（17888） | | ↓〈六十・尖首刀〉 | 夵〈離石・圓足平首布〉<br><br>朾〈明・弧背燕刀〉 |
| --- | --- | --- | --- | --- |
| 六十二 | | | | 夿〈関・圓足平首布〉 |
| 六十三 | | | | 昗〈襄城・尖足平首布〉<br><br>夵〈離石・圓足平首布〉 |
| 六十四 | | | | 昗〈襄城・尖足平首布〉<br><br>夿〈関・圓足平首布〉 |
| 六十五 | | | | 昗〈襄城・尖足平首布〉 |
| 六十八 | | | | 夰〈関・圓足平首布〉 |
| 七十三 | | | | 丰，丰〈関・圓足平首布〉 |
| 七十七 | | | | 廾〈陽曲・尖足不首布〉 |

| 八十 | 《合》（36481） | 〈小盂鼎〉 | 〈八十・尖首刀〉 | |
|---|---|---|---|---|
| 八十一 | | | 〈八十一・尖首刀〉 | |
| 九十二 | | | | 〈明・弧背燕刀〉 |
| 九十九 | | | | 〈陽曲・尖足平首布〉 |
| 一百 | | | | 〈齊大刀・齊刀〉 |
| 一八一 | | | | 〈明・弧背齊刀〉 |
| 六一八 | | | | 〈明・折背刀〉 |

### （三）數量詞合文

「一刀」合文的形體，寫作「」〈明・弧背齊刀〉。從「刀」的「則」字於兩周金文作「」〈兮甲盤〉、「」〈洹子孟姜壺〉，「刀」的形體正與貨幣文字相同，書寫時將「一」、「刀」二字緊密結合，壓縮於一個方塊中。以數目字加上「刀」者，亦見於戰國時期的銅器銘文，如：「重百一十刀之重」〈十年銅盒〉、「重一石三百五十五刀之重」〈十年燈座〉等，貨幣中的「一刀」應與貨幣的「面額」有關。

「八刀」合文的形體，寫作「」〈明・弧背齊刀〉。書寫時將「八」、「刀」二字緊密結合，壓縮於一個方塊中。「八刀」應與貨幣的「面額」有關。

「十四丁」合文的形體，寫作「」〈明・弧背燕刀〉。「丁」字於兩周金文作「」〈虢季子白盤〉、「」〈王孫壽甗〉，書寫時將「十」、「四」、「丁」三字緊密結合，壓縮於一個方塊中。〈明・弧背燕刀〉的幕文常見「左×」或「右×」，「×」有時是數目字，如：一、二、三、四、五、六、七、八、九、

十、廿、卅、千等；有時爲「万」字；或爲天干地支，如：子、丑、乙、丁等；或爲某文字，如：上、下、工、卜、大、土、又、刀、立、吉、兆、邑、成、止、昌、足、可等，究其意義，尚無法確知。又燕國刀幣中習見的「◻」，何琳儀將之釋爲「四」字〔註14〕，但從辭例觀察，並非所有的「◻」皆能釋爲「四」，若將「☒」改釋爲「十四四」則無法識讀。換言之，貨幣文字的形體十分多變，某一個文字或見二個以上的形體，「◻」有時可爲「四」字，有時則爲「丁」字，須依據辭例的差異判斷其字形。

「六万」合文的形體，寫作「☒」〈明·弧背齊刀〉、「☒」〈明·弧背燕刀〉。「☒」字或釋爲「萬」〔註15〕，或釋爲「万」〔註16〕，或釋爲「丙」而借爲「万」〔註17〕，「萬」字習見於兩周金文，如：「☒」〈豆閉簋〉、「☒」〈靜簋〉、「☒」〈令狐君嗣子壺〉，與「☒」形體不符，今暫從張頷、湯餘惠之言。至於其意義爲何，尚無法確知。書寫時將二字緊密結合，壓縮於一個方塊中。

「七万」合文的形體，寫作「☒」〈明·弧背齊刀〉。書寫時將二字緊密結合，壓縮於一個方塊中。

「八万」合文的形體，寫作「☒」〈明·弧背燕刀〉。書寫時將二字緊密結合，壓縮於一個方塊中。

「十万」合文的形體，寫作「☒」〈明·弧背齊刀〉。書寫時將二字緊密結合，壓縮於一個方塊中。

「六六万」合文的形體，寫作「☒」〈明·弧背齊刀〉。書寫時將三字緊密結合，壓縮於一個方塊中。

「千万」合文的形體，寫作「☒」〈明·弧背齊刀〉。書寫時將二字緊密結合，壓縮於一個方塊中。

---

〔註14〕〈釋四〉，《古幣叢考（增訂本）》，頁 24～29。

〔註15〕商承祚、王貴忱、譚棣華：《先秦貨幣文編》，頁 227，北京，書目文獻出版社，1983 年。

〔註16〕張頷：《古幣文編》，頁 247，北京，中華書局，1986 年；湯餘惠等：《戰國文字編》，頁 1027，福州，福建人民出版社，2001 年。

〔註17〕吳良寶：《先秦貨幣文字編》，頁 149，頁 248，福州，福建人民出版社，2006 年。

（表 5-3）

| 字　例 | 殷　商 | 西　周 | 春　秋 | 戰　國 |
|---|---|---|---|---|
| 一刀 | | | | 〈明・弧背齊刀〉 |
| 八刀 | | | | 〈明・弧背齊刀〉 |
| 十四丁 | | | | 〈明・弧背燕刀〉 |
| 六万 | | | | 〈明・弧背齊刀〉<br>〈明・弧背燕刀〉 |
| 七万 | | | | 〈明・弧背齊刀〉 |
| 八万 | | | | 〈明・弧背燕刀〉 |
| 十万 | | | | 〈明・弧背齊刀〉 |
| 六六万 | | | | 〈明・弧背齊刀〉 |
| 千万 | | | | 〈明・弧背齊刀〉 |

## （四）其他合文

「亼釿」合文的形體，寫作「」〈亼釿・平肩空首布〉。「亼」字或釋
爲「公」〔註18〕，或釋爲「亼」爲「沈」的古文。〔註19〕「公」字習見於兩

---

〔註18〕《古幣文編》，頁 257；《戰國文字編》，頁 993。

〔註19〕《中國錢幣大辭典・先秦編》，頁 93。

周金文，如：「🐰」〈沈子它簋蓋〉、「🔔」〈毛公鼎〉，與「㕣」的形體十分相近。「釿」爲貨幣單位，於「釿」字之前增添「×」者，亦見於周王畿之貨幣，如：〈郱釿・平肩空首布〉，「郱」字據考證應爲「費」，春秋戰國時屬周〔註20〕，「㕣」於此應爲地望，釋爲「公」字，難以考其地望，今暫從學者之考證，爲「沈」的古文。

「一行」合文的形體，寫作「北」〈行・針首刀〉。「行」字於兩周金文作「北」〈虢季子白盤〉，書寫時將「一」字插置於「行」字的中間，壓縮於一個方塊中。究其意義，尚無法確知。

「圣朱」合文的形體，寫作「𥻗」〈圣朱・蟻鼻錢〉。「圣朱」一詞，初尚齡釋爲「斜」字〔註21〕，高煥文釋爲「有土之本」四字〔註22〕，又據高煥文之言或見釋爲「怪奉」二字〔註23〕，馬昂釋爲「當各六朱」四字〔註24〕，方若釋爲「洛一朱」三字〔註25〕，鄭家相釋爲「女六朱」三字〔註26〕，又據鄭家相之言或見《古化集詠》釋爲「各一朱」三字〔註27〕，朱活釋爲「圣朱」二字，本作「好錢」之意，後改作「資」字解，〔註28〕李家浩釋爲「五朱」二字〔註29〕，黃錫全釋爲「圣朱」二字，讀爲「輕朱」，指「輕小的貨幣」。〔註30〕今觀察該

〔註20〕《中國錢幣大辭典・先秦編》，頁142。

〔註21〕〔清〕初尚齡：《吉金所見錄》（收錄於《說錢》），頁789，上海，上海科技教育出版社，1993年。

〔註22〕〔清〕高煥文：《癖泉臆說》（收錄於《說錢》），頁337，上海，上海科技教育出版社，1993年。

〔註23〕《癖泉臆說》（收錄於《說錢》），頁337。

〔註24〕〔清〕馬昂：《貨布文字考》（收錄於《說錢》），頁959，上海，上海科技教育出版社，1993年。

〔註25〕〔清〕方若：《言錢別錄・補錄》（收錄於《說錢》），頁888，上海，上海科技教育出版社，1993年。

〔註26〕鄭家相：《中國古代貨幣發展史》，頁176，香港，龍門書店，1978年。

〔註27〕《中國古代貨幣發展史》，頁176。

〔註28〕朱活：〈蟻鼻新解——兼談楚國地方性的布錢「旆錢當釿」〉，《古泉新探》，頁198～199，濟南，齊魯書社，1984年。

〔註29〕轉引自趙德馨：《楚國的貨幣》，頁224，武漢，湖北教育出版社，1995年。

〔註30〕黃錫全：〈楚銅貝貝文粹義新探〉，《先秦貨幣研究》，頁228，北京，中華書局，2001

字形體，上半部從「圣」，下半部從「朱」。「圣」字於兩周金文作「圣」〈楚王酓忎盤〉，「朱」字作「朱」〈廿七年衛簋〉、「朱」〈師酉簋〉。將之釋作「圣朱」二字合文應可信，其意可能為黃錫全之言。

　　「大刀」合文的形體，寫作「夻」〈節墨大刀・齊刀〉。「大」字於兩周金文作「大」〈師同鼎〉，「刀」字作「刀」〈節墨之大刀・齊刀〉，書寫時將「大」字插置於「刀」字的中間，壓縮於一個方塊中。

　　「右一」合文的形體，寫作「圣」〈明・弧背燕刀〉。「右」字於兩周金文作「圣」〈班簋〉、「圣」〈番生簋蓋〉，書寫時將「右」、「一」二字緊密結合，壓縮於一個方塊中。究其意義，尚無法確知。

　　「右六」合文的形體，寫作「亘」〈明・弧背燕刀〉。書寫時將「右」、「六」二字緊密結合，壓縮於一個方塊中。

　　「右八」合文的形體，寫作「灵」〈明・弧背燕刀〉。書寫時將「右」、「八」二字緊密結合，壓縮於一個方塊中。

　　「右九」合文的形體，寫作「𡚾」〈明・弧背燕刀〉。書寫時將「右」、「九」二字緊密結合，壓縮於一個方塊中。

　　「右十」合文的形體，寫作「吾」〈明・弧背燕刀〉。書寫時將「右」、「十」二字緊密結合，壓縮於一個方塊中。

　　「右上」合文的形體，寫作「圣」〈明・弧背燕刀〉。書寫時將「右」、「上」二字緊密結合，壓縮於一個方塊中。

　　「右万」合文的形體，寫作「萎」〈明・弧背燕刀〉。書寫時將「右」、「万」二字緊密結合，壓縮於一個方塊中。

　　「左一」合文的形體，寫作「乇」〈明・弧背燕刀〉。「左」字於兩周金文作「乇」〈虢季子白盤〉，書寫時將「左」、「一」二字緊密結合，壓縮於一個方塊中。

　　「左十一」合文的形體，寫作「圭」〈明・弧背燕刀〉。書寫時將「左」、「十」、「一」三字緊密結合，壓縮於一個方塊中。

　　「工行」合文的形體，寫作「夰」〈明・弧背燕刀〉。「工」字於兩周金文作「工」〈散氏盤〉，「行」字作「行」〈虢季子白盤〉，書寫時將「工」字插置

年。

於「行」字的中間，壓縮於一個方塊中。究其意義，尚無法確知。

（表 5-4）

| 字例 | 殷　商 | 西　周 | 春　秋 | 戰　國 |
|---|---|---|---|---|
| 合釿 | | | <br>〈合釿‧平肩空首布〉 | |
| 一行 | | | <br>〈行‧針首刀〉 | |
| 圣朱 | | | | <br>〈圣朱‧蟻鼻錢〉 |
| 大刀 | | | | <br>〈節墨大刀‧齊刀〉 |
| 右一 | | | | <br>〈明‧弧背燕刀〉 |
| 右六 | | | | <br>〈明‧弧背燕刀〉 |
| 右八 | | | | <br>〈明‧弧背燕刀〉 |
| 右九 | | | | <br>〈明‧弧背燕刀〉 |
| 右十 | | | | <br>〈明‧弧背燕刀〉 |
| 右上 | | | | <br>〈明‧弧背燕刀〉 |
| 右万 | | | | <br>〈明‧弧背燕刀〉 |

| | | | | |
|---|---|---|---|---|
| 左一 | | | | <br>〈明・弧背燕刀〉 |
| 左十一 | | | | <br>〈明・弧背燕刀〉 |
| 工行 | | | | <br>〈明・弧背燕刀〉 |

## 二、增添合文符號「＝」者

### （一）地望合文

「陰安」合文的形體，寫作「」、「」〈陰安・弧襠方足平首布〉。「陰」字於兩周金文作「」〈陰平劍〉，「安」字作「」〈公貿鼎〉。左側爲「陰」字，右側爲「安」字，二者緊密結合，壓縮於一個方塊中，並於該字左下方增添合文符號「＝」。「陰安」一詞雖未見於傳世文獻，但文獻中習見「陰安」，如：《史記・孝文本紀》云：「臣謹請陰安侯。」〈索隱〉云：「韋昭曰：『陰安屬魏郡也。』」〔註31〕《漢書・地理志》王先謙〈補注〉云：「故城，今清豐縣北二十里。」〔註32〕「陰安」可通假爲「陰安」，其地望在今日河南省清豐縣北方。

「行易」合文的形體，寫作「」〈南行易・三孔平首布〉。「行」字於兩周金文作「」〈虢季子白盤〉，「易」字作「」〈小臣宅簋〉。中間爲「易」字，插置於「行」字的中央，二者緊密結合，壓縮於一個方塊中，並於該字右下方增添合文符號「＝」。「行易」爲地望。「易」字反切爲「與章切」，上古音屬「余」紐「陽」部；「唐」字反切爲「徒郎切」，上古音屬「定」紐「陽」部，二者發聲部位相同，余定旁紐，疊韻。「行易」可通假爲「行唐」。〔註33〕「行唐」一詞又見於傳世文獻，如：《史記・趙世家》云：「八年，城南行唐。」〈集解〉云：「徐廣曰：『在常山，屬冀州，爲南行唐築城。』」〈正義〉云：「《括地志》云：『行唐縣，今直隸正定府行唐縣北。』」〔註34〕「行唐」在今日河北省

〔註31〕《史記會注考證》，頁188。

〔註32〕《漢書補注》，頁731。

〔註33〕〈戰國貨幣考（十二篇）〉，《古文字論集》，頁433～434。

〔註34〕《史記會注考證》，頁686。

行唐縣北方。

（表 5-5）

| 字　例 | 殷　　商 | 西　　周 | 春　　秋 | 戰　　國 |
|---|---|---|---|---|
| 陰安 | | | | <br>〈陰安·弧襠方足平首布〉 |
| 行易 | | | | <br>〈南行易·三孔平首布〉 |

## （二）數字合文

「五十」合文的形體，寫作「」〈梁重釿五十當寽·弧襠方足平首布〉。增添合文符號「＝」的現象，於戰國文字十分習見，如：「」〈郭店·唐虞之道 26〉、「」〈一十年燈座〉，又與〈梁重釿五十當寽·弧襠方足平首布〉的貨幣相近者，如：〈梁重釿百當寽·弧襠方足平首布〉，將之與貨幣文字相較，「」之「五十」右下方的「＝」應爲合文符號，而非「二」字。

（表 5-6）

| 字　例 | 殷　　商 | 西　　周 | 春　　秋 | 戰　　國 |
|---|---|---|---|---|
| 五十 | <br>《合》（8986） | <br>〈師同鼎〉<br><br>〈虢季子白盤〉 | | <br>〈梁重釿五十當寽·弧襠方足平首布〉 |

　　總之，不增添合文符號者，分見於地望、數字、數量詞、其他等四項；增添合文符號「＝」者，分見於地望、數字等二項。從相關材料顯示，增添合文符號的情形十分少見，究其因素，無論是增添「＝」或「-」，都容易讓貨幣的使用者誤以爲是數字「一」或「二」，造成使用的不便，爲了讓貨幣的流通、使用無礙，爲了讓持有或使用者能馬上辨識，惟有省去書寫時常用的合文符號「＝」或「-」。

## 第三節　共用筆畫省筆合文

共用筆畫，何琳儀稱之爲「合文借用筆畫」〔註35〕，指在壓縮成爲一個方塊字時，甲字具有的某一筆畫，乙字亦具有，甲、乙二字共用相同的某一筆畫。一般而言，係第一字的最末一筆，與第二字的第一筆，共用一個筆畫。

### 一、未增添合文符號者

#### （一）地望合文

「盧氏」合文的形體，寫作「」〈盧氏・斜肩空首布〉。「盧」字於兩周金文作「」〈盧氏・斜肩空首布〉，「氏」字作「」〈散氏盤〉、「」〈毛公鼎〉、「」〈盧氏・斜肩空首布〉。上半部爲「盧」字，下半部爲「氏」字，由於「盧」字收筆爲橫畫，「氏」字起筆亦爲橫畫，共用其中一筆橫畫。「盧氏」一詞又見於傳世文獻，如：《竹書紀年》云：「（晉出公）十九年，韓龐取盧氏城。」〔註36〕據史書所載，出公十九年，韓、趙、魏三家已自晉國分出，「盧氏」自出公十九年後爲韓國的地望。

（表 5-7）

| 字例 | 殷　商 | 西　周 | 春　秋 | 戰　國 |
|---|---|---|---|---|
| 盧氏 | | | <br>〈盧氏・斜肩空首布〉 | |

#### （二）數字合文

「四十」合文的形體，寫作「」〈明・弧背燕刀〉。將之與〈明・弧背燕刀〉相較，作「」者，除了將二個「二十（）」疊加外，更共用了「」相同的橫畫。

「二千」合文的形體，寫作「」〈明・弧背燕刀〉。「千」字於兩周金文作「」〈禹鼎〉，將之與貨幣文字相較，「二」字置於「千」字的豎畫上，共用其中一筆橫畫，並將二者緊密結合，壓縮於一個方塊中。

---

〔註35〕何琳儀：《戰國文字通論》，頁 191，北京，中華書局，1989 年。

〔註36〕王國維校補：《古本竹書紀年輯校》，頁 22，臺北，藝文印書館，1974 年。

（表5-8）

| 字例 | 殷　商 | 西　周 | 春　秋 | 戰　國 |
|---|---|---|---|---|
| 四十 | <br>《合》（672 正） | <br>〈智鼎〉 | | <br>〈明·弧背燕刀〉 |
| 二千 | | | | <br>〈明·弧背燕刀〉 |

## （三）數量詞合文

「二万」合文的形體，寫作「」〈明·弧背齊刀〉。上半部爲「二」字，下半部爲「万」字，由於「二」字收筆爲橫畫，「万」字起筆亦爲橫畫，共用其中一筆橫畫，並將二字緊密結合，壓縮於一個方塊中。

「三万」合文的形體，寫作「」〈明·弧背齊刀〉。上半部爲「三」字，下半部爲「万」字，由於「三」字收筆爲橫畫，「万」字起筆亦爲橫畫，共用其中一筆橫畫，並將二字緊密結合，壓縮於一個方塊中。

（表5-9）

| 字例 | 殷　商 | 西　周 | 春　秋 | 戰　國 |
|---|---|---|---|---|
| 二万 | | | | <br>〈明·弧背齊刀〉 |
| 三万 | | | | <br>〈明·弧背齊刀〉 |

## （四）其他合文

「人刀」合文的形體，寫作「」〈白人刀·直刀〉。從「刀」的「初」字於兩周金文作「」〈靜簋〉，「人」字作「」〈散氏盤〉。「人」與「刀」字的形體十分相近，以戰國時期的楚系簡帛文字爲例，「刀」字作「」、「」、「」，「人」字作「」、「」、「」、「」、「」、「」、「」〔註37〕，從二者得形的文字時有混淆的現象，如：「邵」字作「」〈包山221〉或「」〈包山223〉。當二字以合書方式書寫時，上半部爲「人」字，下半

---

〔註37〕《戰國文字構形研究》，頁425。

部爲「刀」字，二者共用相同的長筆畫，緊密結合並壓縮於一個方塊中。

　　「左下」合文的形體，寫作「⿱」〈明・弧背燕刀〉。「左」字於兩周金文作「⿰」〈齊𥂴壺〉，「下」字作「⿱」〈番生簋蓋〉、「下」〈哀成叔鼎〉。上半部爲「左」字，下半部爲「下」字，由於「左」字收筆爲橫畫，「下」字起筆亦爲橫畫，共用其中一筆橫畫，並將二字緊密結合，壓縮於一個方塊中。

（表 5-10）

| 字　例 | 殷　　商 | 西　　周 | 春　　秋 | 戰　　國 |
|---|---|---|---|---|
| 人刀 | | | | 𠤎<br>〈白人刀・直刀〉 |
| 左下 | | | | ⿱<br>〈明・弧背燕刀〉 |

　　總之，共用筆畫省筆合文中目前僅見不增添合文符號者，如：地望、數字、數量詞、其他等四項。據不省筆合文的討論，不增添合文符號的現象，應是爲了讓使用者能易於辨識所致。

# 第四節　共用偏旁省筆合文

　　共用偏旁，何琳儀稱之爲「合文借用偏旁」〔註 38〕，指在壓縮成爲一個方塊字時，甲字具有的某一偏旁，乙字亦具有，採取合書方式時，甲、乙二字共用相同的某一偏旁。

## 一、未增添合文符號者

### （一）地望合文

　　「邶邢」合文的形體，寫作「⿰」〈邶邢・平襠方足平首布〉。〔註 39〕「邶」字從邑北聲，「邢」字從邑亓聲，又「北」字於兩周金文作「⿰」〈七年趞曹鼎〉，「亓」字作「⿱」〈子禾子釜〉，「邑」字作「⿱」〈散氏盤〉。左側爲「邑」字，右側上半部爲「北」字，下半部爲「亓」字，以「⿰」字的形體結構言，

---

〔註 38〕《戰國文字通論》，頁 192。

〔註 39〕《中國錢幣大辭典・先秦編》，頁 280。

應爲「邶」、「邧」二字的組合。二字以合書方式書寫時，由於「邶」、「邧」具有偏旁「邑」，遂共用相同的偏旁「邑」。「邶邧」爲地望名稱。「邶」字反切爲「蒲味切」，上古音屬「並」紐「職」部；「北」字反切爲「博黑切」，上古音屬「幫」紐「職」部，二者發聲部位相同，幫並旁紐，疊韻。又「邧」字所從之「亓」與「箕」二字反切同爲「居之切」，上古音屬「見」紐「之」部，雙聲疊韻。「邶邧」可通假爲「北箕」。「北箕」一詞又見於傳世文獻，如：《漢書‧韓信列傳》云：「與信夾濰水陳」，顏師古〈注〉云：「濰音維，濰水出琅邪北箕縣。」〔註40〕「琅邪」地處山東，與〈邶邧‧平襠方足平首布〉的鑄造國別不同。據何琳儀考證，「邶邧」或在山西太谷東，或在山西省蒲縣東北〔註41〕，今從其說。

（表 5-11）

| 字 例 | 殷 商 | 西 周 | 春 秋 | 戰 國 |
|---|---|---|---|---|
| 邶 | | | | 〈邶邧‧平襠方足平首布〉 |

總之，共用偏旁省筆合文中目前僅見不增添合文符號者，如：地望一項。

## 第五節　借用部件省筆合文

借用部件，指甲字具有的某一部件，乙字裡亦見相近者，在壓縮成爲一個方塊字時，借用相近的部件。

### 一、未增添合文符號者

#### （一）數字合文

「五千」合文的形體，寫作「⚡」〈明‧弧背齊刀〉。「千」字於兩周金文作「千」〈大盂鼎〉，「五」字作「Ⅹ」〈頌鼎〉，將之與貨幣文字相較，「五」

---

〔註40〕《漢書補注》，頁 945。

〔註41〕何琳儀：〈三晉方足布彙釋〉，《古幣叢考》，頁 230，臺北，文史哲出版社，1996年。

字置於「千」字的豎畫上，二者緊密結合，壓縮於一個方塊中，「五」字除了與「千」共用一道橫畫外，並借用「千」的豎畫，以爲「×」之「＼」筆畫。

（表 5-12）

| 字　例 | 殷　　商 | 西　　周 | 春　　秋 | 戰　　國 |
|---|---|---|---|---|
| 五千 | | | | <br>〈明・弧背齊刀〉 |

## （二）其他合文

「中昌三」合文的形體，寫作「𖠿」〈明・弧背燕刀〉。「中」字於兩周金文作「中」〈中都戈〉、「𠃌」〈明・折背刀〉；「昌」字作「𣅱」〈蔡侯盤〉，從日從口，「𣅲」《古璽彙編》（0178），從口從甘，「𣅲」《古陶文彙編》（4.79），從日從甘；「三」字作「三」〈鄂君啓舟節〉。將字形相較，貨幣「昌」字上半部的形體與「中」字下半部的形體相近，遂以借用部件的方式書寫，至於「昌」字所從之「甘」，其間的短橫畫則以「×」取代。

「右万」合文的形體，寫作「𣂼」〈明・弧背燕刀〉。「右」字於兩周金文作「𠂇」〈頌鼎〉、「𠂇」〈毛公鼎〉，將之與貨幣文字相較，「右」字置於「万」字上，「右」字下方爲「口」，寫作「𠙵」，「万」字的起筆爲橫畫，寫作「一」，書寫時將「右」、「万」二字緊密結合，壓縮於一個方塊中，並借用「一」作爲「𠙵」的筆畫。

（表 5-13）

| 字　例 | 殷　　商 | 西　　周 | 春　　秋 | 戰　　國 |
|---|---|---|---|---|
| 中昌三 | | | | <br>〈明・弧背燕刀〉 |
| 右万 | | | | <br>〈明・弧背燕刀〉 |

總之，借用部件省筆合文中目前僅見不增添合文符號者，如：數字、其他等二項。

## 第六節　刪減偏旁省筆合文

刪減偏旁，何琳儀稱之爲「合文刪簡偏旁」〔註 42〕，指在壓縮成爲一個方塊字時，刪減某一字的部分偏旁、部件，或是將兩個或兩個字以上的部分偏旁、部件，皆予以刪減。

### 一、未增添合文符號者

#### （一）地望合文

「少曲」合文的形體，寫作「▨」〈少曲市南・平肩空首布〉。「少」字於兩周金文作「▨」〈蔡侯紐鐘〉，「曲」字作「▨」〈曾子斿鼎〉。將字形相較，貨幣「▨」上半部的字形，並非「少」字，應爲「小」字；又比較貨幣與〈曾子斿鼎〉的「曲」字，前者將「曲」字以剪裁省減的方式書寫，僅保留其基本的特徵。「少」字反切爲「書沼切」或「失照切」，上古音屬「書」紐「宵」部；「小」字反切爲「私兆切」，上古音屬「心」紐「宵」部，疊韻，理可通假。「少曲」一詞又見於傳世文獻，如：《史記・蘇秦列傳》云：「我起乎少曲，一日而斷大行。」〈索隱〉云：「地名，近宜陽也。」〈正義〉云：「在懷州河陽縣西北。」〔註 43〕在今日河南省孟縣。

「安臧」合文的形體，寫作「▨」、「▨」、「▨」、「▨」〈安臧・平肩空首布〉。「安」字於兩周金文作「▨」〈我方鼎〉，「臧」字作「▨」〈異伯子宖父盨〉。貨幣文字裡上半部爲「安」字，下半部爲「臧」字。寫作「▨」、「▨」者，係省減「▨」之「女」的部分筆畫、形體；寫作「▨」、「▨」者，係省減「戕」的部分筆畫，寫作「▨」、「▨」者，除了省略「目」的形體外，亦省減部分「戕」的筆畫。「安臧」一詞未見於傳世文獻，學者指出其義或爲「安定庫藏」〔註 44〕，「平肩空首布」習見將地望鑄於其間，如：「安周」、「少曲」等，「安臧」於此亦應爲地望名稱。

「高安」合文的形體，寫作「▨」〈高安一釿・弧襠方足平首布〉。〔註 45〕

---

〔註 42〕《戰國文字通論》，頁 193。

〔註 43〕《史記會注考證》，頁 887。

〔註 44〕《中國錢幣大辭典・先秦編》，頁 112。

〔註 45〕〈戰國貨幣考（十二篇）〉，《古文字論集》，頁 442～443。

「高」字於兩周金文作「 高 」〈瘐鐘〉、「 高 」〈噩君啓車節〉，「安」字作「 安 」〈哀成叔鼎〉。上半部爲「高」字，下半部爲「安」字。將〈噩君啓車節〉與〈高安一釿・弧襠方足平首布〉的「高」字相較，後者省減「口」；將〈哀成叔鼎〉與〈高安一釿・弧襠方足平首布〉的「安」字相較，後者省減「宀」，二字合書時，寫作「 高安 」。「高安」一詞又見於傳世文獻，如：《史記・趙世家》云：「四年，與秦戰高安。」〈正義〉云：「蓋在河東」。〔註46〕故知「高安」爲地望，位於河東，即今日之山西省。

「平匋」合文的形體，寫作「 平匋 」〈平匋・平襠方足平首布〉。「平」字於兩周金文作「 平 」〈屬羌鐘〉，「匋」字作「 匋 」〈鼏公劍〉。將字形相較，上半部爲「平」字，下半部爲「匋」字，貨幣合文的「匋」字省減「口」的部分，二者緊密結合，壓縮於一個方塊中。「平匋」爲地望，據「不省筆合文之未增添合文符號」中考釋，「平匋」可通假爲「平陶」，其地望在今日山西省文水縣西南。

「俞即」合文的形體，寫作「 俞即 」〈榆即・尖足平首布〉，「 俞即 」、「 俞即 」〈榆即半・尖足平首布〉。「俞」字於殷周金文作「 俞 」〈舩舌盤〉、「 俞 」〈冀作又母辛鬲〉、「 俞 」〈魯伯俞父簠〉，「即」字作「 即 」〈頌鼎〉。將字形相較，「 俞即 」、「 俞即 」右側皆爲「俞」字，左側爲「即」字，「 俞即 」的上半部爲「俞」字，下半部爲「即」字。寫作「 日 」或「▽」者，除了省減「 即 」的聲符「卩」外，更省減「皀」的部分筆畫；寫作「 弓 」或「 力 」者，係省略「舟」的形體，保留「余」聲。「俞即」一詞未見於傳世文獻，卻習見「榆次」，如：《史記・秦本紀》云：「三年，蒙驁攻魏高都、汲，拔之；攻趙榆次、新城、狼孟，取三十七城。」〈正義〉云：「《括地志》云：『榆次，并州縣，即古榆次地也。』」〔註47〕「俞」、「榆」二字反切同爲「羊朱切」，上古音屬「余」紐「侯」部，雙聲疊韻。「即」字反切爲「子力切」，上古音屬「精」紐「質」部；「次」字反切爲「七四切」，上古音屬「清」紐「脂」部，精清旁紐。「俞即」可通假爲「榆次」，其地望在今日山西省榆次縣。

---

〔註46〕《史記會注考證》，頁678。

〔註47〕《史記會注考證》，頁103。

　　「膚虎」合文的形體，寫作「（圖）」〈膚虒半・尖足平首布〉。「膚」字於兩周金文作「（圖）」〈九年衛鼎〉，「虎」字作「（圖）」〈番生簋蓋〉、「（圖）」〈毛公鼎〉。上半部爲「膚」字，下半部爲「虎」字。將〈九年衛鼎〉與〈膚虒半・尖足平首布〉的「膚」字相較，後者省減「膚」字下半部的形體；將〈毛公鼎〉與〈膚虒半・尖足平首布〉的「虎」字相較，後者省減「虎」字部分的形體，二字合書時，寫作「（圖）」。「膚虎」一詞爲地望。〔註48〕「膚」字反切爲「甫無切」，上古音屬「幫」紐「魚」部；「慮」字反切爲「良倨切」，上古音屬「來」紐「魚」部，疊韻。又「虎」字反切爲「呼古切」，上古音屬「曉」紐「魚」部；「虒」字反切爲「息移切」，上古音屬「心」紐「支」部。又馬王堆帛書《六十四卦・訟》云：「或賜之般帶，終朝三挮之。」〔註49〕「挮」字從手從虎，今本作「上九，或錫之鞶帶，終朝三褫之。」〔註50〕「挮」字上古音屬「曉」紐「魚」部，「褫」字上古音屬「透」紐「支」部。故知「膚虎」可通假爲「慮虒」。「慮虒」一詞又見於傳世文獻，如：《後漢書・郡國志》云：「慮虒」，〈集解〉云：「今代州五臺縣東北」。〔註51〕「慮虒」地望在今日山西省五臺東北。

　　「行易」合文的形體，寫作「（圖）」〈南行易・三孔平首布〉。「行」字於兩周金文作「（圖）」〈虢季子白盤〉，「易」字作「（圖）」〈小臣宅簋〉、「（圖）」〈正易鼎〉。中間爲「易」字，插置於「行」字的中央，二者緊密結合，壓縮於一個方塊中。又「易」字上半部的形體從「⊙」，「⊙」下側爲「～」，「易」字下半部形體的起筆爲橫畫，書寫時借用「—」作爲「⊙」的筆畫。「行易」爲地望。據「不省筆合文之增添合文符號」中考釋，「行易」可通假爲「行唐」，其地望在今日河北省行唐縣北方。

---

〔註48〕〈戰國貨幣考（十二篇）〉，《古文字論集》，頁 440～441。

〔註49〕馬王堆漢墓帛書整理小組：〈馬王堆帛書《六十四卦》釋文〉，《文物》1984 年第 3 期，頁 1。

〔註50〕〔魏〕王弼注、〔晉〕韓康伯注、〔唐〕孔穎達等正義，《周易正義》，頁 35，臺北：藝文印書館，1993 年。

〔註51〕〔劉宋〕范曄撰、〔唐〕李賢注、〔清〕王先謙集解：《後漢書集解》，頁 1319，臺北，藝文印書館，1996 年。

（表 5-14）

| 字 例 | 殷　商 | 西　周 | 春　秋 | 戰　國 |
|---|---|---|---|---|
| 少曲 | | | <少曲市南・平肩空首布> | |
| 安臧 | | | | <安臧・平肩空首布> |
| 高安 | | | | <高安一釿・弧襠方足平首布> |
| 平匋 | | | | <平匋・平襠方足平首布> |
| 俞即 | | | | <榆即・尖足平首布><br><榆即半・尖足平首布> |
| 膚虎 | | | | <膚虍半・尖足平首布> |
| 行易 | | | | <南行易・三孔平首布> |

## （二）數字合文

「十五」合文的形體，或上半部為「十」字，下半部為「五」字，如：「〓」〈斁垣・平襠方足平首布〉；或將「五」字寫於「十」字的左側，如：「〓」〈下專・三孔平首布〉。「五」字於兩周金文作「𝕏」〈頌鼎〉，寫作「×」者，應為「𝕏」的省體。

「三十五」合文的形體，寫作「川∠」〈大陰・尖足平首布〉。將「五（×）」直接書寫在「三十（川）」的下方。

「四十一」合文的形體，上半部為「四」字，下半部為「一」字，如：「豆」〈明・弧背燕刀〉。「四」字於兩周金文作「三」〈六年召伯虎簋〉、「四」〈廿七年大梁司寇鼎〉，將之與貨幣文字相較，「豆」之「四」字，應為「四」的省體。又據文字識讀，應讀為「四一」，為「四十一」三字的省讀。

「四十五」合文的形體，寫作「业」〈茲氏半・尖足平首布〉，將「五（×）」直接書寫在「四十（川）」的下方。

「五十一」合文的形體，寫作「㐅」〈閑・圓足平首布〉。將「五（×）」書寫在「十」的上方，並將「一」字置於「十」字的右側，三者緊密結合，壓縮於一個方塊中。

「五十二」合文的形體，寫作「㐅」〈明・弧背燕刀〉，據文字識讀，應讀為「五二」，為「五十二」三字的省讀。

「五十三」合文的形體，寫作「㐅」〈茲氏半・尖足平首布〉，據文字識讀，應讀為「五三」，為「五十三」三字的省讀。

「五十四」合文的形體，寫作「㐅」〈茲氏半・尖足平首布〉，將「五（×）」直接書寫在「四」的上方；或作「㐅」〈明・弧背燕刀〉，「四」字於兩周金文作「三」〈毛公鼎〉、「㐅」〈徐王子旃鐘〉，將之與貨幣文字相較，作「▽」者，係省略「㐅」的形體所致。又據文字識讀，應讀為「五四」，為「五十四」三字的省讀。

「五十五」合文的形體，寫作「㐅㐅」〈平州・尖足平首布〉，或「㐅」、「㐅」〈茲氏半・尖足平首布〉，或「㐅」〈明・弧背燕刀〉。作「㐅㐅」者，將二個「五（×）」左右並置；作「㐅」者，將二個「五」上下置放，上下二個形體，皆為「㐅」的省體；作「㐅」者，於上下二個「五（×）」的中間加上「十」字，使之緊密結合，壓縮於一個方塊中。又據文字識讀，除了「㐅」形體外，餘者應讀為「五五」，為「五十五」三字的省讀。

「六十四」合文的形體，寫作「㐅」〈明・弧背燕刀〉，據文字識讀，應讀為「六四」，為「六十四」三字的省讀。

「八十四」合文的形體，寫作「㐅」〈明・弧背燕刀〉，據文字識讀，應讀

為「八四」，為「八十四」三字的省讀。

「一百」合文的形體，寫作「至」、「全」〈齊大刀・齊刀〉。「百」字於兩周金文作「百」〈矢令方彝〉、「全」〈𠭯盨壺〉、「全」〈兆域圖銅版〉，「一百」合文於兩周金文「百」〈多友鼎〉，將之與貨幣文字相較，作「至」、「全」的「百」字，皆為「全」或「全」的省體。

「二千」合文的形體，寫作「弖」〈明・弧背燕刀〉，或作「𤔡」〈明・弧背齊刀〉。「千」字於兩周金文作「千」〈大盂鼎〉，將之與貨幣文字相較，「二」字置於「千」字的豎畫上，以共用筆畫的方式書寫，二者緊密結合，壓縮於一個方塊中；作「弖」者，係省減「千」下半部的豎畫；作「𤔡」者，係省減「二」左側的形體。

（表 5-15）

| 字例 | 殷　商 | 西　周 | 春　秋 | 戰　國 |
|---|---|---|---|---|
| 十五 | 《合》（899） | | | 〈斁垣・平襠方足平首布〉<br>〈下專・三孔平首布〉 |
| 三十五 | | | | 〈大陰・尖足平首布〉 |
| 四十一 | | | | 〈明・弧背燕刀〉 |
| 四十五 | | | | 〈茲氏半・尖足平首布〉 |
| 五十一 | | | | 〈閔・圓足平首布〉 |

| | | | | |
|---|---|---|---|---|
| 五十二 | | | | <br>〈明‧弧背燕刀〉 |
| 五十三 | | | | <br>〈茲氏半‧尖足平首布〉 |
| 五十四 | | | | <br>〈茲氏半‧尖足平首布〉<br><br>〈明‧弧背燕刀〉 |
| 五十五 | | | | <br>〈平州‧尖足平首布〉<br><br>〈茲氏半‧尖足平首布〉<br><br>〈明‧弧背燕刀〉 |
| 六十四 | | | | <br>〈明‧弧背燕刀〉 |
| 八十四 | | | | <br>〈明‧弧背燕刀〉 |
| 一百 | | | | <br>〈齊大刀‧齊刀〉 |
| 二千 | | | | <br>〈明‧弧背燕刀〉<br><br>〈明‧弧背齊刀〉 |

## （三）其他合文

「氏半」合文的形體，寫作「🔣」〈茲氏半・尖足平首布〉。「氏」字於兩周金文作「🔣」、「🔣」〈散氏盤〉，「半」字作「🔣」〈秦公簋〉、「🔣」〈膚虎半・尖足平首步〉、「🔣」〈言半・直刀〉，將字形相較，「氏半」之「半」字係省減「🔣」下半部的若干筆畫，書寫時將「氏」、「半」二字緊密壓縮於一個方塊中。「氏半」一詞於此並無意義，其全稱爲「茲氏半」。「茲氏」一詞又見於傳世文獻，如：《漢書・地理志》云：「茲氏」，〈補注〉云：「夏侯嬰食邑茲氏。」又云：「今汾州府汾陽縣治」〔註52〕。「茲氏」戰國時期爲趙國地望，在今日山西省汾陽東南；「半」爲貨幣單位。

「右五」合文的形體，寫作「🔣」〈明・弧背燕刀〉。書寫時將「右」、「五」二字緊密結合，壓縮於一個方塊中。

「外盧」合文的形體，寫作「🔣」〈明・折背刀〉。「外」字於兩周金文作「🔣」〈靜簋〉、「🔣」〈子禾子釜〉；「盧」字上半部從「虍」，下半部從「金」，從「虍」的「虜」字於兩周金文作「🔣」〈班簋〉、「🔣」〈毛公鼎〉，「金」字於兩周金文作「🔣」〈毛公鼎〉、「🔣」〈鄂君啓舟節〉，「金」字形體內的短畫或爲二或爲四，形體並不固定，將之與貨幣文字相較，「盧」字寫作「🔣」，所從之「虍」係省減若干筆畫。書寫時將「外」、「盧」二字緊密結合，壓縮於一個方塊中。

「工行」合文的形體，寫作「🔣」〈明・弧背燕刀〉。「工」字於兩周金文作「工」〈虢季子白盤〉，「行」字作「🔣」〈兆域圖銅版〉，將之與貨幣文字相較，「工行」作「🔣」，書寫時除了將「工」字插置於「行」字的中間外，更省減「行」字若干筆畫。

「中行」合文的形體，寫作「🔣」、「🔣」、「🔣」〈明・弧背燕刀〉。「中」字於兩周金文作「中」〈衛鼎〉、「🔣」〈明・折背刀〉，「行」字作「🔣」〈奿盉壺〉，將〈衛鼎〉與燕國的「中」字相較，後者以收縮筆畫的方式，將「中」豎畫的下半部省減。書寫時或將「中」、「行」二字緊密結合，或進一步省略「中」字的形體，由「🔣」寫作「🔣」，與「行」字壓縮於一個方塊中。究其意義，尙無法確知。

---

〔註52〕《漢書補注》，頁 687，頁 1015。

「中中」合文的形體，寫作「 」〈明·弧背燕刀〉。書寫時將二字壓縮於一個方塊中。究其意義，尚無法確知。

（表5-16）

| 字 例 | 殷　商 | 西　周 | 春　秋 | 戰　國 |
|---|---|---|---|---|
| 氏半 | | | | 〈茲氏半·尖足平首布〉 |
| 右五 | | | | 〈明·弧背燕刀〉 |
| 外盧 | | | | 〈明·折背刀〉 |
| 工行 | | | | 〈明·弧背燕刀〉 |
| 中行 | | | | 〈明·弧背燕刀〉 |
| 中中 | | | | 〈明·弧背燕刀〉 |

總之，刪減偏旁省筆合文中目前僅見不增添合文符號者，如：地望、數字、其他等三項。

# 第七節　小　結

據上列的資料顯示，戰國文字習見的包孕合書，在貨幣文字中尚未見到，此外，合書時常見的合文符號亦甚少出現。貨幣具有交易媒介的功能，從使用貨幣的便利性言，以包孕合書的方式鑄寫文字，對使用者而言，可能不容易辨識，何以言之？包孕合書係指兩字之間形體借用的合文方式，表面上看似為一個單字，實際上是由二個字構成，只是書寫時省減了共同的偏旁，而此被省減的偏旁本身為一個獨立的單字。今觀察東周貨幣材料上的地望，或為單名，或為二字所組成，倘若以包孕合書的方式鑄寫，又未能添加合文符號「=」或「-」，

不僅會將鑄行地混淆，也可能失去便利性，甚或影響到該貨幣的流通，爲了避免此現象的發生，貨幣上的文字才未見以包孕合書的形式鑄寫。再者，增添合文符號「＝」或「－」，容易讓人誤以爲是數字「一」或「二」，反而產生交易紛爭，因此最好的方式即是不添加任何不必要的符號，減少使用上的不便。

從銅器或竹簡材料言，凡是十的倍數與其餘數之間的數目，表示的方式，多以「又」字連接〔註53〕，貨幣文字在記錄數目字時，尚未見此書寫的方式。以「五十五」爲例，或於兩個「五」字的中間加上「十」字，寫成三字的合文，讀爲「五十五」，或僅寫上兩個「五」字，表示此應讀作「五十五」。究其因素，應是受到空間影響所致，因空間有限，無法容納過多的文字，只要使用者知曉該貨幣的幣值即可，故無須以「又」字聯結，甚或亦可省略「十」字。此正符合《楚系簡帛文字研究》所言的「任意性」與「便利性」。〔註54〕

合文的書寫，並非單純的將二字或二字以上的文字，緊密結合並壓縮於一個方塊裡，它必須考慮文字間的形體差異，才能有不同的書寫形式。觀察東周貨幣文字，除了不省筆的形式外，採取省筆合文方式書寫者，若要以共用或借用的方式爲之，必須具有一定的條件限制：

一、合書的二字，必須同時具有相同的某一筆畫，才能共用筆畫，達到省減的目的。

二、合書的二字，必須同時具有相同的某一偏旁，才能共用偏旁，達到省減的目的。

三、合書的二字，必須同時具有相近的某一部件，才能借用部件，達到省減的目的。

〔註53〕《戰國文字構形研究》，頁544～546。

〔註54〕陳立：《楚系簡帛文字研究》，頁418，臺北，國立臺灣師範大學國文研究所碩士論文，1999年。

# 第六章　結　論

## 第一節　貨幣文字的特色

　　東周貨幣文字的研究，其時代涵蓋春秋與戰國時期，其中尤以戰國時期的材料最多，據《戰國文字構形研究》〔註1〕，戰國文字有其變易原則，如：

一、飾紋與飾筆大多增添於偏旁、部件、筆畫的上、下、左、右側。

二、無義偏旁多增添於某字或偏旁的上、下側。

三、為突顯某字的意義而添加義符。

四、為了文字識讀之便而增添聲符。

五、不任意簡化文字。

六、配合書寫工具，或是視覺的感受，由兩個或兩個以上偏旁組合的字，自由經營其位置。

七、使書寫便捷，將原本象形成分濃厚的文字，改以線條取代，但不任意分割形體。

八、形符的形體相近，或意義相近同、具有相當的聯繫者，而兩相代換。

九、具有聲韻關係的偏旁而兩相代換。

---

〔註1〕 陳立：《戰國文字構形研究》，頁 645～649，臺北：國立臺灣大學中國文學研究所博士論文，2004 年。

十、文字在隸變的過程，某些原本不同形體的字，化異爲同，形成相同的形體。

十一、合書字具有相同的筆畫、偏旁，或相近的部件，才能以共用、借用、包孕合書方式，達到省減的目的。

除了部分原則，如：第五、九、十外，餘者多與書寫於其他材質上的文字相同。茲將考察東周貨幣文字的結果，臚列於下：

一、飾筆大多增添於偏旁、部件、筆畫的上、下、左、右側。

（一）小圓點「‧」增添於較長的豎畫、一般橫畫或起筆橫畫的上方、從「口」的部件中。

小圓點「‧」的增添，在貨幣文字中雖無太多的限制，但仍以增添於較長豎畫上的情形最常見。其因係在橫畫的上側、下側、左側、右側增添小圓點，容易產生視覺的突兀，造成不協調或是不對稱的感覺，鑄寫時爲避免視覺的突兀遂少增添之。

（二）小空心圓點「。」增添於較長的筆畫。

小空心圓點「。」係由小圓點發展而來，在增添的位置上，亦與小圓點「‧」相近同，大多置於豎畫或是較長的筆畫。

（三）短橫畫「-」增添於一般橫畫或起筆橫畫的上方、較長的豎畫、偏旁或部件下方、從「口」、「▽」、「△」的部件中。

短橫畫「-」添置於橫畫、豎畫、部件時，不會產生視覺的突兀，在增添的位置上，其限制較小。貨幣中短橫畫「-」的增添，與書寫於其他材質上的文字相同，只要不破壞原本的形體，使其不成文字，幾乎多可添置，十分的自由。

（四）橫畫「—」增添於字的下方。

橫畫「—」的形體較長，無法像短橫畫「-」可自由添置，一般多增添於字的下方。

（五）橫畫「＝」增添於從「△」的部件中。

將橫畫「＝」增添於從「△」部件中的現象，屬齊國文字的特色，在其他國家的貨幣文字中尚未見到。

（六）短豎畫「｜」增添於字或偏旁的左側或右側、從「口」的部件中。

短豎畫「｜」無法像短橫畫「－」可自由添置，一般多增添於字或偏旁的左側或右側；置於從「口」部件中的情形，目前僅見於燕國貨幣文字。

（七）短斜畫「ˋ（或ˊ）」增添於字或偏旁的左側或右側、較長的豎畫。

短斜畫「ˋ（或ˊ）」在貨幣文字裡甚少出現，究其原因，係任意將之添置於某字的形體上，容易讓人誤把甲字當作是乙字，使文字發生混淆。

（八）斜畫「＼」增添於從「口」的部件中。

將斜畫「＼」增添於從「口」部件中的現象，屬燕國文字的特色，在其他國家的貨幣文字中尚未見到。

（九）「ˇ」或「＾」增添於較長的筆畫。

「ˇ」或「＾」在貨幣文字裡甚少出現，究其原因，與短斜畫「ˋ（或ˊ）」相同，若任意將之添置於某字的形體上，容易讓人誤把甲字當作是乙字，使文字發生混淆。

二、無義偏旁大多增添於某字或偏旁的上、下、左側。

無義偏旁既無表音的作用，亦無表義的功能，或為單純的裝飾，或因某地的書寫習慣，大多增添於某字或偏旁的上、下、左側。

三、字義未能彰顯，或表示為某種性質的專字而增添義符。

習見地望名稱鑄於貨幣上，為了表示某字作為地望之用，或增添「土」旁，或增添「邑」旁，明示該字為地望之字。

四、記錄方音而增添符合該地方音的聲符，以供判讀。

甲地的文字，流傳到乙地，因各地方音的差異，並非全部能為乙地所接受，為了使乙地的使用者容易識讀，可以在某字既有的形體結構上，增添一個乙地熟悉的偏旁作為聲符。

五、文字省減以不破壞該字的聲符與義符為原則。

省減文字的形體，以不破壞該字的聲符或是義符為原則。貨幣文字有時會省略整個聲符，有時則省去整個義符，容易混淆文字的識讀。此種現象的發生，可能是鑄造者不同，或是鑄造前書寫筆畫的遺漏所致。

### 六、借用貨幣的邊線為筆畫。

貨幣上的面文或鑄上地望，或以地望、國名加上幣值。由於面上有邊、線，書寫文字時除了避開這些既有的線條外，亦可利用邊、線，作為該字構形的一部分。此外，在書寫時因借用邊線之故，會使得某偏旁的形體分置左右兩側，或是兩個偏旁的形體大小差異懸殊。

### 七、配合書寫的材料，由兩個或兩個以上偏旁組合的字，可自由經營其位置。

貨幣文字在偏旁位置的經營上，受限於書寫的面積，主要為左右結構的互置。

### 八、形體近同的偏旁，或意義相同、同類的偏旁，或形符在意義上具有相當的聯繫者，可兩相代換。

偏旁的代換，並非任意為之，它必須在形體、或是聲音、或是意義上，具有若干相近或相同的關係。貨幣文字中，作為偏旁者，只要具有形體相近同的關係，或因意義相同或是同類，或因書手的認知，或因個人習慣所致，使得某兩個偏旁發生替代。

### 九、合書字必須具有相同的筆畫、偏旁，或相近的部件，才能以共用、借用方式，達到省減的目的。

合文的書寫方式，並非任意將兩個或兩個以上的文字書寫在一起，倘若要以共用或借用的方式書寫，省減其間的一道筆畫或是一個偏旁，無論是上下式的組合，或是左右式的組合，其間必須有一道筆畫、偏旁相同或相近。此外，包孕合書雖可省略一個文字，卻因鑄寫於貨幣上可能造成識別的困擾，因此尚未見此種合書的方式；又合書後習慣在該字的左下方或右下方增添的合文符號「＝」或「-」，亦因形體與數字「一」、「二」相同，為避免幣值混淆，甚少添加。

### 十、數目字只要將二個數字壓縮在一起，即可識讀。

一般的數目字，在表示十的倍數與其餘數之間的數目時，多以「又」字連接，貨幣文字或於兩個數字的中間加上「十」字，寫成三字的合文，讀為「×十×」，如：「五十五」，或將兩個數字緊密壓縮，即可讀作「××」，如：「八八」，表示此應讀為「八十八」，無須以「又」字連接。

# 第二節　文字反映的國別特色

　　從貨幣的形制觀察，各國的貨幣亦有其特色，楚國除部分的銀版、銅錢牌與平襠方足平首布外，主要為金版與蟻鼻錢；周除部分的原始布、斜肩空首布、平襠方足平首布與圓錢外，主要以平肩空首布為主；晉國或流通原始布、斜肩空首布與聳肩空首布；衛國或流通原始布、聳肩空首布與平襠方足平首布；韓國主要鑄行異形平首布與平襠方足平首布；趙國除了大批的平襠方足平首布與刀幣外，亦見部分的圓錢，此外尚有僅見於趙國的尖足平首布、圓足平首布、三孔平首布；魏國除了平襠方足平首布與圓錢外，主要為弧襠方足平首布；中山國鑄行尖首刀與直刀；齊國除部分的圓錢外，主要為各式的齊刀；燕國除部分的平襠方足平首布、圓錢外，主要為各式的尖首刀、剪首刀與明刀；山戎以針首刀為流通的貨幣；秦國以圓錢為流通的貨幣。

　　貨幣為各國的法定物品，它非僅通行於上層社會，也通行於民間，其間的文字，必須為當地百姓所識讀，或是為一般使用者所能辨識，因此深具地方特色。欲辨識貨幣的鑄行國別，除了透過其間的地望、形制外，文字的形體亦可作為識別的依據。茲將東周時期各國貨幣的文字特色，臚列於下：

### 一、表示為某地望的專字而增添義符。

　　貨幣上時見地望名稱，古文字中增添偏旁「邑」或「土」的作用相同，皆可作為彰顯地望之用，如：燕國〈坪陰・平襠方足平首布〉的「陰」字寫作「厔」；楚國〈陳・蟻鼻錢〉的「陳」字寫作「𤫊」，「陽」字寫作「𤾩」〈陽・蟻鼻錢〉。

### 二、表示為某地望的專字而增添聲符。

　　有時為了明確的表示，某貨幣為某地所鑄造，其間的地望之字，又會增添一個偏旁，以為標音之用，作為明示該地望的專字，如：齊國〈節墨之大刀・齊刀〉的「墨」字寫作「𦾔」。

### 三、增添聲符以供判讀。

　　某些文字為了反映當地的語音，會在既有的形體結構上，增添一個聲符，以為識讀之用，如：齊國〈節墨之大刀・齊刀〉的「刀」字寫作「𠚣」。

### 四、各國的審美觀點不同，飾筆的種類與增添亦不同。

　　飾筆的增添，雖習見於春秋戰國時期的文字，但是各國間除了文字形體的差異外，在飾筆的添置上亦有不同，如：齊國的「立」字寫作「Ａ」、「Ａ」〈齊大刀・齊刀〉，「長」字寫作「Ａ」、「Ａ」〈齊返邦長大刀・齊刀〉，「立」字或從「立」之字或增添短橫畫「-」於「△」部件中，或增添短橫畫「=」於「△」部件中；燕國的「中」字寫作「Ｓ」〈明・弧背燕刀〉或「Ｓ」〈明・折背刀〉，前者增添短豎畫「｜」於從「口」部件中，後者增添斜畫「\」於從「口」部件中。

**五、各國的觀點不一，無義偏旁的增添亦不同。**

　　某些無義偏旁的添置，造成形體的殊異，亦可作為判別的標準，如：齊國的「大」字寫作「杏」〈齊大刀・齊刀〉，在「大（大）」的下半部增添無義的偏旁「口」，或作「呑」〈明・弧背齊刀〉，除了在「大」的下半部增添「口」外，又於上方添置無義的偏旁「宀」。

**六、各國的文字繁簡不一，產生獨特的形體。**

　　自周王室的力量日漸衰微，諸侯們逐漸擴展自己的勢力，在文字的書寫，亦形成獨特的形體，如：燕國的「中」字寫作「Ｓ」〈明・弧背燕刀〉或「Ｓ」〈明・折背刀〉，將「東」下半部的形體省略；秦國的「半」字寫作「半」〈半睘・圜錢〉。此外，貨幣中有部分文字時常出現，各國的寫法亦不同，如：「明」字於燕國的形體為「ᗡ」、「ᗡ」、「ᗡ」、「ᗡ」、「ᗡ」、「ᗡ」、「ᗡ」〈明・弧背燕刀〉或「ᗡ」〈明・折背刀〉，齊國為「ᗡ」、「ᗡ」〈明・弧背齊刀〉，中山國為「ᗡ」〈明・弧背趙刀〉；「安」字於趙國的形體為「用」〈安陽・三孔平首布〉、「用」〈安陽・平襠方足平首布〉，周為「田」〈安臧・平肩空首布〉、「田」〈安臧・圜錢〉，魏國為「中」或「田」〈安邑二釿・弧襠方足平首布〉，燕國為「田」〈安陽・平襠方足平首布〉，齊國為「田」〈安陽之大刀・齊刀〉，山戎為「田」〈安・針首刀〉；「易」字於燕國的形體為「易」或「易」〈安陽・平襠方足平首布〉，趙國為「易」〈安陽・平襠方足平首布〉，齊國為「易」〈安陽之大刀・齊刀〉。

## 第三節　貨幣文字的價值

　　春秋戰國時期，各國的文字逐漸發展出其特色。貨幣為人們日常交易的媒

介，鑄寫於上的文字，必須為當地人所識，方能被大眾所接受，其間尚可見地望名稱、面額等資料，經由這些寶貴的材料，可知曉當時的社會狀況。茲將研究的內容，歸納出東周貨幣文字的研究價值，臚列於下：

**一、可作為研究商周文字的依據。**

　　貨幣文字或承襲前代的字形，或為適應鑄寫材質而將形體改易，透過文字的比對、分析，辭例的推勘等方式，利用已知的字形辨識未知的文字，再將之與甲骨、銅器、簡牘、帛書、璽印、陶文、玉石中的文字系聯，找出其間的規則，並且作為辨識早期文字的依據。

**二、豐富的合文資料可作為探究商周以來書寫於不同材質之合書形式及其內容的依據。**

　　合文的書寫方式由來已久，自殷商甲骨文至秦漢間皆可見。書寫的方式，可分為不省筆合文、共用筆畫、共用偏旁、共用文字、借用部件、刪減偏旁、包孕合書等；採取合文方式書寫時，大多會在該字的左下方或是右下方，增添合文符號「＝」或「-」，表示該字係由二字或二字以上壓縮而成。據「第五章、形體結構合文分析」，貨幣上的文字尚未見以包孕合書的方式書寫，亦少見增添合文符號「＝」或「-」。透過合文材料的觀察，可藉以明瞭自殷商至西周、春秋戰國時期書寫於甲骨、銅器、簡牘、帛書、璽印、陶器、玉石、貨幣等不同材質，其合文內容的差異與書寫方式的不同。

**三、豐富的地望名稱可彌補史書的不足。**

　　從貨幣上的記載觀察，其間的內容，多為地望，部分的地望，未見於史書，透過其間的記載，可補足史書上的缺漏，使過往的歷史得以獲得較真實的面貌。

**四、貨幣之幣值有助於瞭解當時的社會經濟狀況。**

　　關於春秋戰國時期的社會經濟狀況，以往多以傳世文獻作為研究的依據。利用貨幣上所載的資料，非僅更能直接而真實地將其現象呈現，更可以利用貨幣、簡牘等出土材料訂正傳世文獻的闕漏，補充其不足之處，建構當時的社會經濟面貌。

# 參考書目

    下列書目分爲五類。第一類收錄清以及清代以前的著作，包括近人的集注、注解等，悉依四庫全書總目的部類方式羅列；第二類收錄民國以來學者的著作；第三類收錄民國以來單篇論文之見於叢書、期刊、報紙、網站者；第四類收錄學位論文；第五類收錄外國學者的著作與單篇論文。悉依作者姓名筆畫順序排列，凡同一姓氏者排列在一起，再據第二字的筆畫多寡排列，又同一作者先按出版年代先後順序。此外，出版日期悉以西元紀年表示，如有未知者皆以「〇〇」代替。

## 一、

### 經　部

#### 四畫

〔魏〕王弼注、〔晉〕韓康伯注、〔唐〕孔穎達等正義，《周易正義》，臺北：藝文印書館，1993 年。

#### 五畫

〔周〕左丘明傳、〔晉〕杜預注、〔唐〕孔穎達等正義，《春秋左傳正義》，臺北：藝文印書館，1993 年。

#### 十一畫

（宋）陳彭年等，《校正宋本廣韻》，臺北：藝文印書館，1991 年。

〔漢〕許慎撰、〔清〕段玉裁注，《說文解字注》（經韻樓藏版），臺北：黎明文化事業
　　股份有限公司，1991 年。

## 史　部

### 四畫

王國維，《古本竹書紀年輯校・今本竹書紀年疏證》，臺北：藝文印書館，1974 年。

### 五畫

〔漢〕司馬遷撰、〔劉宋〕裴駰集解、〔唐〕司馬貞索隱、〔唐〕張守節正義、〔日本〕
　　瀧川龜太郎注，《史記會注考證》，臺北：宏業書局有限公司，1992 年。

### 九畫

〔劉宋〕范曄撰、〔唐〕李賢注、〔清〕王先謙集解，《後漢書集解》，臺北：藝文印書
　　館，1996 年。

### 十畫

〔漢〕班固撰、〔唐〕顏師古注、〔清〕王先謙補注，《漢書補注》，臺北：藝文印書館，
　　1996 年。

## 子　部

### 四畫

〔清〕方若，《言錢別錄・補錄》（收錄於《說錢》），上海：上海科技教育出版社，1993
　　年。

〔清〕王錫棨，《泉貨匯考》，北京：中國書店，1988 年。

### 六畫

〔清〕江標，《古泉拓存》（收錄於《說錢》），上海：上海科技教育出版社，1993 年。

### 七畫

〔清〕李佐賢，《古泉匯》，臺北：儒林圖書有限公司，1978 年。

〔清〕初尚齡，《吉金所見錄》（收錄於《說錢》），上海：上海科技教育出版社，1993
　　年。

### 八畫

〔清〕吳大澂，《權衡度量實驗考》（收錄於《羅雪堂先生全集》第四編），臺北：大通
　　書局，1972 年。

〔清〕吳文炳等，《泉幣圖說》（收錄於《說錢》），上海：上海科技教育出版社，1993
　　年。

## 九畫

〔清〕拾古齋主人，《拾古齋泉帖》（收錄於《說錢》），上海：上海科技教育出版社，
　　1993 年。

## 十畫

〔清〕馬昂，《貨布文字考》（收錄於《說錢》），上海：上海科技教育出版社，1993 年。

〔清〕馬國翰，《紅藕花軒泉品》，上海：上海古籍出版社，1992 年。

〔清〕高煥文，《癖泉臆說》（收錄於《說錢》），上海：上海科技教育出版社，1993 年。

〔清〕倪模，《古金錢略》，上海：上海古籍出版社，1992 年。

## 十一畫

〔清〕張崇懿，《錢志新編》（收錄於《續修四庫全書》），上海：上海古籍出版社，1995
　　年。

〔清〕梁楓，《古金待問錄》，合肥：安徽教育出版社，2002 年。

〔清〕梁詩正、于敏中，《錢錄》，天津：天津市古籍書店，1989 年。

## 十二畫

〔清〕盛大士，《泉史》（收錄於《說錢》），上海：上海科技教育出版社，1993 年。

〔清〕馮雲鵬、馮雲鵷，《金石索》，北京：書目文獻出版社，1996 年。

〔清〕馮雲鵬、馮雲鵷，《金石索》（收錄於《中華漢語工具書書庫》），合肥：安徽教
　　育出版社，2002 年。

## 十三畫

〔清〕楊守敬著、〔民國〕謝承仁主編，《楊守敬集・古泉藪・飛青閣錢譜》，武漢：湖
　　北人民版社、湖北教育出版社，1997 年。

〔清〕萬光煒，《古金錄》（收錄於《續修四庫全書》），上海：上海古籍出版社，1995
　　年。

## 十四畫

〔清〕端方，《陶齋吉金錄》（收錄於《金文文獻集成》），香港：香港明石文化國際出
　　版有限公司，2004 年。

## 十五畫

〔清〕蔡雲，《癖談》（收錄於《說錢》），上海：上海科技教育出版社，1993 年。

## 十八畫

〔清〕戴熙，《古泉叢話》，臺北：廣文書局，1980 年。

# 二、

## 二畫

丁福保，《古錢大辭典》，北京：中華書局，1995 年。

丁福保，《古錢學綱要》，天津：天津古籍出版社，1989 年。

丁福保，《歷代古錢圖說》，濟南：齊魯書社，2006 年。

## 三畫

山西省文物工作委員會，《侯馬盟書》，北京：文物出版社，1976 年。

山東省淄博市錢幣學會，《齊國貨幣研究》，濟南：齊魯書社，2003 年。

山東省錢幣學會，《齊幣圖釋》，濟南：齊魯書社，1996 年。

于省吾，《甲骨文字釋林》，臺北：大通書局，1981 年。

于省吾，《甲骨文字詁林》，北京：中華書局，1996 年。

## 四畫

王力，《王力文集》第三卷，濟南：山東教育出版社，1985 年。

王世征、宋金蘭，《古文字學指要》，北京：中國旅遊出版社，1997 年。

王毓銓，《王毓銓史論集》，北京：中華書局，2005 年。

天津市歷史博物館，《中國歷代貨幣》，天津：天津楊柳青畫社，1990 年。

中國社會科學院考古研究所，《小屯南地甲骨》，北京：中華書局，1980 年。

中國社會科學院考古研究所，《長沙發掘報告》，北京：科學出版社，1957 年。

中國社會科學院考古研究所，《殷周金文集成》，北京：中華書局，1984-1994 年。

中國社會科學院考古研究所，《殷周金文集成釋文》，香港：香港中文大學出版社，2001 年。

中國科學院考古研究所、湖南省博物館，《長沙馬王堆一號漢墓（上）》，北京：文物出版社，1973 年。

《中國錢幣大辭典》編纂委員會，《中國錢幣大辭典・先秦編》，北京：中華書局，1995 年。

## 五畫

石永士、石磊，《燕下都東周貨幣聚珍》，北京：文物出版社，1996 年。

## 六畫

朱活，《古錢新探》，濟南：齊魯書社，1984 年。

朱華，《三晉貨幣——山西省出土刀布圜錢叢考》，太原：山西人民出版社，1994 年。

朱德熙，《朱德熙古文字論集》，北京：中華書局，1995 年。

## 七畫

沈子槎，《子槎七十泉拓留存》（收錄於《說錢》），上海：上海科技教育出版社，1993年。

李孝定，《甲骨文字集釋》，臺北：中央研究院歷史語言研究所，1991年。

李孝定，《金文詁林讀後記》，臺北：中央研究院歷史語言研究所，1992年。

李學勤、齊文心、艾蘭，《英國所藏甲骨集》，北京：中華書局，1985年。

何琳儀，《戰國文字通論》，北京：中華書局，1989年。

何琳儀，《古幣叢考》，臺北：文史哲出版社，1996年。

何琳儀，《戰國古文字典——戰國文字聲系》，北京：中華書局，1998年。

何琳儀，《古幣叢考（增訂本）》，合肥：安徽大學出版社，2002年。

杜維善，《半兩考》，上海：上海書畫出版社，2000年。

汪慶正，《中國歷代貨幣大系·先秦貨幣》，上海：上海人民出版社，1988年。

## 八畫

河北省文物研究所，《**▉**墓——戰國中山國國王之墓》，北京：文物出版社，1996年。

河南省文物研究所，《信陽楚墓》，北京：文物出版社，1986年。

河南省文物考古研究所，《新蔡葛陵楚墓》，鄭州：大象出版社，2003年。

吳良寶，《中國東周時期金屬貨幣研究》，北京：社會科學文獻出版社，2005年。

吳良寶，《先秦貨幣文字編》，福州：福建人民出版社，2006年。

吳振強、楊金伏、王守方、王貴箴，《遼東泉拓集》，瀋陽：遼瀋書社，1992年。

林澐，《古文字研究簡論》，長春：吉林大學出版社，1986年。

## 十畫

馬文熙、張歸璧，《古漢語知識詳解辭典》，北京：中華書局，1996年。

馬承源，《上海博物館藏戰國楚竹書（一）》，上海：上海古籍出版社，2001年。

徐中舒，《甲骨文字典》，成都：辭書出版社，1995年。

容庚，《金文編》，北京：中華書局，1992年。

高明，《古陶文彙編》，北京：中華書局，1990年。

高明，《中國古文字學通論》，臺北：五南圖書出版有限公司，1993年。

荊門市博物館，《郭店楚墓竹簡》，北京：文物出版社，1998年。

唐蘭，《古文字學導論·殷虛文字記》，臺北：學海出版社，1986年。

## 十一畫

張世超、孫凌安、金國泰、馬如森，《金文形義通解》，京都：中文出版社，1995年。

張守中，《中山王**▉**器文字編》，北京：中華書局，1981年。

張守中，《睡虎地秦簡文字編》，北京：文物出版社，1994年。

張守中，《包山楚簡文字編》，北京：文物出版社，1996 年。

張守中，《郭店楚簡文字編》，北京：文物出版社，2000 年。

張光裕、袁國華，《包山楚簡文字編》，臺北：藝文印書館，1992 年。

張光裕、袁國華，《郭店楚簡研究》第一卷（文字編），臺北：藝文印書館，1999 年。

張光裕、滕壬生、黃錫全，《曾侯乙墓竹簡文字編》，臺北：藝文印書館，1997 年。

張馳，《中國刀幣匯考》，石家莊：河北人民出版社，1997 年。

張頷，《古幣文編》，北京：中華書局，1986 年。

陳松長，《馬王堆簡帛文字編》，北京：文物出版社，2001 年。

陳振裕、劉信芳，《睡虎地秦簡文字編》，武漢：湖北人民出版社，1993 年。

陳煒湛，《甲骨文簡論》，上海：上海古籍出版社，1987 年。

郭沫若、中國社會科學院歷史研究所，《甲骨文合集》，北京：中華書局，1982 年。

郭錫良，《漢字古音手冊》，北京：北京大學出版社，1986 年。

商承祚、王貴忱、譚隸華，《先秦貨幣文編》，北京：書目文獻出版社，1983 年。

梁東漢，《漢字的結構及其流變》，上海：上海教育出版社，1991 年。

許威漢，《漢語學》，廣州：廣東教育出版社，1995 年。

許進雄，《懷特氏等收藏甲骨文集》，多倫多：皇家安大略博物館，1979 年。

陶霞波，《先秦貨幣文構形無理性趨向研究》，上海：復旦大學出版社，2006 年。

## 十二畫

湖北省文物考古研究所，《江陵望山沙塚楚墓》，北京：科學出版社，1996 年。

湖北省文物考古研究所、北京大學中文系，《望山楚簡》，北京：中華書局，1995 年。

湖北省荊沙鐵路考古隊，《包山楚墓》，北京：文物出版社，1991 年。

湖北省博物館、中國社會科學院考古研究所，《曾侯乙墓》，北京：文物出版社，1989 年。

華光普，《1992 中國古錢目錄》，成都：四川大學出版社，1992 年。

華光普，《中國古錢大集》，長沙：湖南人民出版社，2006 年。

黃志典，《貨幣銀行學》，臺北：前程文化事業有限公司，2006 年。

黃錫全，《先秦貨幣研究》，北京：中華書局，2001 年。

黃錫全，《先秦貨幣通論》，北京：紫禁城出版社，2001 年。

曾榮汾，《字樣學研究》，臺北：臺灣學生書局，1988 年。

湯餘惠等，《戰國文字編》，福州：福建人民出版社，2001 年。

裘錫圭，《古文字論集》，北京：中華書局，1992 年。

裘錫圭，《文字學概要》，北京：商務印書館，1988 年。

裘錫圭，《文字學概要》，臺北：萬卷樓圖書有限公司，1995 年。

## 十三畫

楊雅惠，《貨幣銀行學》，臺北，三民書局，1998 年

詹鄞鑫，《漢字說略》，臺北：洪葉文化事業有限公司，1994 年。

## 十四畫

滕壬生：《楚系簡帛文字編（增訂本）》，武漢：湖北教育出版社，2008 年。

睡虎地秦墓竹簡整理小組，《睡虎地秦墓竹簡》，北京：文物出版社，2001 年。

趙德馨，《楚國的貨幣》，武漢：湖北教育出版社，1995 年。

## 十五畫

蔣若是，《秦漢錢幣研究》，北京：中華書局，1997 年。

蔣善國，《漢字形體學》，北京：文字改革出版社，1959 年。

鄭家相，《中國古代貨幣發展史》，香港：龍門書店，1978 年。

劉釗、洪颺、張新俊，《新甲骨文編》，福州：福建人民出版社，2009 年。

劉鶚，《鐵雲藏貨》，北京：中華書局，1986 年。

## 十九畫

羅福頤，《古璽文編》，北京：文物出版社，1994 年。

羅福頤，《古璽彙編》，北京：文物出版社，1994 年。

## 二十畫

蘇曄、劉玉榮，《古幣尋珍》，北京：文物出版社，1998 年。

# 三、

## 三畫

于省吾，〈釋百〉，《江漢考古》1983：4，武漢：《江漢考古》編輯部。

## 四畫

尤仁德，〈楚銅貝幣「𡭲」字釋〉，《考古與文物》1981：1，西安：《考古與文物》編輯部。

## 五畫

北文，〈秦始皇「書同文字」的歷史作用〉，《文物》1973：11，北京：文物出版社。

白冠西，〈郢爰考釋〉，《考古通訊》1957：1，北京：科學出版社。

## 六畫

安志敏，〈金版與金餅──楚漢金幣及其有關問題〉，《考古學報》1973：2，北京：科學出版社。

朱活，〈談山東濟南出土的一批古代貨幣——兼論春秋戰國時期有關齊國鑄幣的幾個問題〉，《文物》1965：1，北京：文物出版社。

朱活，〈蟻鼻新解——兼談楚國地方性的布錢「𣃁錢當鈘」〉，《古泉新探》，濟南：齊魯書社，1984年。

朱華，〈近幾年來山西省出土的一些古代貨幣〉，《文物》1976：10，北京：文物出版社。

朱華，〈山西運城出土戰國布幣淺析〉，《中國錢幣》1985：2，北京：《中國錢幣》編輯部。

朱華，〈山西稷山縣出土空首布〉，《中國錢幣論文集》第三輯，北京：中國金融出版社，1998年。

朱德熙，〈古文字考釋四篇〉，《朱德熙古文字論集》，北京：中華書局，1995年。

朱德熙，〈關於侯馬盟書的幾點補釋〉，《朱德熙古文字論集》，北京：中華書局，1995年。

## 七畫

李家浩，〈試論戰國時期楚國的貨幣〉，《考古》1973：3，北京：科學出版社。

李家浩，〈戰國𨙝布考〉，《古文字研究》第三輯，北京：中華書局，1980年。

李家浩，〈戰國貨幣文字中的「𠂤」和「比」〉，《中國語文》1980：5，北京：中國語文雜誌社。

李家浩，〈戰國於足布考〉，《中國錢幣》1986：4，北京：《中國錢幣》編輯部。

李家浩，〈戰國𨚓刀新考〉，《中國錢幣論文集》第三輯，北京：中國金融出版社，1998年。

李紹曾，〈試論楚幣——蟻鼻錢〉，《楚文化研究論文集》，鄭州：中州書畫社，1983年。

李零，〈戰國鳥書箴銘帶鉤考釋〉，《古文字研究》第八輯，北京：中華書局，1983年。

李學勤，〈重論博山刀〉，《中國錢幣論文集》第三輯，北京：中國金融出版社，1998年。

何琳儀，〈返邦刀幣考〉，《中國錢幣》1986：3，北京：《中國錢幣》編輯部。

何琳儀，〈魏國方足布四考〉，《文物季刊》1992：4，太原：《文物季刊》編輯部。

何琳儀，〈三孔布幣考〉，《古幣叢考》，臺北：文史哲出版社，1996年。

何琳儀，〈三晉方足布彙釋〉，《古幣叢考》，臺北：文史哲出版社，1996年。

何琳儀，〈三晉圜錢彙釋〉，《古幣叢考》，臺北：文史哲出版社，1996年。

何琳儀，〈王夸布幣考〉，《古幣叢考》，臺北：文史哲出版社，1996年。

何琳儀，〈余亡布幣考——兼述三孔布地名〉，《古幣叢考》，臺北：文史哲出版社，1996年。

何琳儀，〈貝地布幣考〉，《古幣叢考》，臺北：文史哲出版社，1996年。

何琳儀，〈空首布選釋〉，《古幣叢考》，臺北：文史哲出版社，1996年。

何琳儀，〈首陽布幣考——兼述斜肩空首布地名〉，《古幣叢考》，臺北：文史哲出版社，

1996 年。

何琳儀，〈楚幣五考〉，《古幣叢考》，臺北：文史哲出版社，1996 年。

何琳儀，〈銳角布幣考〉，《古幣叢考》，臺北：文史哲出版社，1996 年。

何琳儀，〈趙國方足布三考〉，《古幣叢考》，臺北：文史哲出版社，1996 年。

何琳儀，〈橋形布幣考〉，《古幣叢考》，臺北：文史哲出版社，1996 年。

何琳儀，〈燕國布幣考〉，《古幣叢考》，臺北：文史哲出版社，1996 年。

何琳儀，〈韓國方足布四考〉，《古幣叢考》，臺北：文史哲出版社，1996 年。

何琳儀，〈釋睑〉，《古幣叢考》，臺北：文史哲出版社，1996 年。

何琳儀，〈尖足布幣考〉，《古幣叢考（增訂本）》，合肥：安徽大學出版社，2002 年。

何琳儀，〈燕國布幣考〉，《古幣叢考（增訂本）》，合肥：安徽大學出版社，2002 年。

何琳儀，〈廣陵金幣考〉，《中國錢幣》2005：2，北京：《中國錢幣》編輯部。

成增耀，〈韓城出土「梁半釿」布及背殘陶範〉，《考古與文物》1994：5，西安：《考古
　　與文物》編輯部。

## 八畫

吳振武，〈戰國貨幣銘文中的「刀」〉，《古文字研究》第十輯，北京：中華書局，1983
　　年。

吳振武，〈說梁重釿布〉，《中國錢幣》1991：2，北京：《中國錢幣》編輯部。

## 九畫

范毓周，〈甲骨文中的合文字〉，《國文天地》第七卷第十二期，臺北：國文天地雜誌社，
　　1992 年。

## 十畫

馬王堆漢墓帛書整理小組，〈馬王堆帛書《六十四卦》釋文〉，《文物》1984：3，北京：
　　文物出版社。

唐石父、高桂雲，〈燕國明刀面文釋「明」之新證〉，《燕文化研究論文集》，北京：中
　　國社會科學出版社，1995 年。

徐秉琨，〈說「陽安」布〉，《中國錢幣》1985：2，北京：《中國錢幣》編輯部。

徐俊杰，〈三孔布「上專」地名考〉，《中國錢幣》2006：2，北京：《中國錢幣》編輯部。

晏昌貴、徐承泰，〈「无比當釿」布時代及國別之再探討〉，《江漢考古》1998：1，武漢：
　　《江漢考古》編輯部。

孫華，〈先秦貨幣雜考〉，《考古與文物》1990：2，西安：《考古與文物》編輯部。

## 十一畫

張文芳、田光，〈內蒙古涼城「安陽」、「邔」布同範鐵範及相關問題探論〉，《中國錢幣
　　論文集》第三輯，北京：中國金融出版社，1998 年。

張光明、賀傳芬，〈齊明刀考古發現與研究〉，《中國錢幣論文集》第三輯，北京：中國金融出版社，1998 年。

張亞初，〈古文字分類考釋論稿〉，《古文字研究》第十七輯，北京：中華書局，1989年。

張馳，〈尖首刀若干問題初探〉，《中國錢幣論文集》第三輯，北京，中國金融出版社，1998 年。

張領，〈魏幣陝布考釋〉，《中國錢幣》1985：4，北京：《中國錢幣》編輯部。

張澤松，〈淺談「郢爰」出現的時代〉，《中國錢幣》1989：2，北京：《中國錢幣》編輯部。

陳立，〈殷商至春秋之際「合文」書寫形式的變化〉，《國文學報》第五期，高雄：國立高雄師範大學國文學系，2006 年。

陳復澄：〈咸爲成湯說〉，《遼寧文物》1983：5。

陳鐵卿，〈一種常見的古代貨幣——明刀〉，《燕文化研究論文集》，北京：中國社會科學出版社，1995 年。

郭若愚，〈談談先秦錢幣的幾個問題〉，《中國錢幣》1991：2，北京：《中國錢幣》編輯部。

曹錦炎，〈甲骨文合文研究〉，《古文字研究》第十九輯，北京：中華書局，1992 年。

梁學義、李志東、程紀中，〈新發現一枚「武平」類方足布〉，《中國錢幣》2007：2，北京：《中國錢幣》編輯部。

## 十二畫

單育臣，〈燕尾布「十（從斤）」字考〉，武漢大學簡帛研究網站，2007 年 6 月 13 日。

焦智勤，〈鄴城戰國陶文研究〉，《古文字研究》第二十四輯，北京：中華書局，2002年。

黃盛璋，〈三晉銅器的國別、年代與相關制度問題〉，《古文字研究》第十七輯，北京：中華書局，1989 年。

黃盛璋，〈新發現的「屯氏」三孔幣與相關問題答覆〉，《中國錢幣》1993：4，北京：《中國錢幣》編輯部。

黃錫全，〈楚幣新探〉，《中國錢幣》1994：2，北京：《中國錢幣》編輯部。

黃錫全，〈「干關」方足布考——干關、扜關、挺關、麋關異名同地〉，《訓詁論叢》第二輯，臺北：文史哲出版社，1997 年。

黃錫全，〈三晉兩周小方足布的國別及有關問題初探〉，《中國錢幣論文集》第三輯，北京：中國金融出版社，1998 年。

黃錫全，〈三晉兩周小方足布的國別及有關問題初探〉，《先秦貨幣研究》，北京：中華書局，2001 年。

黃錫全，〈《中國歷代貨幣大系·先秦貨幣》釋文校訂〉，《先秦貨幣研究》，北京：中華書局，2001 年。

黃錫全，〈平首尖足布新品數種考述〉，《先秦貨幣研究》，北京：中華書局，2001 年。

黃錫全，〈古幣六考〉，《先秦貨幣研究》，北京：中華書局，2001 年。

黃錫全，〈尖足空首布新品「禺主」考——兼述這類布的種類與分布〉，《先秦貨幣研究》，北京：中華書局，2001 年。

黃錫全，〈尖足空首布新品續考〉，《先秦貨幣研究》，北京：中華書局，2001 年。

黃錫全，〈楚銅貝貝文釋義新探〉，《先秦貨幣研究》，北京：中華書局，2001 年。

黃錫全，〈楚銅錢牌「見金」應讀「視金」〉，《先秦貨幣研究》，北京：中華書局，2001 年。

黃錫全，〈趙國方足布七考〉，《先秦貨幣研究》，北京：中華書局，2001 年。

黃錫全，〈新見三孔布簡釋〉，《中國錢幣》2005：2，北京：《中國錢幣》編輯部。

黃錫全：〈介紹一枚新品三孔布「建邑」字〉，《中國錢幣》2010：1，北京：《中國錢幣》編輯部。

黃錫全：〈介紹一枚「罰」字三孔布〉，《中國錢幣》2012：4，北京：《中國錢幣》編輯部。

傅淑敏，〈祁縣下王莊出土的戰國布幣〉，《文物》1972：4，北京：文物出版社。

湘鄉縣博物館，〈湘鄉縣五里橋、何家灣古墓葬發掘簡報〉，《湖南考古輯刊》第三輯，長沙：岳麓書社，1986 年。

湯餘惠，〈略論戰國文字形體研究中的幾個問題〉，《古文字研究》第十五輯，北京：中華書局，1986 年。

湯餘惠，〈戰國時代魏繁陽的鑄幣〉，《史學集刊》1986：4，長春：《史學集刊》編輯委員會。

湯餘惠，〈關於全字的再探討〉，《古文字研究》第十七輯，北京：中華書局，1989 年。

程燕，〈釋三孔布「陽鄔」地名考〉，《中國錢幣》2006：2，北京：《中國錢幣》編輯部。

裘錫圭，〈戰國文字中的「市」〉，《考古學報》1980：3，北京：科學出版社。

裘錫圭，〈戰國文字中的「市」〉，《古文字論集》，北京：中華書局，1992 年。

裘錫圭，〈戰國貨幣考（十二篇）〉，《古文字論集》，北京：中華書局，1992 年。

裘錫圭，〈裘錫圭先生來函〉，《王毓銓史論集》，北京：中華書局，2005 年。

裘錫圭，〈談談「成白」刀〉，《中國錢幣論文集》第三輯，北京：中國金融出版社，1998 年。

## 十三畫

楊五銘，〈兩周金文數字合文初探〉，《古文字研究》第五輯，北京：中華書局，1981 年。

楊鳳翔，〈前所未見的「陽」字蟻鼻錢〉，《文物》2001：9，北京：文物出版社。

萬泉，〈山東臨淄發現齊明刀〉，《中國錢幣》2002：2，北京：《中國錢幣》編輯部。

## 十四畫

趙叢蒼、延晶平，〈鳳翔縣高家河村出土的窖藏秦半兩〉，《考古與文物》1991：3，西
　　安：《考古與文物》編輯部。

## 十五畫

劉宗漢，〈釋戰國貨幣中的「全」〉，《中國錢幣》1985：2，北京：《中國錢幣》編輯部。

蔣若是，〈秦漢半兩錢繫年舉例〉，《中國錢幣》1989：1，北京：《中國錢幣》編輯部。

鄭家相，〈燕刀面文「明」字問題〉，《燕文化研究論文集》，北京：中國社會科學出版
　　社，1995年。

## 十六畫

曉沐、晉源，〈新見「襄陰」圜錢與「袋金」尖足平首布〉，《中國錢幣》2005：2，北
　　京：《中國錢幣》編輯部。

## 十八畫

駢宇騫，〈關於初中歷史課本插圖介紹中的「布幣」和「蟻鼻錢」〉，《歷史教學》1982：
　　2，天津：《歷史教學》編輯部。

## 十九畫

羅運環，〈楚錢三考〉，《江漢考古》1995：3，武漢：《江漢考古》編輯部。

## 二十畫

蘇曄、劉玉榮，〈四種小直刀及其鑄地〉，《古幣尋珍》，北京：文物出版社，1998年。

蘇曄、劉玉榮，〈斷頭刀〉，《古幣尋珍》，北京：文物出版社，1998年。

# 四、

## 八畫

林素清，《戰國文字研究》，臺北：國立臺灣大學中國文學系博士論文，1984年。

林清源，《楚國文字構形演變研究》，臺中：私立東海大學中國文學研究所博士論文，
　　1997年。

吳振武，《古璽文編校訂》，長春：吉林大學博士論文，1984年。

## 十畫

高婉瑜，《先秦布幣研究》，嘉義：國立中正大學中國文學系碩士論文，2002年。

## 十一畫

陳立，《楚系簡帛文字研究》，臺北：國立臺灣師範大學國文研究所碩士論文，1999年。

陳立，《戰國文字構形研究》，臺北：國立臺灣大學中國文學研究所博士論文，2004年。

張光裕，《先秦泉幣文字辨疑》，臺北：國立臺灣大學中國文學系碩士論文，1970 年。

## 五、

### 十三畫

奧平昌洪，《東亞錢志》，東京都：岩波，1938 年。

### 十九畫

瀨尾弘、瀨尾功，《古錢研究隨手雜錄》，東京都：千倉書房，1962 年。

附錄：東周貨幣材料表

# 東周貨幣材料表

## 目　次

# 東周貨幣材料表 〔註1〕

## 一、楚

| 編號 | 本　書　隸　定 | 原書隸定 | 主　要　著　錄 |
|---|---|---|---|
| 1 | 陳爯·金版 | 陳爯 | 中國錢幣大辭典·先秦編 |
| 2 | 專爯·金版 | 專爯 | 中國錢幣大辭典·先秦編〔註2〕 |
| 3 | 少貞·金版 | 尐 | 中國錢幣大辭典·先秦編〔註3〕 |
| 4 | 鄅爯·金版 | 鄅爯 | 中國錢幣大辭典·先秦編 |
| 5 | 鑪·金版 | 鑪 | 中國錢幣大辭典·先秦編 |
| 6 | 垂丘·金版 | 垂丘 | 中國錢幣大辭典·先秦編 |

---

〔註1〕 關於鑄行國別的分類，原則上根據《中國錢幣大辭典·先秦編》與《中國歷代貨幣大系·先秦貨幣》等書所列，並參考相關學者的意見。

〔註2〕 「專爯」本釋爲「專爯」，據黃錫全指出，「專」、「專」二字形體雖近而有別，不可混同；又「鑪」字本釋爲「鑪」，楚文字「鑪」非作此形體，黃錫全以爲貨幣所見應是從鹵從皿之字，今從其意見。黃錫全：《先秦貨幣通論》，頁 350～352，北京，紫禁城出版社，2001 年。

〔註3〕 「貞」、「少」二字的寫法在楚文字中習見，朱活將之釋爲「少鼎」，即「鼐」字，鼐、蔡音近相通，故此地爲「蔡」。包山竹簡「貞」字的形體與之相同，如：（223）之「恆貞吉」一辭的「貞」字等即作此形，何琳儀將之釋爲「少貞」的意見可信。朱活：《古錢新探》，頁 229，濟南，齊魯書社，1984 年；何琳儀：〈楚幣五考〉，《古幣叢考》，頁 252～254，臺北，文史哲出版社，1996 年。

| 7 | 郢再・金版 | 郢再 | 中國錢幣大辭典・先秦編〔註4〕 |
|---|---|---|---|
| 8 | 中・金版 | 中 | 中國錢幣大辭典・先秦編 |
| 9 | 廣陵・金版 | 廣陵 | 中國錢幣 2005：2〔註5〕 |
| 10 | 郢再・銀版 | 郢再 | 中國錢幣大辭典・先秦編 |
| 11 | 見金一朱・銅錢牌 | 良金一朱 | 中國錢幣大辭典・先秦編〔註6〕 |
| 12 | 見金二朱・銅錢牌 | 良金二朱 | 中國錢幣大辭典・先秦編 |
| 13 | 見金四朱・銅錢牌 | 良金四朱 | 中國錢幣大辭典・先秦編 |
| 14 | 忻・蟻鼻錢 | 忻 | 中國錢幣大辭典・先秦編 |
| 15 | 行・蟻鼻錢 | 行 | 中國錢幣大辭典・先秦編 |
| 16 | 全・蟻鼻錢 | 全 | 中國錢幣大辭典・先秦編 |
| 17 | 貝・蟻鼻錢 | 貝 | 中國錢幣大辭典・先秦編 |
| 18 | 君・蟻鼻錢 | 君 | 中國錢幣大辭典・先秦編 |
| 19 | 釿・蟻鼻錢 | 釿 | 中國錢幣大辭典・先秦編 |
| 20 | 巽・蟻鼻錢 | 巽 | 中國錢幣大辭典・先秦編〔註7〕 |

〔註4〕 貨幣上的「再」字，至今仍有不少學者將之釋爲「爰」，西漢前期墓葬中常見泥質郢稱與半兩的冥錢出土。（中國社會科學院考古研究所：《長沙發掘報告》，頁 80 ～82，北京，科學出版社，1957 年；湘鄉縣博物館：〈湘鄉縣五里橋、何家灣古墓葬發掘簡報〉，《湖南考古輯刊》第三輯，頁 73～74，長沙，岳麓書社，1986 年。）再者，長沙馬王堆一號漢墓的隨葬品，亦出土泥質的冥錢，一爲泥半兩，一爲泥郢稱。前者出土四十簍，每簍約盛二千五百枚至三千枚，外形和字形與秦之「半兩」近乎無異；後者共計三百餘塊，外形與字形雖與楚之「郢再」略異，就文字言，「郢再」即是「郢稱」。中國科學院考古研究所、湖南省博物館：《長沙馬王堆一號漢墓（上）》，頁 126，北京，文物出版社，1973 年。

〔註5〕 何琳儀：〈廣陵金幣考〉，《中國錢幣》2005 年第 2 期，頁 13～14。

〔註6〕 「見金」之「見」字本釋爲「良」，其字形又見於郭店竹簡〈五行〉（29）、（30），文句分別爲「文王之見也如此」、「見而知之，智也」，亦見於包山竹簡（15）、（17）、（135）等，分別爲「見日」、「不敢不告見日」、「僕不告於見日」，可知當爲「見」字而非「良」。何琳儀進一步指出，「見金」即今日之「現金」，黃錫全以爲是「視金」。郭店竹簡《老子》乙本之「見」字或讀爲「視」，如：「長生久見（視）之道也」（3），從楚系「見」字可讀爲「視」之例言，應以黃錫全之言較可採信。〈楚幣五考〉，《古幣叢考》，頁 255～256；黃錫全：〈楚銅錢牌「見金」應讀「視金」〉，《先秦貨幣研究》，頁 221～222.，北京，中華書局，2001 年。

〔註7〕 「巽」字於幣文中作「巽」，駢宇騫釋爲「巽」字，即「百選」之「選」，其義與「鍰」字相同，爲貨幣的名稱；李家浩指出釋爲「巽」字十分正確，於此當讀爲「錢」；

| 21 | 圣朱·蟻鼻錢 | 籴 | 中國錢幣大辭典·先秦編〔註8〕 |
| 22 | 陽·蟻鼻錢 | 陽 | 文物 2001：9〔註9〕 |
| 23 | 橈比當忻·平襠方足平首布 | 橈比當忻 | 中國錢幣大辭典·先秦編〔註10〕 |

## 二、周

| 編號 | 本　書　隸　定 | 原書隸定 | 主　要　著　錄 |
| --- | --- | --- | --- |
| 1 | 益·原始布 | 益 | 中國錢幣大辭典·先秦編 |
| 2 | 上·原始布 | ⊥ | 中國錢幣大辭典·先秦編 |
| 3 | 一·平肩空首布 | 一 | 中國錢幣大辭典·先秦編 |
| 4 | 乙·平肩空首布 | 乙 | 中國錢幣大辭典·先秦編 |
| 5 | 二·平肩空首布 | 二 | 中國錢幣大辭典·先秦編 |
| 6 | 二十·平肩空首布 | 二十 | 中國錢幣大辭典·先秦編 |
| 7 | 二口·平肩空首布 | 二口 | 中國錢幣大辭典·先秦編 |
| 8 | 十·平肩空首布 | 十 | 中國錢幣大辭典·先秦編 |
| 9 | 十一·平肩空首布 | 十一 | 中國錢幣大辭典·先秦編 |
| 10 | 十六·平肩空首布 | 十六 | 中國錢幣大辭典·先秦編 |
| 11 | 七·平肩空首布 | 七 | 中國錢幣大辭典·先秦編 |
| 12 | 卜·平肩空首布 | 卜 | 中國錢幣大辭典·先秦編 |
| 13 | 八·平肩空首布 | 八 | 中國錢幣大辭典·先秦編 |
| 14 | 丩·平肩空首布 | 丩 | 中國錢幣大辭典·先秦編 |
| 15 | 曲·平肩空首布 | ヒ | 中國錢幣大辭典·先秦編 |

黃錫全隸釋爲「巽」，指出是借用重量名爲之，又云亦可讀作「錢」，今據其隸定。駢宇騫：〈關於初中歷史課本插圖介紹中的「布幣」和「蟻鼻錢」〉，頁 63，《歷史教學》1982 年第 2 期；李家浩：〈戰國貨幣文字中的「㠯」和「比」〉，《中國語文》1980 年第 5 期，頁 376；黃錫全：〈楚銅貝貝文釋義新探〉，《先秦貨幣研究》，頁 228，北京，中華書局，2001 年。

〔註8〕黃錫全釋爲「圣朱」二字，讀爲「輕朱」，指「輕小的貨幣」。黃錫全：〈楚銅貝貝文釋義新探〉，《先秦貨幣研究》，頁 228，北京，中華書局，2001 年。

〔註9〕楊鳳翔：〈前所未見的「陽」字蟻鼻錢〉，《文物》2001 年第 9 期，頁 96。

〔註10〕「橈比當忻」平襠方足平首布的國別歷來多有爭論，晏昌貴與徐承泰舉出其出土地點，爲宋國活動的領域，並且認爲鑄造的年代爲春秋晚期至戰國早期。據上表所示，出土「橈比當忻」的地域，亦見金版與蟻鼻錢，若無法說明其關聯，而斷言該貨幣爲春秋戰國之際宋國所鑄，似乎又流於篤斷。晏昌貴、徐承泰：〈「无比當斤」布時代及國別之再探討〉，《江漢考古》1998 年第 1 期，頁 77～81。

| 16 | 又‧平肩空首布 | 又 | 中國錢幣大辭典‧先秦編 |
|---|---|---|---|
| 17 | 厶‧平肩空首布 | 厶 | 中國錢幣大辭典‧先秦編 |
| 18 | 三‧平肩空首布 | 三 | 中國錢幣大辭典‧先秦編 |
| 19 | 于‧平肩空首布 | 于 | 中國錢幣大辭典‧先秦編 |
| 20 | 工‧平肩空首布 | 工 | 中國錢幣大辭典‧先秦編 |
| 21 | 土‧平肩空首布 | 土 | 中國錢幣大辭典‧先秦編 |
| 22 | 上‧平肩空首布 | 上 | 中國錢幣大辭典‧先秦編 |
| 23 | 丁‧平肩空首布 | 下 | 中國錢幣大辭典‧先秦編 |
| 24 | 大‧平肩空首布 | 大 | 中國錢幣大辭典‧先秦編 |
| 25 | 口‧平肩空首布 | 口 | 中國錢幣大辭典‧先秦編 |
| 26 | 夕‧平肩空首布 | 夕 | 中國錢幣大辭典‧先秦編 |
| 27 | 凡‧平肩空首布 | 凡 | 中國錢幣大辭典‧先秦編 |
| 28 | 己‧平肩空首布 | 己 | 中國錢幣大辭典‧先秦編 |
| 29 | 山‧平肩空首布 | 山 | 中國錢幣大辭典‧先秦編 |
| 30 | 子‧平肩空首布 | 子 | 中國錢幣大辭典‧先秦編 |
| 31 | 幺‧平肩空首布 | 幺 | 中國錢幣大辭典‧先秦編 |
| 32 | 王‧平肩空首布 | 王 | 中國錢幣大辭典‧先秦編 |
| 33 | 王氏‧平肩空首布 | 王氏 | 中國錢幣大辭典‧先秦編 |
| 34 | 井‧平肩空首布 | 井 | 中國錢幣大辭典‧先秦編 |
| 35 | 元‧平肩空首布 | 元 | 中國錢幣大辭典‧先秦編 |
| 36 | 木‧平肩空首布 | 木 | 中國錢幣大辭典‧先秦編 |
| 37 | 丏‧平肩空首布 | 丏 | 中國錢幣大辭典‧先秦編 |
| 38 | 不‧平肩空首布 | 不 | 中國錢幣大辭典‧先秦編 |
| 39 | 仄‧平肩空首布 | 仄 | 中國錢幣大辭典‧先秦編 |
| 40 | 犬‧平肩空首布 | 犬 | 中國錢幣大辭典‧先秦編 |
| 41 | 五‧平肩空首布 | 五 | 中國錢幣大辭典‧先秦編 |
| 42 | 戈‧平肩空首布 | 戈 | 中國錢幣大辭典‧先秦編 |
| 43 | 止‧平肩空首布 | 止 | 中國錢幣大辭典‧先秦編 |
| 44 | 廿‧平肩空首布 | 廿 | 中國錢幣大辭典‧先秦編 |
| 45 | 攵‧平肩空首布 | 攵 | 中國錢幣大辭典‧先秦編 |
| 46 | 戶‧平肩空首布 | 日 | 中國錢幣大辭典‧先秦編 |
| 47 | 午‧平肩空首布 | 午 | 中國錢幣大辭典‧先秦編 |
| 48 | 壬‧平肩空首布 | 壬 | 中國錢幣大辭典‧先秦編 |
| 49 | 化‧平肩空首布 | 化 | 中國錢幣大辭典‧先秦編 |
| 50 | 斤‧平肩空首布 | 斤 | 中國錢幣大辭典‧先秦編 |

| 51 | 介‧平肩空首布 | 介 | 中國錢幣大辭典‧先秦編 |
|---|---|---|---|
| 52 | 勿‧平肩空首布 | 勿 | 中國錢幣大辭典‧先秦編 |
| 53 | 丹‧平肩空首布 | 丹 | 中國錢幣大辭典‧先秦編 |
| 54 | 文‧平肩空首布 | 文 | 中國錢幣大辭典‧先秦編 |
| 55 | 六‧平肩空首布 | 六 | 中國錢幣大辭典‧先秦編 |
| 56 | 斗‧平肩空首布 | 斗 | 中國錢幣大辭典‧先秦編 |
| 57 | 戶‧平肩空首布 | 戶 | 中國錢幣大辭典‧先秦編 |
| 58 | 心‧平肩空首布 | 心 | 中國錢幣大辭典‧先秦編 |
| 59 | 尹‧平肩空首布 | 尹 | 中國錢幣大辭典‧先秦編 |
| 60 | 卬‧平肩空首布 | 卬 | 中國錢幣大辭典‧先秦編 |
| 61 | 丑‧平肩空首布 | 丑 | 中國錢幣大辭典‧先秦編 |
| 62 | 示‧平肩空首布 | 示 | 中國錢幣大辭典‧先秦編 |
| 63 | 末‧平肩空首布 | 末 | 中國錢幣大辭典‧先秦編 |
| 64 | 未‧平肩空首布 | 未 | 中國錢幣大辭典‧先秦編 |
| 65 | 正‧平肩空首布 | 正 | 中國錢幣大辭典‧先秦編 |
| 66 | 甘‧平肩空首布 | 甘 | 中國錢幣大辭典‧先秦編 |
| 67 | 丙‧平肩空首布 | 丙 | 中國錢幣大辭典‧先秦編 |
| 68 | 古‧平肩空首布 | 古 | 中國錢幣大辭典‧先秦編 |
| 69 | 石‧平肩空首布 | 石 | 中國錢幣大辭典‧先秦編 |
| 70 | 戊‧平肩空首布 | 戊 | 中國錢幣大辭典‧先秦編 |
| 71 | 平‧平肩空首布 | 平 | 中國錢幣大辭典‧先秦編 |
| 72 | 北‧平肩空首布 | 北 | 中國錢幣大辭典‧先秦編 |
| 73 | 目‧平肩空首布 | 目 | 中國錢幣大辭典‧先秦編 |
| 74 | 同‧平肩空首布 | 同 | 中國錢幣大辭典‧先秦編 |
| 75 | 只‧平肩空首布 | 只 | 中國錢幣大辭典‧先秦編 |
| 76 | 皿‧平肩空首布 | 皿 | 中國錢幣大辭典‧先秦編 |
| 77 | 史‧平肩空首布 | 史 | 中國錢幣大辭典‧先秦編 |
| 78 | 禾‧平肩空首布 | 禾 | 中國錢幣大辭典‧先秦編 |
| 79 | 向‧平肩空首布 | 向 | 中國錢幣大辭典‧先秦編 |
| 80 | 生‧平肩空首布 | 生 | 中國錢幣大辭典‧先秦編 |
| 81 | 丘‧平肩空首布 | 丘 | 中國錢幣大辭典‧先秦編 |
| 82 | 白‧平肩空首布 | 白 | 中國錢幣大辭典‧先秦編 |
| 83 | 公‧平肩空首布 | 公 | 中國錢幣大辭典‧先秦編 |
| 84 | 公釿‧平肩空首布 | 公釿 | 中國錢幣大辭典‧先秦編 |
| 85 | 句‧平肩空首布 | 句 | 中國錢幣大辭典‧先秦編 |

| 86 | 多・平肩空首布 | 多 | 中國錢幣大辭典・先秦編 |
|---|---|---|---|
| 87 | 冊・平肩空首布 | 冊 | 中國錢幣大辭典・先秦編 |
| 88 | 卯・平肩空首布 | 卯 | 中國錢幣大辭典・先秦編 |
| 89 | 少曲市左・平肩空首布 | 少�市左 | 中國錢幣大辭典・先秦編 |
| 90 | 少曲市中・平肩空首布 | 少ㄴ市中 | 中國錢幣大辭典・先秦編 |
| 91 | 少曲市西・平肩空首布 | 少ㄴ市西 | 中國錢幣大辭典・先秦編 |
| 92 | 少曲市南・平肩空首布 | 少ㄴ市南 | 中國錢幣大辭典・先秦編 |
| 93 | 少曲市口・平肩空首布 | 少ㄴ市口 | 中國錢幣大辭典・先秦編〔註11〕 |
| 94 | 少曲市帯・平肩空首布 | 少ㄴ坐帯 | 中國錢幣大辭典・先秦編 |
| 95 | 少曲並帯Γ・平肩空首布 | 少ㄴ並帯Γ | 中國錢幣大辭典・先秦編 |
| 96 | 以・平肩空首布 | 㠯 | 中國錢幣大辭典・先秦編 |
| 97 | 司・平肩空首布 | 司 | 中國錢幣大辭典・先秦編 |
| 98 | 耳・平肩空首布 | 耳 | 中國錢幣大辭典・先秦編 |
| 99 | 共・平肩空首布 | 共 | 中國錢幣大辭典・先秦編 |
| 100 | 西・平肩空首布 | 西 | 中國錢幣大辭典・先秦編 |
| 101 | 束・平肩空首布 | 束 | 中國錢幣大辭典・先秦編 |
| 102 | 百・平肩空首布 | 百 | 中國錢幣大辭典・先秦編 |
| 103 | 成・平肩空首布 | 成 | 中國錢幣大辭典・先秦編 |
| 104 | 戌・平肩空首布 | 戌 | 中國錢幣大辭典・先秦編 |
| 105 | 臣・平肩空首布 | 臣 | 中國錢幣大辭典・先秦編 |
| 106 | 同・平肩空首布 | 同 | 中國錢幣大辭典・先秦編 |
| 107 | 朱・平肩空首布 | 朱 | 中國錢幣大辭典・先秦編 |
| 108 | 竹・平肩空首布 | 竹 | 中國錢幣大辭典・先秦編 |
| 109 | 我・平肩空首布 | 伐 | 中國錢幣大辭典・先秦編 |
| 110 | 伐・平肩空首布 | 伐 | 中國錢幣大辭典・先秦編 |
| 111 | 由・平肩空首布 | 由 | 中國錢幣大辭典・先秦編 |
| 112 | 㠯・平肩空首布 | 㠯 | 中國錢幣大辭典・先秦編 |
| 113 | 行・平肩空首布 | 行 | 中國錢幣大辭典・先秦編 |
| 114 | 羊・平肩空首布 | 羊 | 中國錢幣大辭典・先秦編 |
| 115 | 㕣・平肩空首布 | 㕣 | 中國錢幣大辭典・先秦編 |
| 116 | 安周・平肩空首布 | 安周 | 中國錢幣大辭典・先秦編 |
| 117 | 安臧・平肩空首布 | 安臧 | 中國錢幣大辭典・先秦編 |
| 118 | 羽・平肩空首布 | 羽 | 中國錢幣大辭典・先秦編 |

〔註11〕凡原圖版之字無法辨識者，悉以「口」替代。

| 119 | 弄・平肩空首布 | 弄 | 中國錢幣大辭典・先秦編 |
| 120 | 厓・平肩空首布 | 厓 | 中國錢幣大辭典・先秦編 |
| 121 | 豖・平肩空首布 | 豖 | 中國錢幣大辭典・先秦編 |
| 122 | 昇・平肩空首布 | 昇 | 中國錢幣大辭典・先秦編 |
| 123 | 貝・平肩空首布 | 貝 | 中國錢幣大辭典・先秦編 |
| 124 | 角・平肩空首布 | 角 | 中國錢幣大辭典・先秦編 |
| 125 | 辛・平肩空首布 | 辛 | 中國錢幣大辭典・先秦編 |
| 126 | 弃・平肩空首布 | 弃 | 中國錢幣大辭典・先秦編 |
| 127 | 系・平肩空首布 | 系 | 中國錢幣大辭典・先秦編 |
| 128 | 兌・平肩空首布 | 兌 | 中國錢幣大辭典・先秦編 |
| 129 | 宋・平肩空首布 | 宋 | 中國錢幣大辭典・先秦編 |
| 130 | 冶・平肩空首布 | 冶 | 中國錢幣大辭典・先秦編 |
| 131 | 君・平肩空首布 | 君 | 中國錢幣大辭典・先秦編 |
| 132 | 奉・平肩空首布 | 奉 | 中國錢幣大辭典・先秦編 |
| 133 | 武・平肩空首布 | 武 | 中國錢幣大辭典・先秦編 |
| 134 | 坩・平肩空首布 | 坩 | 中國錢幣大辭典・先秦編 |
| 135 | 貢・平肩空首布 | 玥 | 中國錢幣大辭典・先秦編〔註12〕 |
| 136 | 松・平肩空首布 | 松 | 中國錢幣大辭典・先秦編 |
| 137 | 東周・平肩空首布 | 東周 | 中國錢幣大辭典・先秦編 |
| 138 | 雨・平肩空首布 | 雨 | 中國錢幣大辭典・先秦編 |
| 139 | 朿・平肩空首布 | 來 | 中國錢幣大辭典・先秦編 |
| 140 | 非・平肩空首布 | 非 | 中國錢幣大辭典・先秦編 |
| 141 | 尚・平肩空首布 | 尚 | 中國錢幣大辭典・先秦編 |
| 142 | 盱・平肩空首布 | 盱 | 中國錢幣大辭典・先秦編 |
| 143 | 庚・平肩空首布 | 庚 | 中國錢幣大辭典・先秦編 |
| 144 | 戾・平肩空首布 | 戾 | 中國錢幣大辭典・先秦編 |
| 145 | 昌・平肩空首布 | 昌 | 中國錢幣大辭典・先秦編 |
| 146 | 周・平肩空首布 | 周 | 中國錢幣大辭典・先秦編 |
| 147 | 京・平肩空首布 | 京 | 中國錢幣大辭典・先秦編 |
| 148 | 宗・平肩空首布 | 宗 | 中國錢幣大辭典・先秦編 |

〔註12〕「貢」字平肩空首布，原釋爲從工從目之「玥」字，戰國文字的偏旁結構並未嚴格限制必須作上下式或左右式，釋爲「玥」字實不知其義，何琳儀將之改釋爲「貢」，並把「目」視爲「貝」的省減，其說可從。何琳儀：〈空首布選釋〉，《古幣叢考》，頁56，臺北，文史哲出版社，1996年。

| 149 | 定・平肩空首布 | 定 | 中國錢幣大辭典・先秦編 |
|---|---|---|---|
| 150 | 官旆・平肩空首布 | 官旆 | 中國錢幣大辭典・先秦編 |
| 151 | 扻・平肩空首布 | 扻 | 中國錢幣大辭典・先秦編（註13） |
| 152 | 封・平肩空首布 | 封 | 中國錢幣大辭典・先秦編 |
| 153 | 南・平肩空首布 | 南 | 中國錢幣大辭典・先秦編 |
| 154 | 貞・平肩空首布 | 貞 | 中國錢幣大辭典・先秦編 |
| 155 | 是・平肩空首布 | 是 | 中國錢幣大辭典・先秦編 |
| 156 | 侯・平肩空首布 | 矦 | 中國錢幣大辭典・先秦編 |
| 157 | 柳・平肩空首布 | 羿 | 中國錢幣大辭典・先秦編 |
| 158 | 寧・平肩空首布 | 恤 | 中國錢幣大辭典・先秦編 |
| 159 | 室・平肩空首布 | 室 | 中國錢幣大辭典・先秦編 |
| 160 | 宮・平肩空首布 | 宮 | 中國錢幣大辭典・先秦編 |
| 161 | 郲鈢・平肩空首布 | 郲鈢 | 中國錢幣大辭典・先秦編 |
| 162 | 陣・平肩空首布 | 陣 | 中國錢幣大辭典・先秦編 |
| 163 | 倉・平肩空首布 | 倉 | 中國錢幣大辭典・先秦編 |
| 164 | 留・平肩空首布 | 留 | 中國錢幣大辭典・先秦編 |
| 165 | 疾・平肩空首布 | 疾 | 中國錢幣大辭典・先秦編 |
| 166 | 羔・平肩空首布 | 羔 | 中國錢幣大辭典・先秦編 |
| 167 | 嗌・平肩空首布 | 益 | 中國錢幣大辭典・先秦編 |
| 168 | 況・平肩空首布 | 況 | 中國錢幣大辭典・先秦編 |
| 169 | 宐・平肩空首布 | 宐 | 中國錢幣大辭典・先秦編 |
| 170 | 鬲・平肩空首布 | 鬲 | 中國錢幣大辭典・先秦編 |
| 171 | 雩・平肩空首布 | 雩 | 中國錢幣大辭典・先秦編 |
| 172 | 葬・平肩空首布 | 葬 | 中國錢幣大辭典・先秦編 |
| 173 | 高・平肩空首布 | 高 | 中國錢幣大辭典・先秦編 |
| 174 | 窒・平肩空首布 | 窒 | 中國錢幣大辭典・先秦編 |
| 175 | 喜・平肩空首布 | 喜 | 中國錢幣大辭典・先秦編 |
| 176 | 黍・平肩空首布 | 黍 | 中國錢幣大辭典・先秦編 |
| 177 | 貿・平肩空首布 | 貿 | 中國錢幣大辭典・先秦編 |
| 178 | 啻・平肩空首布 | 啻 | 中國錢幣大辭典・先秦編 |
| 179 | 富・平肩空首布 | 富 | 中國錢幣大辭典・先秦編 |
| 180 | 鼻・平肩空首布 | 鼻 | 中國錢幣大辭典・先秦編 |

---

〔註13〕 「扻」字原書釋爲「秋」，何琳儀指出晚周時期的「主」字之形皆與貨幣之字左側的形體近同，應釋爲「扻」。〈空首布選釋〉，《古幣叢考》，頁54～55。

| 181 | 盟・平肩空首布 | 盟 | 中國錢幣大辭典・先秦編 |
|---|---|---|---|
| 182 | 群・平肩空首布 | 群 | 中國錢幣大辭典・先秦編 |
| 183 | 臧・平肩空首布 | 臧 | 中國錢幣大辭典・先秦編 |
| 184 | 需・平肩空首布 | 需 | 中國錢幣大辭典・先秦編 |
| 185 | 寧・平肩空首布 | 寧 | 中國錢幣大辭典・先秦編 |
| 186 | 智・平肩空首布 | 智 | 中國錢幣大辭典・先秦編 |
| 187 | 穆・平肩空首布 | 穆 | 中國錢幣大辭典・先秦編 |
| 188 | ノ・平肩空首布 | ノ | 中國錢幣大辭典・先秦編 |
| 189 | ㄱ・平肩空首布 | ㄱ | 中國錢幣大辭典・先秦編 |
| 190 | ）｜・平肩空首布 | ）｜ | 中國錢幣大辭典・先秦編 |
| 191 | 戉・平肩空首布 | 戉 | 中國錢幣大辭典・先秦編 |
| 192 | 乛・平肩空首布 | 乛 | 中國錢幣大辭典・先秦編 |
| 193 | 𠔉・平肩空首布 | 𠔉 | 中國錢幣大辭典・先秦編 |
| 194 | 廿・平肩空首布 | 廿 | 中國錢幣大辭典・先秦編 |
| 195 | 武・平肩空首布 | 丰 | 中國錢幣大辭典・先秦編 |
| 196 | 主・平肩空首布 | 主 | 中國錢幣大辭典・先秦編 |
| 197 | 勹・平肩空首布 | 勹 | 中國錢幣大辭典・先秦編 |
| 198 | 臼・平肩空首布 | 臼 | 中國錢幣大辭典・先秦編 |
| 199 | 夕・平肩空首布 | 夕 | 中國錢幣大辭典・先秦編 |
| 200 | 开・平肩空首布 | 开 | 中國錢幣大辭典・先秦編 |
| 201 | 月・平肩空首布 | 月 | 中國錢幣大辭典・先秦編 |
| 202 | 㞢・平肩空首布 | 㞢 | 中國錢幣大辭典・先秦編 |
| 203 | 殳・平肩空首布 | 殳 | 中國錢幣大辭典・先秦編 |
| 204 | 㣇・平肩空首布 | 㣇 | 中國錢幣大辭典・先秦編 |
| 205 | 冊・平肩空首布 | 冊 | 中國錢幣大辭典・先秦編 |
| 206 | 㐭・平肩空首布 | 㐭 | 中國錢幣大辭典・先秦編 |
| 207 | 向・平肩空首布 | 向 | 中國錢幣大辭典・先秦編 |
| 208 | 主・平肩空首布 | 主 | 中國錢幣大辭典・先秦編 |
| 209 | 吉・平肩空首布 | 吉 | 中國錢幣大辭典・先秦編 |
| 210 | 夾・平肩空首布 | 夾 | 中國錢幣大辭典・先秦編 |
| 211 | 夭・平肩空首布 | 夭 | 中國錢幣大辭典・先秦編 |
| 212 | 厂・平肩空首布 | 厃 | 中國錢幣大辭典・先秦編 |
| 213 | 金・平肩空首布 | 金 | 中國錢幣大辭典・先秦編 |
| 214 | 爲・平肩空首布 | 爲 | 中國錢幣大辭典・先秦編 |

| 215 | 𣧑・平肩空首布 | 𣧑 | 中國錢幣大辭典・先秦編 |
| 216 | 窋・平肩空首布 | 窋 | 中國錢幣大辭典・先秦編 〔註14〕 |
| 217 | 屰・平肩空首布 | 屰 | 中國錢幣大辭典・先秦編 |
| 218 | 昪・平肩空首布 | 昪 | 中國錢幣大辭典・先秦編 |
| 219 | 宰・平肩空首布 | 宰 | 中國錢幣大辭典・先秦編 |
| 220 | 𠙶・平肩空首布 | 𠙶 | 中國錢幣大辭典・先秦編 |
| 221 | 狀・平肩空首布 | 狀 | 中國錢幣大辭典・先秦編 |
| 222 | 𤲁・平肩空首布 | 𤲁 | 中國錢幣大辭典・先秦編 |
| 223 | 𦓐・平肩空首布 | 𦓐 | 中國錢幣大辭典・先秦編 |
| 224 | 雯・平肩空首布 | 雯 | 中國錢幣大辭典・先秦編 |
| 225 | 邵也・平肩空首布 | 邵文 | 中國錢幣大辭典・先秦編 〔註15〕 |
| 226 | 羕・平肩空首布 | 羕 | 中國錢幣大辭典・先秦編 |
| 227 | 𡊵・平肩空首布 | 𡊵 | 中國錢幣大辭典・先秦編 |
| 228 | 𦰶・平肩空首布 | 𦰶 | 中國錢幣大辭典・先秦編 |
| 229 | 兄・平肩空首布 | 兄 | 中國歷代貨幣大系・先秦貨幣 |
| 230 | 夬・平肩空首布 | □ | 中國歷代貨幣大系・先秦貨幣 〔註16〕 |
| 231 | 雲・平肩空首布 | □ | 古錢大辭典 |
| 232 | 宜・平肩空首布 | □ | 古錢大辭典 |
| 233 | 安・斜肩空首布 | 安 | 中國錢幣大辭典・先秦編 |
| 234 | 參川釿・斜肩空首布 | 厽川釿 | 中國錢幣大辭典・先秦編 |
| 235 | 武・斜肩空首布 | 武 | 中國錢幣大辭典・先秦編 |
| 236 | 武安・斜肩空首布 | 武安 | 中國錢幣大辭典・先秦編 |
| 237 | 武采・斜肩空首布 | 武采 | 中國錢幣大辭典・先秦編 〔註17〕 |

〔註14〕「窋」平肩空首布，原書未釋逕作「﹙﹚」，從字形觀察，其上為「穴」，其下據何琳儀指出為「由」，釋為從穴從由之字，以為與《說文》「岫」之籀文吻合，今從其言。〈空首布選釋〉，《古幣叢考》，頁 55。

〔註15〕「邵也」一詞，原書首字未釋，楚簡「邵」字與此相近，故從黃錫全之意見，改釋為「邵也」。黃錫全：〈《中國歷代貨幣大系・先秦貨幣》釋文校訂〉，《先秦貨幣研究》，頁 352，北京，中華書局，2001 年。

〔註16〕「夬」平肩空首布，原書未釋逕作「□」，何琳儀考證指出「𣥂」應為「夬」字，今從其言。〈空首布選釋〉，《古幣叢考》，頁 57～58。

〔註17〕「武采」第二字本釋為「采」，從幣文觀察，上從𠕃，下從禾，何琳儀指出該地望可能在今山西垣曲東南黃河北岸。何琳儀：〈首陽布幣考——兼述斜肩空首布地名〉，《古幣叢考》，頁 65，臺北，文史哲出版社，1996 年。

| 238 | 盧氏・斜肩空首布 | 盧氏 | 中國錢幣大辭典・先秦編 |
| 239 | 首陽・斜肩空首布 | 阴 | 中國錢幣大辭典・先秦編 〔註18〕 |
| 240 | 拭釿・斜肩空首布 | 拭釿 | 中國錢幣大辭典・先秦編 |
| 241 | 王氏・平襠方足平首布 | 王氏 | 中國錢幣大辭典・先秦編 |
| 242 | 王城・平襠方足平首布 | 王城 | 中國錢幣大辭典・先秦編 |
| 243 | 平陰・平襠方足平首布 | 平陰 | 中國錢幣大辭典・先秦編 |
| 244 | 東周・平襠方足平首布 | 東周 | 中國錢幣大辭典・先秦編 |
| 245 | 烏氏・平襠方足平首布 | 烏氏 | 中國錢幣大辭典・先秦編 |
| 246 | 鄐・平襠方足平首布 | 鄐 | 中國錢幣大辭典・先秦編 |
| 247 | 巨子・平襠方足平首布 | 巨子 | 先秦貨幣研究 〔註19〕 |
| 248 | 安臧・圜錢 | 安臧 | 中國錢幣大辭典・先秦編 |
| 249 | 西周・圜錢 | 西周 | 中國錢幣大辭典・先秦編 |
| 250 | 東周・圜錢 | 東周 | 中國錢幣大辭典・先秦編 |

## 三、晉

| 編號 | 本　書　隸　定 | 原書隸定 | 主　要　著　錄 |
|---|---|---|---|
| 1 | 益・原始布 | 益 | 中國錢幣大辭典・先秦編 |
| 2 | 上・原始布 | 丄 | 中國錢幣大辭典・先秦編 |
| 3 | 安・斜肩空首布 | 安 | 中國錢幣大辭典・先秦編 |
| 4 | 參川釿・斜肩空首布 | 厽川釿 | 中國錢幣大辭典・先秦編 |
| 5 | 武・斜肩空首布 | 武 | 中國錢幣大辭典・先秦編 |
| 6 | 武安・斜肩空首布 | 武安 | 中國錢幣大辭典・先秦編 |
| 7 | 武采・斜肩空首布 | 武采 | 中國錢幣大辭典・先秦編 |
| 8 | 盧氏・斜肩空首布 | 盧氏 | 中國錢幣大辭典・先秦編 |
| 9 | 首陽・斜肩空首布 | 阴 | 中國錢幣大辭典・先秦編 |
| 10 | 拭釿・斜肩空首布 | 拭釿 | 中國錢幣大辭典・先秦編 |
| 11 | 一・聳肩空首布 | 一 | 中國錢幣大辭典・先秦編 |
| 12 | 一日・聳肩空首布 | 一日 | 中國錢幣大辭典・先秦編 |
| 13 | 二・聳肩空首布 | 二 | 中國錢幣大辭典・先秦編 |
| 14 | 十・聳肩空首布 | 十 | 中國錢幣大辭典・先秦編 |

〔註18〕「首陽」二字原書未釋逕作「阴」，從幣文觀察，右側應爲「首」字，又據何琳儀指出二字應爲「首陽」，今從其言。〈首陽布幣考──兼述斜肩空首布地名〉，《古幣叢考》，頁 61～63。

〔註19〕黃錫全：〈古幣六考〉，《先秦貨幣研究》，頁 104，北京，中華書局，2001 年。

| 15 | 七・聳肩空首布 | 七 | 中國錢幣大辭典・先秦編 |
|---|---|---|---|
| 16 | 八・聳肩空首布 | 八 | 中國錢幣大辭典・先秦編 |
| 17 | 上上・聳肩空首布 | 上上 | 中國錢幣大辭典・先秦編 |
| 18 | 日・聳肩空首布 | 日 | 中國錢幣大辭典・先秦編 |
| 19 | 六・聳肩空首布 | 六 | 中國錢幣大辭典・先秦編 |
| 20 | 甘丹・聳肩空首布 | 甘丹 | 中國錢幣大辭典・先秦編 |
| 21 | 四・聳肩空首布 | 四 | 中國錢幣大辭典・先秦編 |
| 22 | 白・聳肩空首布 | 白 | 中國錢幣大辭典・先秦編 |
| 23 | ㇗・聳肩空首布 | ㇗ | 中國錢幣大辭典・先秦編 |
| 24 | ㇆・聳肩空首布 | ㇆ | 中國錢幣大辭典・先秦編 |
| 25 | ㇏・聳肩空首布 | ㇏ | 中國錢幣大辭典・先秦編 |
| 26 | 萠・聳肩空首布 | 萠 | 中國錢幣大辭典・先秦編 |
| 27 | 口・聳肩空首布 | 口 | 中國錢幣大辭典・先秦編 |
| 28 | 口口口黃釿・聳肩空首布 | 口口口黃釿 | 中國錢幣大辭典・先秦編 |
| 29 | 口口口口釿・聳肩空首布 | 口口口口釿 | 中國錢幣大辭典・先秦編 |
| 30 | 二十・聳肩空首布 | 二十 | 中國錢幣大辭典・先秦編 |
| 31 | 三・聳肩空首布 | 三 | 中國錢幣大辭典・先秦編 |
| 32 | 玄金・聳肩空首布 | 玄金 | 中國錢幣大辭典・先秦編 |
| 33 | 中㇆・聳肩空首布 | 中㇆ | 中國錢幣大辭典・先秦編 |
| 34 | 屠・聳肩空首布 | 屠 | 先秦貨幣研究〔註20〕 |
| 35 | 厷・聳肩空首布 | 厷 | 先秦貨幣研究 |
| 36 | 乘・聳肩空首布 | 乘 | 先秦貨幣研究 |
| 37 | 刑・聳肩空首布 | 刑 | 先秦貨幣研究 |
| 38 | 大陰・聳肩空首布 | 大金 | 先秦貨幣研究 |
| 39 | 玄金鐸・聳肩空首布 | 玄金鐸 | 先秦貨幣研究 |
| 40 | 得・聳肩空首布 | 得 | 先秦貨幣研究 |
| 41 | 宲・聳肩空首布 | 宲 | 先秦貨幣研究 |
| 42 | 禺丫・聳肩空首布 | 禺主 | 先秦貨幣研究〔註21〕 |
| 43 | 止金・聳肩空首布 | 止金 | 先秦貨幣研究 |

〔註20〕 以下新見的聳肩空首布資料，悉引自黃錫全文章。黃錫全：〈尖足空首布新品續考〉，《先秦貨幣研究》，頁40～47，北京，中華書局，2001年。

〔註21〕 以下新見的聳肩空首布資料，悉引自黃錫全文章。黃錫全：〈尖足空首布新品「禺主」考——兼述這類布的種類與分布〉，《先秦貨幣研究》，頁56～66，北京，中華書局，2001年。

| 44 | 喜金・聳肩空首布 | 喜金 | 先秦貨幣研究 |
|---|---|---|---|
| 45 | 痰・聳肩空首布 | 痰 | 先秦貨幣文字編 |
| 46 | 裛金・聳肩空首布 | 裛金 | 中國錢幣 2005：2〔註22〕 |

## 四、衛

| 編號 | 本　書　隸　定 | 原書隸定 | 主　要　著　錄 |
|---|---|---|---|
| 1 | 益・原始布 | 益 | 中國錢幣大辭典・先秦編 |
| 2 | 上・原始布 | ⊥ | 中國錢幣大辭典・先秦編 |
| 3 | 一・聳肩空首布 | 一 | 中國錢幣大辭典・先秦編 |
| 4 | 一日・聳肩空首布 | 一日 | 中國錢幣大辭典・先秦編 |
| 5 | 二・聳肩空首布 | 二 | 中國錢幣大辭典・先秦編 |
| 6 | 十・聳肩空首布 | 十 | 中國錢幣大辭典・先秦編 |
| 7 | 七・聳肩空首布 | 七 | 中國錢幣大辭典・先秦編 |
| 8 | 八・聳肩空首布 | 八 | 中國錢幣大辭典・先秦編 |
| 9 | 上上・聳肩空首布 | 上上 | 中國錢幣大辭典・先秦編 |
| 10 | 日・聳肩空首布 | 日 | 中國錢幣大辭典・先秦編 |
| 11 | 六・聳肩空首布 | 六 | 中國錢幣大辭典・先秦編 |
| 12 | 甘丹・聳肩空首布 | 甘丹 | 中國錢幣大辭典・先秦編 |
| 13 | 四・聳肩空首布 | 四 | 中國錢幣大辭典・先秦編 |
| 14 | 白・聳肩空首布 | 白 | 中國錢幣大辭典・先秦編 |
| 15 | ヽ・聳肩空首布 | ヽ | 中國錢幣大辭典・先秦編 |
| 16 | ㇏・聳肩空首布 | ㇏ | 中國錢幣大辭典・先秦編 |
| 17 | ㇑・聳肩空首布 | ㇑ | 中國錢幣大辭典・先秦編 |
| 18 | 萠・聳肩空首布 | 萠 | 中國錢幣大辭典・先秦編 |
| 19 | 口・聳肩空首布 | 口 | 中國錢幣大辭典・先秦編 |
| 20 | 口口口黃釿・聳肩空首布 | 口口口黃釿 | 中國錢幣大辭典・先秦編 |
| 21 | 口口口口釿・聳肩空首布 | 口口口口釿 | 中國錢幣大辭典・先秦編 |
| 22 | 二十・聳肩空首布 | 二十 | 中國錢幣大辭典・先秦編 |
| 23 | 三・聳肩空首布 | 三 | 中國錢幣大辭典・先秦編 |
| 24 | 中㇏・聳肩空首布 | φ㇏ | 中國錢幣大辭典・先秦編 |
| 25 | 裛金・聳肩空首布 | 裛金 | 中國錢幣 2005：2 |
| 26 | 鄭・平襠方足平首布 | 鄭 | 中國錢幣大辭典・先秦編 |

---

〔註22〕曉沐、晉源：〈新見「襄陰」圜錢與「裛金」尖足平首布〉，《中國錢幣》2005年第
2期，頁8～9。

## 五、韓

| 編號 | 本　書　隸　定 | 原書隸定 | 主　要　著　錄 |
|---|---|---|---|
| 1 | 百浧・異形平首布 | 金涅 | 中國錢幣大辭典・先秦編 |
| 2 | 舟百浧・異形平首布 | 俞金涅 | 中國錢幣大辭典・先秦編〔註23〕 |
| 3 | 盧氏百浧・異形平首布 | 盧氏金涅 | 中國錢幣大辭典・先秦編〔註24〕 |
| 4 | 容・異形平首布 | 公 | 中國錢幣大辭典・先秦編〔註25〕 |
| 5 | 垂・異形平首布 | 𠂹 | 中國錢幣大辭典・先秦編〔註26〕 |
| 6 | 郚・平襠方足平首布 | 郚 | 中國錢幣大辭典・先秦編〔註27〕 |
| 7 | 洀・平襠方足平首布 | 渝 | 中國錢幣大辭典・先秦編 |
| 8 | 乇昜・平襠方足平首布 | 乇昜 | 中國錢幣大辭典・先秦編 |
| 9 | 木比當斤・平襠方足平首布 | 木斤當比 | 中國錢幣大辭典・先秦編 |
| 10 | 木比當斤・平襠方足平首布 | 木比當斤 | 中國錢幣大辭典・先秦編 |
| 11 | 屯留・平襠方足平首布 | 屯留 | 中國錢幣大辭典・先秦編 |
| 12 | 尹陽・平襠方足平首布 | 尹陽 | 中國錢幣大辭典・先秦編 |
| 13 | 平氏・平襠方足平首布 | 平氏 | 中國錢幣大辭典・先秦編 |
| 14 | 四比・平襠方足平首布 | 四比 | 中國錢幣大辭典・先秦編 |
| 15 | 四陽・平襠方足平首布 | 四陽 | 中國錢幣大辭典・先秦編 |
| 16 | 宅陽・平襠方足平首布 | 宅陽 | 中國錢幣大辭典・先秦編 |
| 17 | 金氏・平襠方足平首布 | 金氏 | 中國錢幣大辭典・先秦編 |

〔註23〕「舟」字本釋爲「俞」，將之與「楡即」之「楡」字偏旁對照，釋「俞」者與字形不合，其下相同形體者亦逕改之。何琳儀：〈銳角布幣考〉，《古幣叢考》，頁 85～86，臺北，文史哲出版社，1996 年。

〔註24〕「容」字本未釋，逕作「公」，何琳儀指出該字係借用貨幣的邊線爲筆畫，故宜改釋爲「容」。〈銳角布幣考〉，《古幣叢考》，頁 87～88。

〔註25〕「盧氏百浧」、「百浧」之「百」字，學者過去多釋爲「金」，中山王嚳墓出土銅器云：「方數百里」，「百」字的形體與「金」字相近同，其後學者如何琳儀等人，據之改釋爲「百」；「浧」字本釋爲「涅」，幣文右側多作「甘」，釋作「涅」實有可議，故從何琳儀改釋爲「浧」。〈銳角布幣考〉，《古幣叢考》，頁 81～85。

〔註26〕「垂」字本未釋，逕作「𠂹」，幣文下方應爲「山」，何琳儀考證此字爲「垂」，其言或可備爲一說，暫從其意見。〈銳角布幣考〉，《古幣叢考》，頁 88～89。

〔註27〕「郚」字據何琳儀考證，應讀爲「鄐」，地望在今河南省新鄭西北，爲韓國貨幣。何琳儀：〈三晉方足布彙釋〉，《古幣叢考》，頁 224，臺北，文史哲出版社，1996 年。

| 18 | 郗・平襠方足平首布 | 郗 | 中國錢幣大辭典・先秦編 |
|---|---|---|---|
| 19 | 長水・平襠方足平首布 | 郞水 | 中國錢幣大辭典・先秦編 |
| 20 | 涅・平襠方足平首布 | 涅 | 中國錢幣大辭典・先秦編 |
| 21 | 鄩氏・平襠方足平首布 | 鄩氏 | 中國錢幣大辭典・先秦編 |
| 22 | 陽城・平襠方足平首布 | 陽城 | 中國錢幣大辭典・先秦編 |
| 23 | 陽是・平襠方足平首布 | 陽是 | 中國錢幣大辭典・先秦編 |
| 24 | 䲧・平襠方足平首布 | 䲧 | 中國錢幣大辭典・先秦編 |
| 25 | 橈比當忻・平襠方足平首布 | 橈比當忻 | 中國錢幣大辭典・先秦編 |
| 26 | 橈比當忻・平襠方足平首布 | 橈忻當比 | 中國錢幣大辭典・先秦編 |
| 27 | 鑄・平襠方足平首布 | 鑄 | 中國錢幣大辭典・先秦編 |
| 28 | 鑄一・平襠方足平首布 | 鑄一 | 中國錢幣大辭典・先秦編 |
| 29 | 鑃・平襠方足平首布 | 鑃 | 中國錢幣大辭典・先秦編 |
| 30 | 唐是・平襠方足平首布 | 周是 | 中國錢幣大辭典・先秦編〔註28〕 |
| 31 | 馬雍・平襠方足平首布 | 馬雍 | 中國錢幣大辭典・先秦編 |
| 32 | 於疋・平襠方足平首布 | 烏疋 | 中國錢幣大辭典・先秦編〔註29〕 |
| 33 | 於郘・平襠方足平首布 | 烏郘 | 中國錢幣大辭典・先秦編 |
| 34 | 宜陽・平襠方足平首布 | 宜陽 | 中國錢幣大辭典・先秦編 |
| 35 | 甹子・平襠方足平首布 | 甹子 | 中國錢幣大辭典・先秦編〔註30〕 |
| 36 | 邜・平襠方足平首布 | 邜 | 中國錢幣大辭典・先秦編 |
| 37 | 郰・平襠方足平首布 | 郰 | 中國錢幣大辭典・先秦編 |
| 38 | 郜・平襠方足平首布 | ▽△▽○ | 中國錢幣大辭典・先秦編 |

---

〔註28〕「唐是」平肩空首布，原書逕釋爲「周是」，今觀察貨幣字形，左側之字實非「周」字，據何琳儀考證「唐是」即「楊氏」，其地望在今日山西省洪桐東南，戰國時屬韓境。何琳儀：〈韓國方足布四考〉，《古幣叢考》，頁 97～98，臺北，文史哲出版社，1996 年。

〔註29〕「於疋」平襠方足平首布，「疋」字又可作「郘」，據李家浩考釋，從邑與否並不影響其地望；再者，從文獻記載與文字語言角度言，「於」、「烏」古本爲一字，「疋」、「蘇」二字古音相同，「於疋」可讀爲「烏蘇」，戰國時屬韓國疆域，應定爲韓幣。今從其言。李家浩：〈戰國於疋布考〉，《中國錢幣》1986 年第 4 期，頁 55～57。

〔註30〕平襠方足平首布所見之「甹子」、「邜」、「郰」等，據何琳儀考證之地望，將之列爲韓幣。〈三晉方足布彙釋〉，《古幣叢考》，頁 222～225。

## 六、趙

| 編號 | 本　書　隸　定 | 原書隸定 | 主　要　著　錄 |
|---|---|---|---|
| 1 | 玄金・聳肩空首布 | 玄金 | 中國錢幣大辭典・先秦編 |
| 2 | 大陰・平襠方足平首布 | 大陰 | 中國錢幣大辭典・先秦編 |
| 3 | 中都・平襠方足平首布 | 中都 | 中國錢幣大辭典・先秦編 |
| 4 | 文氏・平襠方足平首布 | 文氏 | 中國錢幣大辭典・先秦編 |
| 5 | 文陽・平襠方足平首布 | 文陽 | 中國錢幣大辭典・先秦編 |
| 6 | 平貝・平襠方足平首布 | 平貝 | 中國錢幣大辭典・先秦編 |
| 7 | 平原・平襠方足平首布 | 平备 | 中國錢幣大辭典・先秦編 |
| 8 | 平陶・平襠方足平首布 | 平陶 | 中國錢幣大辭典・先秦編 |
| 9 | 平陽・平襠方足平首布 | 平陽 | 中國錢幣大辭典・先秦編 |
| 10 | 北亓・平襠方足平首布 | 北亓 | 中國錢幣大辭典・先秦編 |
| 11 | 北屈・平襠方足平首布 | 北屈 | 中國錢幣大辭典・先秦編 |
| 12 | 邨・平襠方足平首布 | 邨 | 中國錢幣大辭典・先秦編 〔註31〕 |
| 13 | 同是・平襠方足平首布 | 同是 | 中國錢幣大辭典・先秦編 |
| 14 | 中邑・平襠方足平首布 | 中邑 | 中國錢幣大辭典・先秦編 |
| 15 | 安陽・平襠方足平首布 | 安陽 | 中國錢幣大辭典・先秦編 |
| 16 | 祁・平襠方足平首布 | 祁 | 中國錢幣大辭典・先秦編 |
| 17 | 阪・平襠方足平首布 | 阪 | 中國錢幣大辭典・先秦編 |
| 18 | 武安・平襠方足平首布 | 武安 | 中國錢幣大辭典・先秦編 |
| 19 | 邯・平襠方足平首布 | 邯 | 中國錢幣大辭典・先秦編 |
| 20 | 咎奴・平襠方足平首布 | 咎奴 | 中國錢幣大辭典・先秦編 |
| 21 | 茲氏半・平襠方足平首布 | 茲氏半 | 中國錢幣大辭典・先秦編 |
| 22 | 貝地・平襠方足平首布 | 俞貝 | 中國錢幣大辭典・先秦編 〔註32〕 |

〔註31〕 「邨」平襠方足平首布，原書釋作從戈從邑之字，李家浩指出古文字中「戈」、「弋」二字時常相混，並舉出諸多例證以爲該字應爲「邨」（李家浩：〈戰國邨布考〉，《古文字研究》第三輯，頁 160～165，北京，中華書局，1980 年。）表面上「弋」字添加一短橫畫與「戈」字相近，據拙作透過字形的比對，發現若爲短橫畫者多爲「弋」字，若爲短斜畫者多爲「戈」字（陳立：《楚系簡帛文字研究》，頁 260～261，臺北，國立臺灣師範大學國文研究所碩士論文，1999 年。）此一書寫的現象亦可應用於判斷貨幣上的文字，故從李家浩之言。

〔註32〕 平襠方足平首布中的「貝地」因字形怪異，原書或釋爲「俞貝」，或釋作「匬貝」，就上字的字形言，實非「俞」字。何琳儀將貨幣上的文字與先秦時期諸文字相比對，發現二字應爲「貝地」，寫作「也」字，是省減形符的通例，並進一步指出其

| 23 | 俞陽・平襠方足平首布 | 俞陽 | 中國錢幣大辭典・先秦編 |
|----|----|----|----|
| 24 | 長子・平襠方足平首布 | 鄛子 | 中國錢幣大辭典・先秦編 |
| 25 | 鄅・平襠方足平首布 | 鄅 | 中國錢幣大辭典・先秦編 |
| 26 | 堊成・平襠方足平首布 | 堊成 | 中國錢幣大辭典・先秦編 |
| 27 | 涂・平襠方足平首布 | 涂 | 中國錢幣大辭典・先秦編 |
| 28 | 貝地・平襠方足平首布 | 匭貝 | 中國錢幣大辭典・先秦編 |
| 29 | 閔・平襠方足平首布 | 閔 | 中國錢幣大辭典・先秦編 |
| 30 | 干關・平襠方足平首布 | 閞中 | 中國錢幣大辭典・先秦編 〔註33〕 |
| 31 | 鄒・平襠方足平首布 | 鄒 | 中國錢幣大辭典・先秦編 |
| 32 | 陽邑・平襠方足平首布 | 陽邑 | 中國錢幣大辭典・先秦編 |
| 33 | 榆即・平襠方足平首布 | 榆即 | 中國錢幣大辭典・先秦編 |
| 34 | 鄗・平襠方足平首布 | 鄗 | 中國錢幣大辭典・先秦編 |
| 35 | 長安・平襠方足平首布 | 駺安 | 中國錢幣大辭典・先秦編 |
| 36 | 壽陰・平襠方足平首布 | 壽陰 | 中國錢幣大辭典・先秦編 |
| 37 | 膚虒・平襠方足平首布 | 膚虒 | 中國錢幣大辭典・先秦編 |
| 38 | 鄩・平襠方足平首布 | 鄩 | 中國錢幣大辭典・先秦編 |
| 39 | 斁垣・平襠方足平首布 | 斁垣 | 中國錢幣大辭典・先秦編 |
| 40 | 郖・平襠方足平首布 | 郖 | 中國錢幣大辭典・先秦編 |
| 41 | 爪・平襠方足平首布 | 爪 | 中國錢幣大辭典・先秦編 |
| 42 | 長子・平襠方足平首布 | 鄛亲 | 中國錢幣大辭典・先秦編 |
| 43 | 邔祁・平襠方足平首布 | 郱 | 中國錢幣大辭典・先秦編 |
| 44 | 貝地・平襠方足平首布 | 土貝 | 中國錢幣大辭典・先秦編 |
| 45 | 長子・平襠方足平首布 | 木丫 | 中國錢幣大辭典・先秦編 |
| 46 | 土匀・平襠方足平首布 | 土勹 | 中國錢幣大辭典・先秦編 |
| 47 | 鄒・平襠方足平首布 | 鄒 | 中國錢幣大辭典・先秦編 |

地望，即今日之臨清的「貝地」；此外，又指出原釋爲「郖」者，亦應改爲「郖」，添加偏旁「邑」，是表明地望之用。作「貝」形體者，亦見於「平貝」，今亦一併更改。何琳儀：〈貝地布幣考〉，《古幣叢考》，頁143～154，臺北，文史哲出版社，1996年。

〔註33〕「干關」二字本釋爲「閞中」，從字形觀察，釋爲「中」者，與戰國時期的「中」字形體不同，黃錫全將文字比對，發現「屮」的形體，應爲「干」字，「干關」布屬趙幣，鑄造年代應在戰國晚期之前。黃錫全：〈「干關」方足布考——干關、扦關、挺關、麋關異名同地〉，頁133～139，《訓詁論叢》第二輯，臺北，文史哲出版社，1997年。

| 48 | 虡虎・平襠方足平首布 | 虡呂 | 中國錢幣大辭典・先秦編〔註34〕 |
| 49 | 完陽・平襠方足平首布 | 丅陽 | 中國錢幣大辭典・先秦編〔註35〕 |
| 50 | 开陽・平襠方足平首布 | ΠΠ陽 | 中國錢幣大辭典・先秦編〔註36〕 |
| 51 | 邡・平襠方足平首布 | 邡 | 中國錢幣大辭典・先秦編〔註37〕 |
| 52 | 邸・平襠方足平首布 | 邸 | 中國錢幣大辭典・先秦編〔註38〕 |
| 53 | 邸・平襠方足平首布 | 邸 | 中國錢幣大辭典・先秦編 |
| 54 | 平㓝・平襠方足平首布 | □□ | 古錢大辭典〔註39〕 |
| 55 | 人也・平襠方足平首布 | □□ | 古錢大辭典〔註40〕 |
| 56 | 涂・平襠方足平首布 | 涂 | 中國歷代貨幣大系・先秦貨幣〔註41〕 |
| 57 | 沙乇・平襠方足平首布 | 沙乇 | 中國歷代貨幣大系・先秦貨幣〔註42〕 |

〔註34〕「虡虎」本釋爲「虡呂」，戰國文字裡「虎」頭形體或作「⿸」，或作「⿱」，該幣文作「⿱」，釋爲「虎」無誤。「虡」字下方所從之「貝」，在戰國文字中有二系統，一爲「貝」字，一爲「鼎」字，從「鼎」偏旁者往往省減爲「貝」，故知何琳儀改釋作「虡虎」的意見應可採信，其進一步考釋地望，指出即爲「鮮虞」，爲趙國晚期貨幣。何琳儀：〈趙國方足布三考〉，《古幣叢考》，頁 133～136，臺北，文史哲出版社，1996 年。

〔註35〕「完陽」首字作「丅」，何琳儀釋作「下」，其形體與「下」字不符；黃錫全考釋爲「完」，指出該字在幣文中又作「下」，下方的形體與「元」相同，隸定爲「完」應無疑義。何琳儀：〈魏國方足布四考〉，《古幣叢考》，頁 203～204，臺北，文史哲出版社，1996 年；黃錫全：〈趙國方足布七考〉，《先秦貨幣研究》，頁92～93，北京，中華書局，2001 年。

〔註36〕「开陽」首字本未釋，該字作「ΠΠ」，何琳儀從甲、金文中找出其對應關係，考證該字即爲「开」，「开陽」爲文獻之「沃陽」，屬戰國之趙幣。〈趙國方足布三考〉，《古幣叢考》，頁 136～137。

〔註37〕「邡」字原書未釋逕作「邡」，何琳儀考證應爲「邡」，屬趙國貨幣，其地望位於今河北省南宮南。〈三晉方足布彙釋〉，《古幣叢考》，頁 226。

〔註38〕何琳儀考證應屬趙國貨幣，今從其言。〈三晉方足布彙釋〉，《古幣叢考》，頁 230。

〔註39〕「平㓝」二字原書未釋，何琳儀考證應讀爲「平利」，戰國時屬趙國地望，今從其言。〈趙國方足布三考〉，《古幣叢考》，頁 138～139。

〔註40〕「人也」據黃錫全考證係指「任地」，今暫從其言。〈趙國方足布七考〉，《先秦貨幣研究》，頁 94～95。

〔註41〕「涂」據何琳儀考證係指「塗水鄉」，在今山西榆次西南。何琳儀：〈尖足布幣考〉，《古幣叢考》，頁 119，臺北，文史哲出版社，1996 年。

〔註42〕「沙乇」據黃錫全考證係指「沙澤」，今暫從其言。〈趙國方足布七考〉，《先秦貨

| 58 | 平于・平襠方足平首布 | 平于 | 先秦貨幣研究 [註43] |
|---|---|---|---|
| 59 | 屮邑・平襠方足平首布 | 屮邑 | 先秦貨幣研究 [註44] |
| 60 | 邙玉・平襠方足平首布 | 邙玉 | 先秦貨幣研究 |
| 61 | 武平・平襠方足平首布 | 武平 | 中國錢幣 2007：2 [註45] |
| 62 | 于・尖足平首布 | 于 | 中國錢幣大辭典・先秦編 |
| 63 | 于半・尖足平首布 | 于半 | 中國錢幣大辭典・先秦編 |
| 64 | 大丌・尖足平首布 | 大丌 | 中國錢幣大辭典・先秦編 |
| 65 | 大陰・尖足平首布 | 大阝 | 中國錢幣大辭典・先秦編 |
| 66 | 大陰・尖足平首布 | 大陰 | 中國錢幣大辭典・先秦編 |
| 67 | 大陰半・尖足平首布 | 大陰半 | 中國錢幣大辭典・先秦編 |
| 68 | 子城・尖足平首布 | 子城 | 中國錢幣大辭典・先秦編 |
| 69 | 中都・尖足平首布 | 中都 | 中國錢幣大辭典・先秦編 |
| 70 | 中陽・尖足平首布 | 中陽 | 中國錢幣大辭典・先秦編 |
| 71 | 尹城・尖足平首布 | 父城 | 中國錢幣大辭典・先秦編 [註46] |
| 72 | 分・尖足平首布 | 分 | 中國錢幣大辭典・先秦編 |
| 73 | 文陽・尖足平首布 | 文陽 | 中國錢幣大辭典・先秦編 |
| 74 | 甘丹・尖足平首布 | 甘丹 | 中國錢幣大辭典・先秦編 |
| 75 | 平州・尖足平首布 | 平州 | 中國錢幣大辭典・先秦編 |
| 76 | 平匋・尖足平首布 | 平匋 | 中國錢幣大辭典・先秦編 |
| 77 | 平目・尖足平首布 | 平目 | 中國錢幣大辭典・先秦編 |
| 78 | 北茲釿・尖足平首布 | 北茲釿 | 中國錢幣大辭典・先秦編 |
| 79 | 宁・尖足平首布 | 宁 | 中國錢幣大辭典・先秦編 |
| 80 | 西都・尖足平首布 | 西都 | 中國錢幣大辭典・先秦編 |
| 81 | 邪・尖足平首布 | 邪 | 中國錢幣大辭典・先秦編 |
| 82 | 邑・尖足平首布 | 邑 | 中國錢幣大辭典・先秦編 |
| 83 | 武平・尖足平首布 | 武平 | 中國錢幣大辭典・先秦編 |

幣研究》，頁 98～99。

〔註43〕〈趙國方足布七考〉，《先秦貨幣研究》，頁 97～98。

〔註44〕以下資料引自黃錫全文章。黃錫全：〈古幣六考〉，《先秦貨幣研究》，頁 105～108，北京，中華書局，2001 年。

〔註45〕梁學義、李志東、程紀中：〈新發現一枚「武平」類方足布〉，《中國錢幣》2007 年第 2 期，頁 29。

〔註46〕「尹城」之首字本釋爲「父」，先秦文字之「尹」、「父」二字有別，於此從何琳儀之意見逕改之。〈尖足布幣考〉，《古幣叢考》，頁 120。

| 84 | 武安·尖足平首布 | 武安 | 中國錢幣大辭典·先秦編 |
|---|---|---|---|
| 85 | 匋·尖足平首布 | 匋 | 中國錢幣大辭典·先秦編 |
| 86 | 易邑·尖足平首布 | 易邑 | 中國錢幣大辭典·先秦編 |
| 87 | 郂·尖足平首布 | 郂 | 中國錢幣大辭典·先秦編 |
| 88 | 郂陽·尖足平首布 | 郂陽 | 中國錢幣大辭典·先秦編 |
| 89 | 茲·尖足平首布 | 茲 | 中國錢幣大辭典·先秦編 |
| 90 | 茲氏·尖足平首布 | 茲氏 | 中國錢幣大辭典·先秦編 |
| 91 | 茲釿·尖足平首布 | 茲釿 | 中國錢幣大辭典·先秦編 |
| 92 | 茲氏半·尖足平首布 | 茲氏半 | 中國錢幣大辭典·先秦編 |
| 93 | 厬半·尖足平首布 | 厬半 | 中國錢幣大辭典·先秦編 |
| 94 | 晉陽·尖足平首布 | 晉陽 | 中國錢幣大辭典·先秦編 |
| 95 | 晉陽半·尖足平首布 | 晉陽半 | 中國錢幣大辭典·先秦編 |
| 96 | 垩城·尖足平首布 | 垩城 | 中國錢幣大辭典·先秦編 |
| 97 | 陽曲·尖足平首布 | 陽匕 | 中國錢幣大辭典·先秦編 |
| 98 | 閔·尖足平首布 | 閔 | 中國錢幣大辭典·先秦編 |
| 99 | 閔半·尖足平首布 | 閔半 | 中國錢幣大辭典·先秦編 |
| 100 | 榆即·尖足平首布 | 榆即 | 中國錢幣大辭典·先秦編 |
| 101 | 榆即半·尖足平首布 | 榆即半 | 中國錢幣大辭典·先秦編 |
| 102 | 鄸邡·尖足平首布 | 鄸邡 | 中國錢幣大辭典·先秦編 |
| 103 | 新城·尖足平首布 | 新城 | 中國錢幣大辭典·先秦編 |
| 104 | 壽陰·尖足平首布 | 壽陰 | 中國錢幣大辭典·先秦編 |
| 105 | 膚厬·尖足平首布 | 膚厬 | 中國錢幣大辭典·先秦編 |
| 106 | 膚厬半·尖足平首布 | 膚厬半 | 中國錢幣大辭典·先秦編 |
| 107 | 離石·尖足平首布 | 離石 | 中國錢幣大辭典·先秦編 |
| 108 | 藿人·尖足平首布 | 藿人 | 中國錢幣大辭典·先秦編 |
| 109 | ～·尖足平首布 | ～ | 中國錢幣大辭典·先秦編 |
| 110 | 尞公·尖足平首布 | 尞公 | 中國錢幣大辭典·先秦編 |
| 111 | 大陰·尖足平首布 | 大陰 | 中國錢幣大辭典·先秦編 |
| 112 | 專·尖足平首布 | 專 | 中國錢幣大辭典·先秦編 |
| 113 | 舍邡·尖足平首布 | 舍邡 | 中國錢幣大辭典·先秦編 |
| 114 | 襄城·尖足平首布 | 襄城 | 中國錢幣大辭典·先秦編 [註47] |

[註47] 「襄城」之首字,原書未釋遂作「襄」,何琳儀指出其為「襄」字,二字當讀作「成襄」,地望尚待考證。〈尖足布幣考〉,《古幣叢考》,頁 119～120。

| 115 | 襄平‧尖足平首布 | 螽示 | 中國錢幣大辭典‧先秦編〔註48〕 |
| 116 | 博‧尖足平首布 | 博 | 古幣叢考〔註49〕 |
| 117 | 繁寺‧尖足平首布 | 繁寺 | 先秦貨幣研究〔註50〕 |
| 118 | 婁番‧尖足平首布 | 婁番 | 先秦貨幣研究 |
| 119 | 善生‧尖足平首布 | 善往 | 先秦貨幣研究 |
| 120 | 若‧尖足平首布 | 若 | 先秦貨幣研究 |
| 121 | 平城‧尖足平首布 | 平城 | 先秦貨幣研究 |
| 122 | 櫟‧尖足平首布 | 㯍 | 先秦貨幣研究 |
| 123 | 昜曲‧尖足平首布 | 昜匕 | 先秦貨幣研究 |
| 124 | 大陰‧圓足平首布 | 大陰 | 中國錢幣大辭典‧先秦編 |
| 125 | 平陶‧圓足平首布 | 平陶 | 中國錢幣大辭典‧先秦編 |
| 126 | 邪半‧圓足平首布 | 邪半 | 中國錢幣大辭典‧先秦編 |
| 127 | 昜曲‧圓足平首布 | 昜匕 | 中國錢幣大辭典‧先秦編 |
| 128 | 茲‧圓足平首布 | 茲 | 中國錢幣大辭典‧先秦編 |
| 129 | 茲氏‧圓足平首布 | 茲氏 | 中國錢幣大辭典‧先秦編 |
| 130 | 晉陽‧圓足平首布 | 晉陽 | 中國錢幣大辭典‧先秦編 |
| 131 | 離石‧圓足平首布 | 離石 | 中國錢幣大辭典‧先秦編 |
| 132 | 閔‧圓足平首布 | 閔 | 中國歷代貨幣大系‧先秦貨幣 |
| 133 | 下尃‧三孔平首布 | 下尃 | 中國錢幣大辭典‧先秦編 |
| 134 | 下邘陽‧三孔平首布 | 下卲陽 | 中國錢幣大辭典‧先秦編 |
| 135 | 上𢆶‧三孔平首布 | 上𢆶 | 中國錢幣大辭典‧先秦編 |
| 136 | 上尃‧三孔平首布 | 上尃 | 中國錢幣大辭典‧先秦編 |
| 137 | 上邘陽‧三孔平首布 | 上卲陽 | 中國錢幣大辭典‧先秦編 |
| 138 | 亡郊‧三孔平首布 | 亡郊 | 中國錢幣大辭典‧先秦編 |
| 139 | 卅‧三孔平首布 | 卅 | 中國錢幣大辭典‧先秦編 |
| 140 | 五陘‧三孔平首布 | 五陘 | 中國錢幣大辭典‧先秦編 |
| 141 | 平臺‧三孔平首布 | 平臺 | 中國錢幣大辭典‧先秦編 |
| 142 | 北九門‧三孔平首布 | 北九門 | 中國錢幣大辭典‧先秦編 |
| 143 | 安陽‧三孔平首布 | 安陽 | 中國錢幣大辭典‧先秦編 |

〔註48〕「襄平」二字，原書未釋逕作「螽示」，何琳儀指出應釋為「襄平」。〈尖足布幣考〉，
《古幣叢考》，頁 120。

〔註49〕〈尖足布幣考〉，《古幣叢考》，頁 132。

〔註50〕以下新見的尖足平首布資料，悉引自黃錫全文章。黃錫全：〈平首尖足布新品數種
考述〉，《先秦貨幣研究》，頁 67～76，北京，中華書局，2001 年。

| 144 | 安隃・三孔平首布 | 安隃 | 中國錢幣大辭典・先秦編 |
| 145 | 朵・三孔平首布 | 朵 | 中國錢幣大辭典・先秦編 [註51] |
| 146 | 余亡・三孔平首布 | 余亡 | 中國錢幣大辭典・先秦編 |
| 147 | 宋子・三孔平首布 | 宋子 | 中國錢幣大辭典・先秦編 |
| 148 | 邔陽・三孔平首布 | 邔陽 | 中國錢幣大辭典・先秦編 |
| 149 | 邔與・三孔平首布 | 邔與 | 中國錢幣大辭典・先秦編 |
| 150 | 阿・三孔平首布 | 阿 | 中國錢幣大辭典・先秦編 |
| 151 | 妐邑・三孔平首布 | 妐邑 | 中國錢幣大辭典・先秦編 |
| 152 | 封氏・三孔平首布 | 敄氏 | 中國錢幣大辭典・先秦編 [註52] |
| 153 | 南行昜・三孔平首布 | 南衡 | 中國錢幣大辭典・先秦編 [註53] |
| 154 | 家陽・三孔平首布 | 家陽 | 中國錢幣大辭典・先秦編 |
| 155 | 親處・三孔平首布 | 親處 | 中國錢幣大辭典・先秦編 |
| 156 | 輾・三孔平首布 | 輾 | 中國錢幣大辭典・先秦編 [註54] |
| 157 | 渝陽・三孔平首布 | 渝陽 | 中國錢幣大辭典・先秦編 |
| 158 | 喬即・三孔平首布 | 喬即 | 中國錢幣大辭典・先秦編 |
| 159 | 酈・三孔平首布 | 酈 | 中國錢幣大辭典・先秦編 |

---

〔註51〕「朵」字上從厶下從木，本隸定爲「朵」，何琳儀指出或可改作左右式結構，釋爲「相」字，讀爲「貍」或「狸」。何琳儀改釋之意見可從。何琳儀：〈三孔布幣考〉，《古幣叢考》，頁171，臺北，文史哲出版社，1996年。

〔註52〕「封氏」三孔平首布之首字本釋爲從圭從攴之字，黃盛璋指出該字結構可分爲上中下層，上中二層皆作草木枝幹之形，下層則作橫畫，並於尾部向右拖斜，表示地下之根，並將之與《說文》相較，當改釋作「屯」字（黃盛璋：〈新發現的「屯氏」三孔幣與相關問題答覆〉，《中國錢幣》1993年第4期，頁42～48。）觀察其文字，釋爲從圭從攴，正與字形相符，黃盛璋將之釋爲「屯」字，所釋與之不符。又古文字中從「又」與從「攵」或從「又」與從「寸」偏旁互換的現象十分習見，「敄」字可釋爲「封」。

〔註53〕「南行昜」一詞據裘錫圭考證，即文獻中的「南行唐」。裘錫圭：〈戰國貨幣考（十二篇）〉，《古文字論集》，頁433，北京：中華書局，1992年。

〔註54〕「輾」字本釋爲「輾」，右側形體與「㫶」字相近，「㫶」字於中山國器作「㫶」〈石環XK：120〉，其上之「目」或可寫成幣文之形，又古文字時見省減聲符的現象，今將〈石環〉之「㫶」字省減聲符，並將形體倒置，則如幣文所示，故知何琳儀之意見可採信。何琳儀：〈余亡布幣考——兼述三孔布地名〉，《古幣叢考》，頁157～158，臺北，文史哲出版社，1996年。

| 160 | 卪觷・三孔平首布 | 𘳨 | 中國錢幣大辭典・先秦編 [註55] |
|---|---|---|---|
| 161 | 鄿・三孔平首布 | 𘳨 | 中國錢幣大辭典・先秦編 [註56] |
| 162 | 王夸・三孔平首布 | 王夸 | 古幣叢考 [註57] |
| 163 | 伝・三孔平首布 | 伝 | 古幣叢考 [註58] |
| 164 | 陽鄿・三孔平首布 | 陽鄿 | 中國錢幣 2005：2 [註59] |
| 165 | 𨛴・三孔平首布 | 𨛴 | 中國錢幣 2005：2 [註60] |
| 166 | 建邑・三孔平首布 | 建邑 | 中國錢幣 2010：1 [註61] |
| 167 | 罰・三孔平首布 | 罰 | 中國錢幣 2012：4 [註62] |
| 168 | 王刀・直刀 | 王匕 | 中國錢幣大辭典・先秦編 |
| 169 | 尹匕・直刀 | 尹匕 | 中國錢幣大辭典・先秦編 |
| 170 | 甘丹・直刀 | 甘丹 | 中國錢幣大辭典・先秦編 |
| 171 | 甘丹刀・直刀 | 甘丹匕 | 中國錢幣大辭典・先秦編 |
| 172 | 白・直刀 | 白 | 中國錢幣大辭典・先秦編 |
| 173 | 白人・直刀 | 白人 | 中國錢幣大辭典・先秦編 |
| 174 | 白刀・直刀 | 白匕 | 中國錢幣大辭典・先秦編 |
| 175 | 白人刀・直刀 | 白人匕 | 中國錢幣大辭典・先秦編 |
| 176 | 白人刀・直刀 | 白匕人 | 中國錢幣大辭典・先秦編 |
| 177 | 西刀・直刀 | 西匕 | 中國錢幣大辭典・先秦編 |
| 178 | 西刀𠂤口・直刀 | 西匕𠂤口 | 中國錢幣大辭典・先秦編 |
| 179 | 西刀口口・直刀 | 西匕口口 | 中國錢幣大辭典・先秦編 |

[註55] 「卪觷」二字原書未釋，何琳儀指出下字上方所從爲「或」，其下爲「角」，寫作「觷」者乃隸古所致，上字應爲「卪」，二字爲地望之名，讀爲「即裴」，爲趙國之境。〈三孔布幣考〉，《古幣叢考》，頁172。

[註56] 「鄿」字原書未釋，逕作「𥝅卩」，圖畫性質濃厚，何琳儀指出其上從羊角之形，故隸定爲「鄿」，可讀爲「權」，該地曾先後歸屬於燕、趙，今從原書所言，列爲趙國貨幣。〈三孔布幣考〉，《古幣叢考》，頁161～172。

[註57] 何琳儀：〈王夸布幣考〉，《古幣叢考》，頁161～167，臺北，文史哲出版社，1996年。

[註58] 「伝」字左側形體怪異，何琳儀從文字的比對，認定爲「人」，戰國文字習見在豎畫上添加短橫畫，故知何琳儀之言可從。〈三孔布幣考〉，《古幣叢考》，頁169～171。

[註59] 黃錫全：〈新見三孔布簡釋〉，《中國錢幣》2005年第2期，頁3～7。

[註60] 〈新見三孔布簡釋〉，《中國錢幣》2005年第2期，頁3～7。

[註61] 黃錫全：〈介紹一枚新品三孔布「建邑」字〉，《中國錢幣》2010年第1期，頁3～5。

[註62] 黃錫全：〈介紹一枚「罰」字三孔布〉，《中國錢幣》2012年第4期，頁3～4。

| 180 | 城・直刀 | 城 | 中國錢幣大辭典・先秦編 |
|---|---|---|---|
| 181 | 言刀・直刀 | 晉匕 | 中國錢幣大辭典・先秦編〔註63〕 |
| 182 | 言半・直刀 | 晉半 | 中國錢幣大辭典・先秦編 |
| 183 | 言易刀・直刀 | 晉易匕 | 中國錢幣大辭典・先秦編 |
| 184 | 言易亲刀・直刀 | 晉易亲匕 | 中國錢幣大辭典・先秦編 |
| 185 | 閔・直刀 | 閔 | 中國錢幣大辭典・先秦編 |
| 186 | 8・直刀 | 8 | 中國錢幣大辭典・先秦編 |
| 187 | 閔・圜錢 | 閔 | 中國錢幣大辭典・先秦編 |
| 188 | 薔石・圜錢 | 薔石 | 中國錢幣大辭典・先秦編 |

## 七、魏

| 編號 | 本　書　隸　定 | 原書隸定 | 主　要　著　錄 |
|---|---|---|---|
| 1 | 山陽・弧襠方足平首布 | 山陽 | 中國錢幣大辭典・先秦編 |
| 2 | 分布・弧襠方足平首布 | 分布 | 中國錢幣大辭典・先秦編 |
| 3 | 文安半釿・弧襠方足平首布 | 文安半釿 | 中國錢幣大辭典・先秦編 |
| 4 | 共半釿・弧襠方足平首布 | 共半釿 | 中國錢幣大辭典・先秦編 |
| 5 | 安邑釿・弧襠方足平首布 | 安邑釿 | 中國錢幣大辭典・先秦編 |
| 6 | 安邑一釿・弧襠方足平首布 | 安邑一釿 | 中國錢幣大辭典・先秦編 |
| 7 | 安邑二釿・弧襠方足平首布 | 安邑二釿 | 中國錢幣大辭典・先秦編 |
| 8 | 安邑半釿・弧襠方足平首布 | 安邑半釿 | 中國錢幣大辭典・先秦編 |
| 9 | 甫反一釿・弧襠方足平首布 | 甫反一釿 | 中國錢幣大辭典・先秦編 |
| 10 | 甫反半釿・弧襠方足平首布 | 甫反半釿 | 中國錢幣大辭典・先秦編 |
| 11 | 言半釿・弧襠方足平首布 | 言半釿 | 中國錢幣大辭典・先秦編 |
| 12 | 言易一釿・弧襠方足平首布 | 言易一釿 | 中國錢幣大辭典・先秦編 |
| 13 | 言易二釿・弧襠方足平首布 | 言易二釿 | 中國錢幣大辭典・先秦編 |
| 14 | 垣釿・弧襠方足平首布 | 垣釿 | 中國錢幣大辭典・先秦編 |
| 15 | 陰安・弧襠方足平首布 | 陰安 | 中國錢幣大辭典・先秦編 |
| 16 | 梁正甫百當守・弧襠方足平首布 | 梁正甫百當守 | 中國錢幣大辭典・先秦編 |
| 17 | 梁重釿百當守・弧襠方足平 | 梁重釿百當 | 中國錢幣大辭典・先秦編〔註64〕 |

〔註63〕「言刀」原書釋爲「晉匕」，形體作「昚刀」，右側爲「刀」，左側與「言」字形體相近，而非「晉」字，故從黃錫全之意見，與此形體相同者亦逕改之。《中國歷代貨幣大系・先秦貨幣》釋文校訂〉，《先秦貨幣研究》，頁358。

〔註64〕「梁重釿百當守」的「重」字過去未識，吳振武指出該字即爲冢字，戰國文字裡「冢（或塚）」字常借爲「重」字（吳振武：〈說梁重釿布〉，《中國錢幣》1991 年

| | 首布 | 守 | |
|---|---|---|---|
| 18 | 梁半𫝹二百當守·弧襠方足平首布 | 梁半𫝹二百當守 | 中國錢幣大辭典·先秦編 |
| 19 | 梁重釿五十當守·弧襠方足平首布 | 梁重釿五十當守 | 中國錢幣大辭典·先秦編 |
| 20 | 陰晉一釿·弧襠方足平首布 | 陰晉一釿 | 中國錢幣大辭典·先秦編 |
| 21 | 陰晉半釿·弧襠方足平首布 | 陰晉半釿 | 中國錢幣大辭典·先秦編 |
| 22 | 高半釿·弧襠方足平首布 | 高半釿 | 中國錢幣大辭典·先秦編 |
| 23 | 高安一釿·弧襠方足平首布 | 高安一釿 | 中國錢幣大辭典·先秦編 |
| 24 | 郖氏半釿·弧襠方足平首布 | 郖氏半釿 | 中國錢幣大辭典·先秦編 |
| 25 | 盧氏半釿·弧襠方足平首布 | 盧氏半釿 | 中國錢幣大辭典·先秦編 |
| 26 | 禾一釿·弧襠方足平首布 | 禾一釿 | 中國錢幣大辭典·先秦編〔註65〕 |
| 27 | 禾二釿·弧襠方足平首布 | 禾二釿 | 中國錢幣大辭典·先秦編 |
| 28 | 禾半釿·弧襠方足平首布 | 禾半釿 | 中國錢幣大辭典·先秦編 |
| 29 | 陝一釿·弧襠方足平首布 | 庚一釿 | 中國錢幣大辭典·先秦編〔註66〕 |
| 30 | 陝半釿·弧襠方足平首布 | 庚半釿 | 中國錢幣大辭典·先秦編 |
| 31 | 垂二釿·弧襠方足平首布 | 𠕄二釿 | 中國錢幣大辭典·先秦編〔註67〕 |

---

第 2 期，頁 21～26。）於此釋爲「重」字正可通讀，故從其所言。

〔註65〕「禾一釿」之「禾」字，其形上半部從 C，下半部從木，或當作未識字處理，何琳儀從文字觀察，以爲可釋爲「禾」，貨幣上的文字爲反文，若將之反正則上半部作つ，其下仍爲木，或可視爲「禾」的變體，故從何琳儀意見，而其下之「╳二釿」、「╳半釿」，亦逕釋爲「禾」。何琳儀：〈橋形布幣考〉，《古幣叢考》，頁 187～192，臺北，文史哲出版社，1996 年。

〔註66〕「陝一釿」所見的「陝」字原本未釋，逕作「庚」，張頷考釋爲「陝」字，考定其地望在今日山西省平路一帶，屬於魏國陝地所鑄泉幣（朱華：〈山西運城出土戰國布幣淺析〉，《中國錢幣》1985 年第 2 期，頁 26～28；張頷：〈魏幣陝布考釋〉，《中國錢幣》1985 年第 4 期，頁 32～35，轉頁 46。）從字形言，張頷的論證與釋讀應可採信。

〔註67〕「垂」字原書未釋逕作「𠕄」，何琳儀指出其爲「垂」字的繁體，地望位於今山東省曹縣附近，戰國時屬魏國，今從其言。〈橋形布幣考〉，《古幣叢考》，頁 189～190。

| | | | |
|---|---|---|---|
| 32 | [每山]一釿・弧襠方足平首布 | [illegible]一釿 | 中國錢幣大辭典・先秦編〔註 68〕 |
| 33 | [illegible]釿・弧襠方足平首布 | [illegible]釿 | 中國錢幣大辭典・先秦編〔註 69〕 |
| 34 | 梁半釿・弧襠方足平首布 | 梁半釿 | 考古與文物 1994：5〔註 70〕 |
| 35 | 皮氏・平襠方足平首布 | 皮氏 | 中國錢幣大辭典・先秦編 |
| 36 | 邳・平襠方足平首布 | 邳 | 中國錢幣大辭典・先秦編 |
| 37 | 䢵・平襠方足平首布 | 䢵 | 中國錢幣大辭典・先秦編 |
| 38 | 奉氏・平襠方足平首布 | 奉氏 | 中國錢幣大辭典・先秦編 |
| 39 | 奇氏・平襠方足平首布 | 奇氏 | 中國錢幣大辭典・先秦編 |
| 40 | 莆子・平襠方足平首布 | 莆子 | 中國錢幣大辭典・先秦編 |
| 41 | 高都・平襠方足平首布 | 高都 | 中國錢幣大辭典・先秦編 |
| 42 | 鄹・平襠方足平首布 | 鄹 | 中國錢幣大辭典・先秦編 |
| 43 | 盧陽・平襠方足平首布 | 盧陽 | 中國錢幣大辭典・先秦編 |
| 44 | 壤陰・平襠方足平首布 | 壤陰 | 中國錢幣大辭典・先秦編 |
| 45 | 鄍氏・平襠方足平首布 | 鄍氏 | 中國錢幣大辭典・先秦編 |
| 46 | [向阝]・平襠方足平首布 | [亯阝] | 中國錢幣大辭典・先秦編〔註 71〕 |
| 47 | [炅阝]・平襠方足平首布 | [冋火阝] | 中國錢幣大辭典・先秦編〔註 72〕 |

〔註 68〕「[每山]」字原書未釋逕作「[illegible]」，與中山王嚳墓出土封泥上的文字相近同，皆從每從山，亦或可釋爲「繁」。釋作「繁」字，難以考其地望，何琳儀進一步指出可能是「每」字的異體，即文獻所載之「牧」，戰國時屬魏國，今暫將之據形隸定。〈橋形布幣考〉，《古幣叢考》，頁 191～192。

〔註 69〕「[illegible]」字原書未釋，何琳儀指出應爲從木從鬲省之字，爲魏國貨幣。觀察魏國貨幣的幣文，辭例多爲「×二釿」、「×一釿」、「×半釿」，今作「[illegible]釿」，應可歸屬於魏國。〈橋形布幣考〉，《古幣叢考》，頁 196。

〔註 70〕「梁半釿」之「梁」字，上半部作[illegible]，下半部從木，與「禾半釿」之「禾」不同，據成增耀考證，應釋爲「梁」，今暫從其意見。成增耀：〈韓城出土「梁半釿」布及背殘陶範〉，《考古與文物》1994 年第 5 期，頁 70～72。

〔註 71〕「[向阝]」字原書作「[亯阝]」，其義未明，戰國文字習見於某偏旁或部件下添加短橫畫飾筆，其下之短橫畫應屬飾筆，何琳儀將該字釋爲「[向阝]」應無疑義。〈魏國方足布四考〉，《古幣叢考》，頁 208～209。

〔註 72〕「[炅阝]」字原書未釋逕作「[冋火阝]」，左側字形據何琳儀考證爲「炅」，從一從口的形體，應爲分割筆畫所致，何琳儀進一步指出該字讀爲「耿」，屬魏國所有，今從其言。〈魏國方足布四考〉，《古幣叢考》，頁 207～208。

| 48 | 盧陽‧平襠方足平首布 | 盧陽 | 中國錢幣大辭典‧先秦編 |
|---|---|---|---|
| 49 | 酸棗‧平襠方足平首布 | 酉棗 | 古錢大辭典〔註73〕 |
| 50 | 璽句‧平襠方足平首布 | 璽句 | 先秦貨幣研究〔註74〕 |
| 51 | 共‧圓錢 | 共 | 中國錢幣大辭典‧先秦編〔註75〕 |
| 52 | 共屯赤金‧圓錢 | 共屯赤金 | 中國錢幣大辭典‧先秦編 |
| 53 | 垣‧圓錢 | 垣 | 中國錢幣大辭典‧先秦編 |
| 54 | 侯釿‧圓錢 | 侯釿 | 中國錢幣大辭典‧先秦編 |
| 55 | 桼垣一釿‧圓錢 | 桼垣一釿 | 中國錢幣大辭典‧先秦編 |
| 56 | 桼睘一釿‧圓錢 | 桼睘一釿 | 中國錢幣大辭典‧先秦編 |
| 57 | 襄险‧圓錢 | 襄陰 | 中國錢幣大辭典‧先秦編 |
| 58 | 坣坪‧圓錢 | 坣坪 | 中國錢幣大辭典‧先秦編〔註76〕 |

## 八、中山

| 編號 | 本　書　隸　定 | 原書隸定 | 主　要　著　錄 |
|---|---|---|---|
| 1 | 一‧尖首刀 | 一 | 中國錢幣大辭典‧先秦編 |
| 2 | 十‧尖首刀 | 十 | 中國錢幣大辭典‧先秦編 |
| 3 | 十一‧尖首刀 | 十一 | 中國錢幣大辭典‧先秦編 |
| 4 | 七‧尖首刀 | 七 | 中國錢幣大辭典‧先秦編 |
| 5 | 刀‧尖首刀 | 匕 | 中國錢幣大辭典‧先秦編 |
| 6 | ㄥ‧尖首刀 | ㄥ | 中國錢幣大辭典‧先秦編 |
| 7 | 工‧尖首刀 | 工 | 中國錢幣大辭典‧先秦編 |
| 8 | 日‧尖首刀 | 日 | 中國錢幣大辭典‧先秦編 |
| 9 | 六‧尖首刀 | 六 | 中國錢幣大辭典‧先秦編 |

〔註73〕「酸棗」據原書著錄爲「酉棗」，何琳儀考證應讀爲「酸棗」，地望在今河南省延津西南，今從其言。〈三晉方足布彙釋〉，《古幣叢考》，頁233。

〔註74〕〈古幣六考〉，《先秦貨幣研究》，頁104～105。

〔註75〕山西省聞喜縣蒼底村出土大批的圓錢「共」幣，據報告表示，在此批貨幣出土周圍相距不到五十至一百米的範圍中所發現的灰坑裡，有許多戰國晚期的盆、鬲、豆等陶器殘片，從這些相關的遺物觀察，該批「共」幣的年代可能爲戰國中晚期所鑄造。朱華：〈近幾年來山西省出土的一些古代貨幣〉，《文物》1976年第10期，頁88～90。

〔註76〕「坣」字原書未釋逕作「坣」，從字形觀察，作「坣」係該書摹寫錯誤所致，何琳儀以爲「坣」字應可釋爲「廣」，其言可從。何琳儀：〈三晉圓錢彙釋〉，《古幣叢考》，頁240，臺北，文史哲出版社，1996年。

| 10 | 丙・尖首刀 | 丙 | 中國錢幣大辭典・先秦編 |
| 11 | 亢・尖首刀 | 亢 | 中國錢幣大辭典・先秦編 |
| 12 | （・尖首刀 | （ | 中國錢幣大辭典・先秦編 |
| 13 | ♂・尖首刀 | ♂ | 中國錢幣大辭典・先秦編 |
| 14 | ∧・尖首刀 | ∧ | 中國錢幣大辭典・先秦編 |
| 15 | ^・尖首刀 | ^ | 中國錢幣大辭典・先秦編 |
| 16 | ƒ・尖首刀 | ƒ | 中國錢幣大辭典・先秦編 |
| 17 | 口・尖首刀 | 口 | 中國錢幣大辭典・先秦編 |
| 18 | 介・尖首刀 | 介 | 中國錢幣大辭典・先秦編 |
| 19 | =・尖首刀 | = | 中國錢幣大辭典・先秦編 |
| 20 | 十二・尖首刀 | 十二 | 中國錢幣大辭典・先秦編 |
| 21 | 十↑・尖首刀 | 十↑ | 中國錢幣大辭典・先秦編 |
| 22 | 十一・尖首刀 | 十一 | 中國錢幣大辭典・先秦編 |
| 23 | 八一・尖首刀 | 八十一 | 中國錢幣大辭典・先秦編 |
| 24 | 三・尖首刀 | 三 | 中國錢幣大辭典・先秦編 |
| 25 | 上刀・尖首刀 | 上匕 | 中國錢幣大辭典・先秦編 |
| 26 | 化・尖首刀 | 化 | 中國錢幣大辭典・先秦編 |
| 27 | 旦・尖首刀 | 旦 | 中國錢幣大辭典・先秦編 |
| 28 | ⺁・尖首刀 | ⺁ | 中國錢幣大辭典・先秦編 |
| 29 | ⅄・尖首刀 | ⅄ | 中國錢幣大辭典・先秦編 |
| 30 | Ⴅ・尖首刀 | Ⴅ | 中國錢幣大辭典・先秦編 |
| 31 | ↑乙・尖首刀 | ↑乙 | 中國錢幣大辭典・先秦編 |
| 32 | ⅄、・尖首刀 | ⅄、 | 中國錢幣大辭典・先秦編 |
| 33 | Ʊ・尖首刀 | Ʊ | 中國錢幣大辭典・先秦編 |
| 34 | ⅄・尖首刀 | ⅄ | 中國錢幣大辭典・先秦編 |
| 35 | ⻔・尖首刀 | ⻔ | 中國錢幣大辭典・先秦編 |
| 36 | ⻌・尖首刀 | ⻌ | 中國錢幣大辭典・先秦編 |
| 37 | 茶・尖首刀 | 茶 | 中國錢幣大辭典・先秦編 |
| 38 | 明・弧背趙刀 | ⅄ | 中國錢幣大辭典・先秦編 |
| 39 | 城白・直刀 | 城白一 | 中國錢幣大辭典・先秦編 |
| 40 | 成白・直刀 | 成白十 | 中國錢幣大辭典・先秦編 |
| 41 | 城白・直刀 | 城白 | 中國錢幣大辭典・先秦編 |

## 九、齊

| 編號 | 本書隸定 | 原書隸定 | 主要著錄 |
| --- | --- | --- | --- |

| 1 | 安陽之大刀·齊刀 | 安陽之法化 | 中國錢幣大辭典·先秦編 |
|---|---|---|---|
| 2 | 節墨大刀·齊刀 | 節鄲法化 | 中國錢幣大辭典·先秦編 |
| 3 | 節墨之大刀·齊刀 | 節鄲之法化 | 中國錢幣大辭典·先秦編 |
| 4 | 齊大刀·齊刀 | 齊法化 | 中國錢幣大辭典·先秦編 |
| 5 | 齊之大刀·齊刀 | 齊之法化 | 中國錢幣大辭典·先秦編 |
| 6 | 齊返邦長大刀·齊刀 | 齊建邦�法化 | 中國錢幣大辭典·先秦編 |
| 7 | 筥邦之大刀·齊刀 | 籧邦之法化 | 中國錢幣大辭典·先秦編 |
| 8 | □□□·弧背齊刀 | 筍□□ | 中國錢幣大辭典·先秦編 |
| 9 | 明·弧背齊刀 | ⟲ | 中國錢幣大辭典·先秦編 |
| 10 | 明·弧背齊刀 | ⟆ | 中國錢幣大辭典·先秦編 |
| 11 | 齊化共金·齊刀 | 齊化共金 | 中國錢幣 2002：2〔註77〕 |
| 12 | 賹刀·圓錢 | 賹化 | 中國錢幣大辭典·先秦編 |
| 13 | 賹四刀·圓錢 | 賹四化 | 中國錢幣大辭典·先秦編 |
| 14 | 賹六刀·圓錢 | 賹六化 | 中國錢幣大辭典·先秦編 |

## 十、燕

| 編號 | 本　書　隸　定 | 原書隸定 | 主　要　著　錄 |
|---|---|---|---|
| 1 | 安陽·平襠方足平首布 | 安陽 | 中國錢幣大辭典·先秦編 |
| 2 | 右明辭強·平襠方足平首布 | 右⟆辭強 | 中國錢幣大辭典·先秦編 |
| 3 | 安陽·平襠方足平首布 | 安陽邑 | 中國錢幣大辭典·先秦編 |
| 4 | 坪陰·平襠方足平首布 | 坪陰 | 中國錢幣大辭典·先秦編 |
| 5 | 恭昌·平襠方足平首布 | 恭昌 | 中國錢幣大辭典·先秦編 |
| 6 | 纕坪·平襠方足平首布 | 纕坪 | 中國錢幣大辭典·先秦編 |
| 7 | 族刀·平襠方足平首布 | 族匕 | 中國錢幣大辭典·先秦編〔註78〕 |
| 8 | 宜平·平襠方足平首布 | 宜平 | 古幣叢考〔註79〕 |
| 9 | 一·尖首刀 | 一 | 中國錢幣大辭典·先秦編 |
| 10 | 一⼭·尖首刀 | 一⼭ | 中國錢幣大辭典·先秦編 |
| 11 | 一王·尖首刀 | 一王 | 中國錢幣大辭典·先秦編 |

〔註77〕萬泉：〈山東臨淄發現齊明刀〉，《中國錢幣》2002 年第 2 期，頁 39。

〔註78〕「族刀」二字原書釋爲「族匕」，何琳儀指出「族」字應釋爲「韓」，即「韓號（又名寒臯）」，屬燕國的布幣。何琳儀：〈燕國布幣考〉，《古幣叢考（增訂本）》，頁 40～43，合肥，安徽大學出版社，2002 年。

〔註79〕〈燕國布幣考〉，《古幣叢考（增訂本）》，頁 46～47。

| 12 | 一ϭ·尖首刀 | 一ϭ | 中國錢幣大辭典·先秦編 |
|---|---|---|---|
| 13 | 乙·尖首刀 | 乙 | 中國錢幣大辭典·先秦編 |
| 14 | 二十·尖首刀 | 二十 | 中國錢幣大辭典·先秦編 |
| 15 | 二十九·尖首刀 | 二十九 | 中國錢幣大辭典·先秦編 |
| 16 | 十·尖首刀 | 十 | 中國錢幣大辭典·先秦編 |
| 17 | 十一·尖首刀 | 十一 | 中國錢幣大辭典·先秦編 |
| 18 | 十八·尖首刀 | 十八 | 中國錢幣大辭典·先秦編 |
| 19 | 十丂·尖首刀 | 十丂 | 中國錢幣大辭典·先秦編 |
| 20 | 十ω·尖首刀 | 十ω | 中國錢幣大辭典·先秦編 |
| 21 | 十大·尖首刀 | 十大 | 中國錢幣大辭典·先秦編 |
| 22 | 十万·尖首刀 | 十万 | 中國錢幣大辭典·先秦編 |
| 23 | 十氏·尖首刀 | 十氏 | 中國錢幣大辭典·先秦編 |
| 24 | 十Ƴ·尖首刀 | 十Ƴ | 中國錢幣大辭典·先秦編 |
| 25 | 丁·尖首刀 | 丁 | 中國錢幣大辭典·先秦編 |
| 26 | 七·尖首刀 | 七 | 中國錢幣大辭典·先秦編 |
| 27 | 丂·尖首刀 | 丂 | 中國錢幣大辭典·先秦編 |
| 28 | 卜·尖首刀 | 卜 | 中國錢幣大辭典·先秦編 |
| 29 | 人·尖首刀 | 人 | 中國錢幣大辭典·先秦編 |
| 30 | 入·尖首刀 | 入 | 中國錢幣大辭典·先秦編 |
| 31 | 八·尖首刀 | 八 | 中國錢幣大辭典·先秦編 |
| 32 | 八十·尖首刀 | 八十 | 中國錢幣大辭典·先秦編 |
| 33 | 九·尖首刀 | 九 | 中國錢幣大辭典·先秦編 |
| 34 | 九八·尖首刀 | 九八 | 中國錢幣大辭典·先秦編 |
| 35 | 刀·尖首刀 | 七 | 中國錢幣大辭典·先秦編 |
| 36 | 又·尖首刀 | 又 | 中國錢幣大辭典·先秦編 |
| 37 | 厶·尖首刀 | 厶 | 中國錢幣大辭典·先秦編 |
| 38 | 厶刀·尖首刀 | 厶匕 | 中國錢幣大辭典·先秦編 |
| 39 | 三十·尖首刀 | 三十 | 中國錢幣大辭典·先秦編 |
| 40 | 干·尖首刀 | 干 | 中國錢幣大辭典·先秦編 |
| 41 | 于·尖首刀 | 于 | 中國錢幣大辭典·先秦編 |
| 42 | 工·尖首刀 | 工 | 中國錢幣大辭典·先秦編 |
| 43 | 土·尖首刀 | 土 | 中國錢幣大辭典·先秦編 |
| 44 | 下·尖首刀 | 下 | 中國錢幣大辭典·先秦編 |
| 45 | 丌·尖首刀 | 丌 | 中國錢幣大辭典·先秦編 |
| 46 | 大·尖首刀 | 大 | 中國錢幣大辭典·先秦編 |

| 47 | 万・尖首刀 | 万 | 中國錢幣大辭典・先秦編 |
|---|---|---|---|
| 48 | 才・尖首刀 | 才 | 中國錢幣大辭典・先秦編 |
| 49 | 上・尖首刀 | 上 | 中國錢幣大辭典・先秦編 |
| 50 | 口・尖首刀 | 口 | 中國錢幣大辭典・先秦編 |
| 51 | 千・尖首刀 | 千 | 中國錢幣大辭典・先秦編 |
| 52 | 勺・尖首刀 | 勺 | 中國錢幣大辭典・先秦編 |
| 53 | 亡・尖首刀 | 亡 | 中國錢幣大辭典・先秦編 |
| 54 | 己・尖首刀 | 己 | 中國錢幣大辭典・先秦編 |
| 55 | 屮・尖首刀 | 屮 | 中國錢幣大辭典・先秦編 |
| 56 | 丰・尖首刀 | 丰 | 中國錢幣大辭典・先秦編 |
| 57 | 王・尖首刀 | 王 | 中國錢幣大辭典・先秦編 |
| 58 | 五・尖首刀 | 五 | 中國錢幣大辭典・先秦編 |
| 59 | 日・尖首刀 | 日 | 中國錢幣大辭典・先秦編 |
| 60 | 非・尖首刀 | 非 | 中國錢幣大辭典・先秦編 |
| 61 | 午・尖首刀 | 午 | 中國錢幣大辭典・先秦編 |
| 62 | 公・尖首刀 | 公 | 中國錢幣大辭典・先秦編 |
| 63 | 氏・尖首刀 | 式 | 中國錢幣大辭典・先秦編 |
| 64 | 六・尖首刀 | 六 | 中國錢幣大辭典・先秦編 |
| 65 | 六十・尖首刀 | 六十 | 中國錢幣大辭典・先秦編 |
| 66 | 甘・尖首刀 | 甘 | 中國錢幣大辭典・先秦編 |
| 67 | 文・尖首刀 | 文 | 中國錢幣大辭典・先秦編 |
| 68 | 丙・尖首刀 | 丙 | 中國錢幣大辭典・先秦編 |
| 69 | 北・尖首刀 | 北 | 中國錢幣大辭典・先秦編 |
| 70 | 旦口・尖首刀 | 旦生 | 中國錢幣大辭典・先秦編 |
| 71 | 用・尖首刀 | 用 | 中國錢幣大辭典・先秦編 |
| 72 | 生・尖首刀 | 生 | 中國錢幣大辭典・先秦編 |
| 73 | 丘・尖首刀 | 丘 | 中國錢幣大辭典・先秦編 |
| 74 | 卯・尖首刀 | 卯 | 中國錢幣大辭典・先秦編 |
| 75 | 亢・尖首刀 | 亢 | 中國錢幣大辭典・先秦編 |
| 76 | 吉・尖首刀 | 吉 | 中國錢幣大辭典・先秦編 |
| 77 | 行・尖首刀 | 行 | 中國錢幣大辭典・先秦編 |
| 78 | 多・尖首刀 | 多 | 中國錢幣大辭典・先秦編 |
| 79 | 羊・尖首刀 | 羊 | 中國錢幣大辭典・先秦編 |
| 80 | 辛・尖首刀 | 辛 | 中國錢幣大辭典・先秦編 |

| 81 | 壬・尖首刀 | 壬 | 中國錢幣大辭典・先秦編 |
|---|---|---|---|
| 82 | 邦刀・尖首刀 | 邦匕 | 中國錢幣大辭典・先秦編 |
| 83 | 魚・尖首刀 | 魚 | 中國錢幣大辭典・先秦編 |
| 84 | 、・尖首刀 | 、 | 中國錢幣大辭典・先秦編 |
| 85 | 、北・尖首刀 | 、北 | 中國錢幣大辭典・先秦編 |
| 86 | ˅・尖首刀 | ˅ | 中國錢幣大辭典・先秦編 |
| 87 | ʃ・尖首刀 | ʃ | 中國錢幣大辭典・先秦編 |
| 88 | (・・尖首刀 | ( | 中國錢幣大辭典・先秦編 |
| 89 | ♂・尖首刀 | ♂ | 中國錢幣大辭典・先秦編 |
| 90 | ∿・尖首刀 | ∿ | 中國錢幣大辭典・先秦編 |
| 91 | ∧・尖首刀 | ∧ | 中國錢幣大辭典・先秦編 |
| 92 | ⌣ⱻ・尖首刀 | ⌣ⱻ | 中國錢幣大辭典・先秦編 |
| 93 | /非・尖首刀 | /非 | 中國錢幣大辭典・先秦編 |
| 94 | --8・尖首刀 | --8 | 中國錢幣大辭典・先秦編 |
| 95 | 卜・尖首刀 | ψ | 中國錢幣大辭典・先秦編 |
| 96 | 中・尖首刀 | 8 | 中國錢幣大辭典・先秦編 |
| 97 | 刀・尖首刀 | ら | 中國錢幣大辭典・先秦編 |
| 98 | ㇀・尖首刀 | ㇀ | 中國錢幣大辭典・先秦編 |
| 99 | ∧・尖首刀 | ∧ | 中國錢幣大辭典・先秦編 |
| 100 | ᛝ・尖首刀 | ᛝ | 中國錢幣大辭典・先秦編 |
| 101 | ʃ・尖首刀 | ʃ | 中國錢幣大辭典・先秦編 |
| 102 | 1・尖首刀 | 1 | 中國錢幣大辭典・先秦編 |
| 103 | ⍑・尖首刀 | ⍑ | 中國錢幣大辭典・先秦編 |
| 104 | ⅂・尖首刀 | ⅂ | 中國錢幣大辭典・先秦編 |
| 105 | ⍦・尖首刀 | ⍦ | 中國錢幣大辭典・先秦編 |
| 106 | ↲・尖首刀 | ↲ | 中國錢幣大辭典・先秦編 |
| 107 | √・尖首刀 | √ | 中國錢幣大辭典・先秦編 |
| 108 | ϒ・尖首刀 | ϒ | 中國錢幣大辭典・先秦編 |
| 109 | ⩔・尖首刀 | ⩔ | 中國錢幣大辭典・先秦編 |
| 110 | ⱳ・尖首刀 | ⱳ | 中國錢幣大辭典・先秦編 |
| 111 | ∪・尖首刀 | ∪ | 中國錢幣大辭典・先秦編 |
| 112 | ⱷ・尖首刀 | ⱷ | 中國錢幣大辭典・先秦編 |
| 113 | ㇅・尖首刀 | ㇅ | 中國錢幣大辭典・先秦編 |
| 114 | ⍒・尖首刀 | ⍒ | 中國錢幣大辭典・先秦編 |

| 115 | 冇·尖首刀 | 冇 | 中國錢幣大辭典·先秦編 |
|---|---|---|---|
| 116 | 朾·尖首刀 | 朾 | 中國錢幣大辭典·先秦編 |
| 117 | 于·尖首刀 | 于 | 中國錢幣大辭典·先秦編 |
| 118 | 忄·尖首刀 | 忄 | 中國錢幣大辭典·先秦編 |
| 119 | ⴸ·尖首刀 | ⴸ | 中國錢幣大辭典·先秦編 |
| 120 | ∃·尖首刀 | ∃ | 中國錢幣大辭典·先秦編 |
| 121 | 朿·尖首刀 | 朿 | 中國錢幣大辭典·先秦編 |
| 122 | ४·尖首刀 | ४ | 中國錢幣大辭典·先秦編 |
| 123 | ४·尖首刀 | ४ | 中國錢幣大辭典·先秦編 |
| 124 | 屮·尖首刀 | 屮 | 中國錢幣大辭典·先秦編 |
| 125 | ⁀·尖首刀 | ⁀ | 中國錢幣大辭典·先秦編 |
| 126 | 廿·尖首刀 | 廿 | 中國錢幣大辭典·先秦編 |
| 127 | 廾·尖首刀 | 廾 | 中國錢幣大辭典·先秦編 |
| 128 | 小·尖首刀 | 小 | 中國錢幣大辭典·先秦編 |
| 129 | 亐一·尖首刀 | 亐一 | 中國錢幣大辭典·先秦編 |
| 130 | 丩丨·尖首刀 | 丩丨 | 中國錢幣大辭典·先秦編 |
| 131 | w·尖首刀 | w | 中國錢幣大辭典·先秦編 |
| 132 | 丫·尖首刀 | 丫 | 中國錢幣大辭典·先秦編 |
| 133 | 屮·尖首刀 | 屮 | 中國錢幣大辭典·先秦編 |
| 134 | ⌒·尖首刀 | ⌒ | 中國錢幣大辭典·先秦編 |
| 135 | 刕·尖首刀 | 刕 | 中國錢幣大辭典·先秦編 |
| 136 | 屮·尖首刀 | 屮 | 中國錢幣大辭典·先秦編 |
| 137 | ¥·尖首刀 | ¥ | 中國錢幣大辭典·先秦編 |
| 138 | Ħ·尖首刀 | Ħ | 中國錢幣大辭典·先秦編 |
| 139 | 十·尖首刀 | 十 | 中國錢幣大辭典·先秦編 |
| 140 | ⊥·尖首刀 | ⊥ | 中國錢幣大辭典·先秦編 |
| 141 | 口·尖首刀 | 口 | 中國錢幣大辭典·先秦編 |
| 142 | 仚·尖首刀 | 仚 | 中國錢幣大辭典·先秦編 |
| 143 | ↓·尖首刀 | ↓ | 中國錢幣大辭典·先秦編 |
| 144 | ⴸ·尖首刀 | ⴸ | 中國錢幣大辭典·先秦編 |
| 145 | ⋀·尖首刀 | ⋀ | 中國錢幣大辭典·先秦編 |
| 146 | ⅃·尖首刀 | ⅃ | 中國錢幣大辭典·先秦編 |
| 147 | 圭·尖首刀 | 圭 | 中國錢幣大辭典·先秦編 |

| 148 | ΥΥ·尖首刀 | ΥΥ | 中國錢幣大辭典·先秦編 |
|---|---|---|---|
| 149 | ·尖首刀 | | 中國錢幣大辭典·先秦編 |
| 150 | ·尖首刀 | | 中國錢幣大辭典·先秦編 |
| 151 | ·尖首刀 | | 中國錢幣大辭典·先秦編 |
| 152 | ·尖首刀 | | 中國錢幣大辭典·先秦編 |
| 153 | 文·剪首刀 | 文 | 中國錢幣大辭典·先秦編 |
| 154 | 六·剪首刀 | 六 | 中國錢幣大辭典·先秦編 |
| 155 | 非·剪首刀 | 非 | 中國錢幣大辭典·先秦編 |
| 156 | 魚·剪首刀 | 魚 | 中國錢幣大辭典·先秦編 |
| 157 | 明·弧背燕刀 | | 中國錢幣大辭典·先秦編 |
| 158 | 明·弧背燕刀 | | 中國錢幣大辭典·先秦編 |
| 159 | 明·弧背燕刀 | | 中國錢幣大辭典·先秦編 |
| 160 | 明·弧背燕刀 | | 中國錢幣大辭典·先秦編 |
| 161 | 明·折背刀 | | 中國錢幣大辭典·先秦編 |
| 162 | 一刀·圜錢 | | 中國錢幣大辭典·先秦編 |
| 163 | 明刀·圜錢 | | 中國錢幣大辭典·先秦編 |
| 164 | 明彡·圜錢 | | 中國錢幣大辭典·先秦編 |

## 十一、山戎

| 編號 | 本 書 隸 定 | 原書隸定 | 主 要 著 錄 |
|---|---|---|---|
| 1 | 十一·針首刀 | 十一 | 中國錢幣大辭典·先秦編 |
| 2 | 七·針首刀 | 七 | 中國錢幣大辭典·先秦編 |
| 3 | 丁·針首刀 | 丁 | 中國錢幣大辭典·先秦編 |
| 4 | 八·針首刀 | 八 | 中國錢幣大辭典·先秦編 |
| 5 | 八一·針首刀 | 八十一 | 中國錢幣大辭典·先秦編 |
| 6 | 土·針首刀 | 土 | 中國錢幣大辭典·先秦編 |
| 7 | 卅·針首刀 | 卅 | 中國錢幣大辭典·先秦編 |
| 8 | 大·針首刀 | 大 | 中國錢幣大辭典·先秦編 |
| 9 | 丌·針首刀 | 丌 | 中國錢幣大辭典·先秦編 |
| 10 | 己·針首刀 | 己 | 中國錢幣大辭典·先秦編 |
| 11 | 屮^·針首刀 | 屮^ | 中國錢幣大辭典·先秦編 |
| 12 | 五·針首刀 | 五 | 中國錢幣大辭典·先秦編 |
| 13 | 日·針首刀 | 日 | 中國錢幣大辭典·先秦編 |

| 14 | 壬・針首刀 | 壬 | 中國錢幣大辭典・先秦編 |
|---|---|---|---|
| 15 | 公・針首刀 | 公 | 中國錢幣大辭典・先秦編 |
| 16 | 公刀・針首刀 | 公匕 | 中國錢幣大辭典・先秦編 |
| 17 | 文・針首刀 | 文 | 中國錢幣大辭典・先秦編 |
| 18 | 北・針首刀 | 北 | 中國錢幣大辭典・先秦編 |
| 19 | 安・針首刀 | 安 | 中國錢幣大辭典・先秦編 |
| 20 | 其・針首刀 | 其 | 中國錢幣大辭典・先秦編 |
| 21 | 城・針首刀 | 城 | 中國錢幣大辭典・先秦編 |
| 22 | )・針首刀 | ) | 中國錢幣大辭典・先秦編 |
| 23 | ^・針首刀 | ^ | 中國錢幣大辭典・先秦編 |
| 24 | Ⱳ・針首刀 | Ⱳ | 中國錢幣大辭典・先秦編 |
| 25 | ᘐ・針首刀 | ᘐ | 中國錢幣大辭典・先秦編 |
| 26 | ᘉ・針首刀 | ᘉ | 中國錢幣大辭典・先秦編 |
| 27 | Ⱳ・針首刀 | Ⱳ | 中國錢幣大辭典・先秦編 |
| 28 | ⅹ・針首刀 | ⅹ | 中國錢幣大辭典・先秦編 |
| 29 | ᘐ・針首刀 | ᘐ | 中國錢幣大辭典・先秦編 |
| 30 | φ・針首刀 | φ | 中國錢幣大辭典・先秦編 |
| 31 | 刀・針首刀 | ᘐ | 中國錢幣大辭典・先秦編 |
| 32 | ↓・針首刀 | ↓ | 中國錢幣大辭典・先秦編 |
| 33 | Ψ・針首刀 | Ψ | 中國錢幣大辭典・先秦編 |
| 34 | Ħ・針首刀 | Ħ | 中國錢幣大辭典・先秦編 |
| 35 | Ψ・針首刀 | Ψ | 中國錢幣大辭典・先秦編 |
| 36 | Ⴟ・針首刀 | Ⴟ | 中國錢幣大辭典・先秦編 |
| 37 | M・針首刀 | M | 中國錢幣大辭典・先秦編 |
| 38 | Ⴤ・針首刀 | Ⴤ | 中國錢幣大辭典・先秦編 |
| 39 | Ⴡ・針首刀 | Ⴡ | 中國錢幣大辭典・先秦編 |
| 40 | Ħ・針首刀 | Ħ | 中國錢幣大辭典・先秦編 |
| 41 | ⲑ・針首刀 | ⲑ | 中國錢幣大辭典・先秦編 |
| 42 | Ⴟ・針首刀 | Ⴟ | 中國錢幣大辭典・先秦編 |
| 43 | Ⴤ・針首刀 | Ⴤ | 中國錢幣大辭典・先秦編 |
| 44 | Ⴥ・針首刀 | Ⴥ | 中國錢幣大辭典・先秦編 |
| 45 | Ⴧ・針首刀 | Ⴧ | 中國錢幣大辭典・先秦編 |

| 46 | 北·針首刀 | 北 | 中國錢幣大辭典·先秦編 |
| 47 | 行·針首刀 | 北 | 中國錢幣大辭典·先秦編 |
| 48 | 大·針首刀 | 大 | 中國錢幣大辭典·先秦編 |
| 49 | 羊·針首刀 | 羊 | 中國錢幣大辭典·先秦編 |
| 50 | 禾·針首刀 | 禾 | 中國錢幣大辭典·先秦編 |
| 51 | 鳥·針首刀 | 鳥 | 中國錢幣大辭典·先秦編 |
| 52 | 口·針首刀 | 口 | 中國錢幣大辭典·先秦編 |

## 十二、秦

| 編號 | 本　書　隸　定 | 原書隸定 | 主　要　著　錄 |
|---|---|---|---|
| 1 | 一珠重一兩十二·圓錢 | 一珠重一兩十二 | 中國錢幣大辭典·先秦編 |
| 2 | 一珠重一兩十四·圓錢 | 一珠重一兩十四 | 中國錢幣大辭典·先秦編 |
| 3 | 半睘·圓錢 | 半睘 | 中國錢幣大辭典·先秦編 |
| 4 | 長安·圓錢 | 長安 | 中國錢幣大辭典·先秦編 |
| 5 | 兩甾·圓錢 | 兩甾 | 中國錢幣大辭典·先秦編 |
| 6 | 文信·圓錢 | 文信 | 中國錢幣大辭典·先秦編 |
| 7 | 半兩·圓錢 | 半兩 | 考古與文物 1991：3〔註80〕 |

## 十三、未識鑄行地

| 編號 | 本　書　隸　定 | 原書隸定 | 主　要　著　錄 |
|---|---|---|---|
| 1 | 于勻·平襠方足平首布 | 于勻 | 中國錢幣大辭典·先秦編 |
| 2 | 王·平襠方足平首布 | 王 | 中國錢幣大辭典·先秦編 |
| 3 | 王乇·平襠方足平首布 | 王乇 | 中國錢幣大辭典·先秦編 |
| 4 | 王勻·平襠方足平首布 | 王勻 | 中國錢幣大辭典·先秦編 |
| 5 | 王䖵·平襠方足平首布 | 王䖵 | 中國錢幣大辭典·先秦編 |
| 6 | 木貝·平襠方足平首布 | 木貝 | 中國錢幣大辭典·先秦編 |
| 7 | 平勻·平襠方足平首布 | 平勻 | 中國錢幣大辭典·先秦編 |
| 8 | 郗·平襠方足平首布 | 郗 | 中國錢幣大辭典·先秦編 |
| 9 | ‖丙·平襠方足平首布 | ‖丙 | 中國錢幣大辭典·先秦編 |
| 10 | 杔·平襠方足平首布 | 杔 | 中國錢幣大辭典·先秦編 |
| 11 | 彤·平襠方足平首布 | 彤 | 中國錢幣大辭典·先秦編 |

〔註80〕趙叢蒼、延晶平：〈鳳翔縣高家河村出土的窖藏秦半兩〉，《考古與文物》1991年第
　　　3期，頁16～20。

| 12 | 朱眥·平襠方足平首布 | 朱眥 | 中國錢幣大辭典・先秦編 |
|---|---|---|---|
| 13 | 糸尸·平襠方足平首布 | 糸尸 | 中國錢幣大辭典・先秦編 |
| 14 | 邦·平襠方足平首布 | 邦 | 中國錢幣大辭典・先秦編 |
| 15 | 邦·平襠方足平首布 | 邦 | 中國錢幣大辭典・先秦編 |
| 16 | 硎·平襠方足平首布 | 硎 | 中國錢幣大辭典・先秦編 |
| 17 | 罘·平襠方足平首布 | 罘 | 中國錢幣大辭典・先秦編 |
| 18 | 屮負·平襠方足平首布 | 屮負 | 中國錢幣大辭典・先秦編 |
| 19 | 弓丁·平襠方足平首布 | 弓丁 | 中國錢幣大辭典・先秦編 |